U0861979

"一带一路"先行者书系

Seeds from China:
A Journey to Kazakhstan

中國種子

我在
哈萨克斯坦
种小麦

靳 民 张正茂 著

广西科学技术出版社

图书在版编目（CIP）数据

中国种子：我在哈萨克斯坦种小麦 / 靳民，张正茂著 . —南宁：广西科学技术出版社，2023.3
ISBN 978-7-5551-1878-7

Ⅰ . ①中… Ⅱ . ①靳… ②张… Ⅲ . ①纪实文学—中国—当代 Ⅳ . ① I25

中国版本图书馆 CIP 数据核字（2022）第 208594 号

中国种子
我在哈萨克斯坦种小麦
ZHONGGUO ZHONGZI
WO ZAI HASAKESITAN ZHONG XIAOMAI

靳民　张正茂　著

策　　划：李　杨　黄　鹏
责任编辑：赖铭洪　彭溢楚
责任校对：冯　靖
助理编辑：冯雨云　李林鸿
营销编辑：刘珈沂
装帧设计：韦娇林　唐　峰（广大迅风艺术）
技术编辑：韦文印

出 版 人：卢培钊
出版发行：广西科学技术出版社
社　　址：广西南宁市东葛路 66 号
邮政编码：530023
网　　址：http://www.gxkjs.com

经　　销：全国各地新华书店
印　　刷：广西民族印刷包装集团有限公司
开　　本：787 mm × 1092 mm　1/16
字　　数：257 千字
印　　张：17.5
版　　次：2023 年 3 月第 1 版
印　　次：2023 年 3 月第 1 次印刷
书　　号：ISBN 978-7-5551-1878-7
定　　价：68.00 元

版权所有　侵权必究
质量服务承诺：如发现缺页、错页、倒装等印刷质量问题，可直接向本社调换
联系电话：0771-5827326

知了
ZHILIAO

序

种下希望的种子

自习近平主席2013年提出“一带一路”倡议始，西北农林科技大学积极响应倡议，秉承“经国本、解民生、尚科学”的办学理念，身先士卒，坚持开放办学，加强与世界一流大学和学术机构的实质性合作，积极参与“一带一路”建设，不断拓展国际科技教育合作与交流，服务丝绸之路经济带建设，形成全方位、多层次、多渠道的国际合作交流新格局。应作者邀请为本书作序，当为西北农林科技大学奔走于“一带一路”的先锋同仁们助一臂之力！

古往今来，丝绸之路从中国长安到达中亚、非洲和欧洲，是丝绸之路和小麦把中国和中亚、西亚紧紧地连在一起，就像一条绚丽多彩的彩虹，构筑一幅人类文明的美丽画卷。新时代的“一带一路”被赋予了新的内涵，就是构建以合作共赢为核心的新型国际关系，打造人类命运共同体。西北农林科技大学以海外农业科技示范园为载体，与海外科研院校和企业合作，开展农业科技试验示范和推广工作，这些科技先行者作为中国民间友好使者，在“一带一路”上留下了不胜枚举的感人事迹和动人故事，他们背井离乡，攻坚克难，立足全球化国际视野，书写着个人的、国家的梦想。“一带一路”的中国智慧，张举的是中国人的担当。面对全球8亿多人的饥饿问题，以张正茂为代表的中国农业科技工作者愿与“一带一路”沿线国家的同行们一道携手努力，为解决粮食问题而努力奋斗。

《中国种子》以纪实文学的方式，记述了西北农林科技大学的专家与合作伙伴在中亚国家建设农业科技示范园所发生的人和事，人物详实真切，故事情节感人，进一步播撒了中外人民友谊的种子，更多的读者得以见证这一种子生根、发芽、开花、结果。其中描写中亚国家历史文化和人文风俗的文字妙趣横生，让中国读者对中亚国家有一个全新的认知，字里行间无不体现中国与中亚国家人民友好往来的家国情谊。

书中的故事宛若米面油盐一日三餐，于平常中见微知著，新时代的浪潮仅仅是人物的背景幕布，互为托举，相互彰显。可以说，这是一本洋溢着人文气息和异域风情的书，闪现着人们对友谊、生命、合作的哲思和探讨。

读者遇见书，书遇见读者，两心相悦，乃书最终句号。

康振生

中国工程院院士

西北农林科技大学教授

目录

第一篇

人是天地间的种子

科研团队在哈萨克斯坦首都阿斯塔纳仅仅逗留了两天。就为了这两天，张正茂筹备了两三个月，学校则铺垫了一两年；这短短的两天，背后依托的是中哈两国数十年的友好邦交，是两国人民对彼此的深情厚谊。

舷窗外的天色还在沉睡，天空低垂，机翼在视线里有些碍眼，飞机正缓缓爬升，远处的亮光透过云层晕开，云朵被朝阳皴染出几分红韵。2017 年 5 月 22 日上午 8 点 30 分，乌鲁木齐才睁开惺忪的睡眼，杨凌的太阳早已高高挂在天上，西北农林科技大学（下文简称“西农”）已经上课了。从乌鲁木齐飞往哈萨克斯坦共和国阿斯塔纳的航班载着张正茂和他的同事——韩清芳、黄镇，在朝霞中渐行渐远。

“新闻里那些哈萨克斯坦留学生的普通话真是标准，咱们倒是南腔北调的。早知道应该学几句哈语，这次还能派上用场。”黄镇老师的话似乎叫醒了大家。

张正茂捏着嗓子道：“你说话就用新疆维吾尔语腔调肯定管用。他们那里有人也讲维吾尔语，电视台也有用维吾尔语播音的。”

“你这只能算‘醋熘 1.0 版’维吾尔语调调，仅限杨凌哈！”韩清芳老师笑着打趣道。

中国新疆的地域文化和哈萨克斯坦的文化有很多相似之处。新疆是少数民族聚居区域，维吾尔族、哈萨克族、蒙古族、回族、柯尔克孜族、塔吉克族、乌孜别克族、塔塔尔族等多民族杂居。在游牧业为主的时代，两边牧民往来相当频繁。如今，哈萨克斯坦是与中国西部地区毗连的最大且最重要的国家，在中国的邻国中，土地面积仅次于俄罗斯和印度，与中国的边境口岸就有 7 个。中哈边境线长达 1700 多千米，占新疆边界总长的 1/3 左右。

张正茂一行人是西农农学院的专家，目之所及、心里所想大多是与农业相关的事。张正茂自受命参与建设中哈农业科技示范园这一国际项目以来，一直在紧锣密鼓地寻找资料，了解哈萨克斯坦的农业状况。纸上谈兵，对于说书人可行，对于搞农业的人，是行不通的。中国是一个农业大国，农时、农事是农民一年之中的头等大事。民以食为天，自古以来，没有例外。现代科技无论如何发达，人民群众都是以食为天。二十四节气，正是中国古代用来指导农事的“指南针”。正如《孟子》所言，“不违农时，谷不可胜食也”。

中国的暮春时节，正值哈萨克斯坦最重要的春耕播种期。张正茂他们此行的目的是把中国的种子播种到有“中亚粮仓”之称的哈萨克斯坦，种在那片肥沃的黑土地上。能否完成使命，一切等两小时后飞机落地了便可见分晓。

昨天在乌鲁木齐吃晚餐时，专攻作物栽培与耕作学的韩清芳教授说：“黄老师年轻。张老师，您年龄最大，您心里有谱儿吗？”

“能有啥谱儿，只有确定出行的事是肯定的，农业试验基地不是一天两天的事，咱们搞的研究是风天雨地泥土里出科研。既来之，则安之。不管咋样，咱们确保把种子种下去，这就是谱儿。”

乌鲁木齐与北京在地理上有两个小时的时差，由于第二天要赶飞机，张正茂回到酒店早早就躺下了。也许是因为时差，也许是因为韩清芳随意的一句问话，出发前几个月发生的种种事情也伴随着失眠一幕一幕翻涌出来。

我们干的是扎根土地的活儿

春节总是匆忙，很快又开学了。今天农学院院长单卫星教授找我谈论一件宏阔的事：西农要在哈萨克斯坦建立农业科技示范园。这个设想需要具体的人去执行，学院里便想到了我。因为我多年从事旱地小麦育种研究，并且有丰富的基层工作和试验示范工作经验，所以他想让我参与哈萨克斯坦农业科技示范园的工作。

既然领导找我，我责无旁贷。当然，我认为这也是一个重要的研究机会，不论对于我个人还是学校，甚至国家而言，都是如此。尽管联盟学校互访互动往来多次，但那都只是合作意向，没有实际的行动。建设农业科技示范园是第一次落地，而我的任务是开荒，注定了“要风没风要雨没雨”。但，我同意了。

国际合作我没有做过，临近退休，这是工作生涯中最后的拼搏，也是一个大挑战。我问自己：这份拼搏会不会只是枉然？工作生涯最后画上的感叹号会不会是个“感伤”号？

我咋就没多想一想就接受任务了？！真是干的多了，想的就少了！

两眼盯着机会，而忽视了机会前面横着的巨石。年过半百做事还这么缺心眼，答应得真够爽快！

在哈萨克斯坦建立农业科技示范园毕竟是国家与国家之间的工作，牵扯国际关系，会涉及政治、经济、人文等众多方面，而我对中亚又极其陌生。思谋一下怎么开展功课，这是当务之急。

2017年2月18日 张正茂

因“一带一路”倡议，西农和哈萨克斯坦政府结下了一段不解之缘。早在2013年，国家主席习近平访问哈萨克斯坦，在纳扎尔巴耶夫大学发表演讲，提出共同建设“丝绸之路经济带”。其后，时任西农校长的孙其信多次率团访问丝绸之路沿线国家的农业大学和科教单位，为丝绸之路农业教育科技国际合作打下良好的基础。2016年7月15日，哈萨克斯坦第一副总理萨金塔耶夫率代表团访问西农，赛福林农业技术大学和西农签订了校际合作协议。同年9月22日，孙其信校长率专家代表团访问哈萨克斯坦国立农业大学和赛福林农业技术大学，并签订校际合作协议。2016年11月5日，来自包括中国和哈萨克斯坦在内的“丝绸之路”沿线12个国家的59所高校和科研机构的120余名代表，齐聚西农，共商成立及加入“丝绸之路农业教育科技创新联盟”大计，并在《杨凌宣言》上签字，共同为促进“丝绸之路”农业合作和可持续发展，为解决人类的饥饿、干旱和贫困等问题做出应有贡献。

在此背景下，在哈萨克斯坦建立农业科技示范园成了当务之急。

这些事最终要落地，可还没走出去“铺摊子”，还没大展拳脚，承担重任的张正茂面临着重重难题，一筹莫展。怎么明确责任，经费具体支持多久，有多少经费，经费怎么支配，需要协调哪些专家，应该何时去……他暂时理不清头绪，完全是在稀里糊涂的情况下兴冲冲地接了通知。对于执行的人来说没有详细的规划，这是挠心痒的事。

回到家里，他忍不住和老伴商量：“事情是宏观的，做事却丁是丁卯是卯，四处求助发信息，也是石沉大海，只能摸着石头过河了。”

“你就是一农民！这有什么好上火的，没得做你出去一圈就回来，看你劳心费神的样子，考虑那么多干吗！”

“我既然是执行人，就要负责任。我干不了几年就要退休，趁这几年发挥点余热。可还没开始呢，就一肚子窝心事。”

“揽这活吃力不讨好，不长眼。欧洲、大洋洲、美洲都溜达完了，看风光也不选地方。五岳归来不看山，这点境界都没有。”

自己的牢骚引来老伴的一通批评。他压低音量自顾自地说：“农民养活着天下人。只看风光是看不饱的，只会饿得更快。我的小麦种子走出国门，可是大风景。”他踱步到书房接着翻阅资料，这是唯一能安慰他，让他把心定下来的事。

他这个“农民”最懂农民，那是切肤之感，是在灵魂深处的理解。儿时挨饿的感觉，记忆犹新，好像一直潜藏在他的内心深处。这种肌肉记忆，只要回看一眼，就会本能地被唤醒。这份饥饿之所以刻骨铭心，不是意志力的原因，而是物理性使然。他出生于 1961 年，正值三年困难时期。尽管家里地处西安市鄠邑区关中道，而且种着几亩庄稼，但这些生活在八百里秦川沃野的人们也未能幸免，一个个食不果腹，面黄肌瘦。一帮小伙伴，搭人梯爬上榆树，摘榆钱吃。榆钱是这帮孩子的零食，更是肚子饿时能找到的最好吃的东西。

老辈人常说，耕地干活，打粮吃饭，是农民的本分。从前关中平原的农民，在这片土地上年复一年地辛勤劳作，依旧住着几间破瓦房，一年到头没有余粮，偶遇灾年，“夫腹饥不得食，肤寒不得衣，虽慈母不能保其子”，饿死人并非稀奇的事。那时候，庄户人家的小伙子是家里的好帮手，青少年时期的张正茂除了上学，就是和哥哥一起帮家里干农活。他读着晁错笔下“春不得避风尘，夏不得避暑热，秋不得避阴雨，冬不得避寒冻，四时之间，亡日休息”的文论，小小年纪就躬身实践着文章中农民的生活。“春种一粒粟，秋收万担粮”在那个饥饿的年代只是黄粱一梦，仅存在于古诗里，一年辛苦劳作往往只能换来微薄的收成。读书是庄户人家孩子改变命运的难得机会。渴望改变这一切的他发誓一定要摆脱农民的窘迫生活状况。那会儿，他立志要成为一名工程师，以后和城里人一样能到工厂上班，梦想激励着他寒窗苦读十多年。尽管两年高考连续失败，倔强的他并没有放弃这改变命运的机会。他复读两年，终于考上了大学，拿到录取通知书的那一刻，满怀憧憬。然而老天并没有如他所愿。从农民家走进西北农学院（西北农林科技大学的前身），在他心里依然是和农业打交道，换个方式“务农”。在西北农学院“务农”，让他找到了存在感和力量。因为他知道，他可以利用农业科研去改变千千万万农民的生活，让农民们富起来，真正过上幸福日子。

如今他已是大学的研究员了，可老伴仍时不时地打趣他为“农民”。每次从试验地回来，老伴先递过来的是一把笤帚，紧接着戏谑道：“把身上的土扫干净。你这个农民，晒得像块黑炭一样。”

这次，这位“农民”要把试验基地建到中亚去，这差事显然没那么轻松。现在正是春耕时节，农业受制于天时，杨凌的春耕春播已是忙得人仰马翻。“春耕如翻饼，秋耕如掘井。春耕深一寸，可顶一遍粪。春耕不肯忙，秋后脸饿黄。”老百姓笑呵呵地念叨着农谚，手里的活儿从不停歇，田间更是一派热火朝天的场面。

杨凌的春耕越是忙碌，他的焦虑就越是蹿出来。他心里开始琢磨哈萨克斯坦有什么作物？需要什么作物？他们的品种质量如何？他们农业的短板是什么？他们种的是春麦还是冬麦？心里飘过的十万个为什么，只能是查查资料自问自答了。

这几天，我反复琢磨着，新疆紧邻哈萨克斯坦，两地的自然环境和民族习俗应该相近，或许可以先按照新疆的作物和环境来配置这个项目的农作物品种和栽培技术。

农学院牵头签的协议，农学院的专家老师应当发力，就向农学院专家征集品种。我先把自己的旱地小麦品种“普冰151”“普冰143”“普冰9946”“普冰322”……拿出来，几天忙下来，为春季引种征集的品种有玉米、小麦、油菜、荞麦、绿豆、豌豆、芸豆、马铃薯等6大类37个品种。种子准备齐全，就等审批、快递和播种了。

2017年4月20日 张正茂

农时不等人。张正茂一边忙于准备种子，一边多方联系，一步一步理出头绪，每件小事他都得亲自做。最近他手头的工作也一堆一摞：北校区农作一站小麦育种田的大部分小麦开始抽穗了，这是小麦去雄杂交的关键时期。他没时间去看，特意安排了研究生张建利、朱玉平、郭怡琳、张芯蕊和四个工人在杂交圃小麦去雄套袋。每年的研究生答辩也开始了，他还要参加新农村研究院的转化项目答辩……数着记事本上急需去干的活，只有加班加点一件件去做了。

2017年4月24日上午，他和农学院副院长郭东伟一起找国际合作与交流处副处长乔文军落实去哈萨克斯坦访问的计划，要填各种出国审批表，要落实出国经费。这些琐碎的事真让人忙得团团转，也很费神。老百姓的工作普天之下没有不同，大概都是这般烦琐劳神，但是小事一件件聚集起来，就成大事了。晚上，他还要赶着去北京参加国家科技进步奖会评工作。他是今年国家科技进步奖的评委之一，最近加班加点审阅这些评奖资料，搞得头晕眼花，终于在今晚可以画上句号了。

如斯忙碌的这一天，他见缝插针地在高铁上给单卫星院长发了一条简短的信息：“学校建立中哈农业科技示范园的目的是用西农自己培育的优质品种和总结的生产加工技术，和兄弟单位、加工企业一起进行产业化开发，不断提高加工产业的经济效益和社会效益。”张正茂的认识得到了单卫星院长的肯定。这次合作项目，由单院长全盘负责，作为马铃薯抗病育种专家，他本人研究的马铃薯种子也在其中。筹备的这段时间，张正茂仔细研读国家政策方针，领会项目的重要性，他意识到此次出访是一个艰巨又烦琐的任务，不是简单地出国考察转一圈便可以了。工作还需要扎根土壤，生根发芽，具体开什么花结什么果，谁也无法预料。

种粮食，首先考虑的是卖出去

今天得到消息，我和韩清芳的签证有问题：我的签证有效期搞错了，韩清芳的签证把女性写成了男性。出师不利，让人烦恼。又要请赛福林农业技术大学重新办理返签函。

杂事越忙越多，身体也不给力，最近老感觉心慌气短腿发软，力不从心，低血糖的老毛病估计又严重了。

这都是什么征兆，难道我可以借此退出？当然签证还可以重签，有病可以去医院。这时候打退堂鼓，是明智之举还是浪费机遇？人永远不知道，前面等你的是什么，能把握和预见的唯有你的努力和作为。

2017年4月28日 张正茂

有人靠回忆度日，有人靠想象生活，有人因精神独特而力量过人，有人因敏于思想而陷于痛苦。人之所以成为人，就是因为有了思想。人的精神力量多寡，取决于自性具足的程度，社会贴的标签、给的地位是外界的评判，不是自我生命体验。张正茂其人，正如他老伴所言，“是一个老爱和自己较劲的人”。

2017 年 5 月 1 日，张正茂住进了杨凌示范区医院。医生说，他劳累过度，引起了低血糖症复发。出国前，调理好身体是重中之重。住院第二天，杨凌的天气连着两天都是小到中雨，又刮大风，风雨交加造成小麦大面积倒伏，而这正是鉴定小麦抗倒伏特性的好时机。刮风下雨天，在野外的人们往家里跑，农业科研工作者则是从屋里跑到地头。身体欠佳，但张正茂偏偏还要冒雨去田间观察记载小麦品种抗倒伏性的强弱。

“载芟载柞，其耕泽泽。千耦其耘，徂隰徂畛”，《诗经》里优美的诗句记录了先民在田间耕耘的景象。张正茂经常带领学生去试验地，精细整地，体验田间作业的过程。告诉学生整地的目的是为全苗、壮苗及植株良好生长创造条件。麦田达到土地平整，耕层深厚，肥力均匀，耕层无土坷垃，土壤松紧适度，土壤中的水、肥、气、热状况协调，保水、保肥能力强，才符合小麦试验的要求。

他还教学生根据“以产定穗、以穗定苗、以苗定播量”的原则，根据品种特性、分蘖能力和水旱地土壤状况确定播种量。一般亩播种量 8 ～ 13 千克，在此基础上可根据最佳播期前后的地力水平高低、整地质量和墒情酌情增减。田间管理的工作最累，却是农业工作中关键的一环，勤快或懒惰在这一环节决定了丰收还是歉收。小麦出苗后及时检查出苗情况，对缺苗断垄的地方，用同一品种的种子浸种至露白后尽早补种；或在小麦 3 叶至 4 叶期，在同一田块中堆苗或稠密处选择有分蘖的带土麦苗，移栽至缺苗处，要“上不压心，下不露白”。补苗后压实土壤再浇水，确保麦苗成活。看苗分类管理，防治虫草病害……对田地里的育种科研人员来说，都是琐碎的“绣花功夫”。

眼前的要紧事就是落实西农与哈萨克斯坦国立农业大学、赛福林农业技术大学达成的中哈农业科技示范园建设协议，具体商量规划阿拉木图示范园和阿斯塔纳示范园的工作。

试验的内容、布局、规划、品种、合作专家……一想到这些事，张正茂在医院的床上就躺不住了。这病复发得真不是时候！接受任务之初，他便考虑到与哈萨克斯坦合作需要企业的介入。哈萨克斯坦作为全球最大的内陆国和世界主要粮食的出口国之一，土地资源是中亚五国之最。即使专家能提供好的品种，帮助哈萨克斯坦提升粮食产量，对于哈萨克斯坦这样一个不缺粮的国家来说，把粮食卖给谁仍是一个关键问题。做一件事，若只聚焦当下，注定干不长久；脚踏实地做事人人称道，然而运筹帷幄时需要登高望远，才能获得更高的视野，这个能力的重要性不逊于前者。一实一虚，虚实之间，务实是人的本色，务虚是一个人的本领。

哈萨克斯坦是亚洲腹地的中亚五国中国土面积最大、经济最发达的国家（面积 272.49 万平方千米，居世界第九位），也是世界上最大的内陆国，面积约相当于新疆的 1.6 倍，陕西的 13 倍。据哈萨克斯坦国家经济部数据，截至 2020 年 1 月 1 日，哈萨克斯坦总人口 1863.22 万人，农村人口 773.84 万人，占总人口的 41.5%，耕地面积约为 24 万公顷。这里地广人稀，土地资源十分丰富，对于长期致力育种推广的研究员而言，无疑是一座宝藏。

张正茂看到这座宝藏的第一反应是需要找一个合作企业，有效解决哈萨克斯坦农民卖粮难的问题，只有这样才能为示范园的长远发展提供可持续的动力。优良的种子和先进的栽培技术，再加上企业的订单收购，就形成了一条完整的产业链。没有企业的参与，示范园合作将是虎头蛇尾，希望的蓝图仅仅是政策文件上美好的描述。当脑海中闪过这个问题，他立刻开始谋划和寻找合适的企业。

西安爱菊粮油工业集团首先进入他的视线。爱菊粮油便利店遍布西安大街小巷，作为本地人，他与西安爱菊集团自然多有接触，对爱菊集团的品牌成就十分熟悉。

西安爱菊粮油工业集团前身系 1936 年建立的西安市群众面粉厂，是一个历史悠久、底蕴深厚、声誉卓著的老字号粮食企业，早已迈入国家、省、市农业产业化重点龙头企业行列。

病中的张正茂（左二）第一次到爱菊集团考察

住院第三天，上午他打完点滴，下午 1 点约上同事欧阳韶晖老师，一起去西安爱菊集团寻求合作。西安爱菊集团董事长贾合义对张正茂的来访十分惊喜，两人一见如故，第一次见面便一拍即合，达成共识。

贾合义是一位有远见的企业家。随着经济发展，中国的耕地正逐渐减少，他早早就看中了哈萨克斯坦广袤的土地，布局爱菊集团走出国门，跨国合作发展。西农与西安爱菊集团开展校企合作，有国家政策的支持，有高等院校专家科研力量的保驾护航，将是一个企业和“一带一路”倡议全面接轨、将企业做大做强的契机。他们两人的梦想犹如一粒种子，在这个细雨绵绵的春天落地了。

当工作顺着逻辑、随着张正茂的意愿正向进行的时候，他的身心合一，病症也减轻了许多。他踏着轻快的步子赶回医院，决定再住两天就办理出院手续。

一进病房，床边的老伴不知等候了多久。“有什么大不了的事，住院也不安生，偷溜出去瞎跑啥？”老伴嗔怪道。

“电话里给你说了，晚上你不用到医院来，我看你才是瞎跑。今天爱菊的董事长有时间，我和欧阳韶晖一起去谈了谈合作的事，‘一带一路’上的示范园必须是产学研一体化，路才能走下去，否则就是瘸了一条腿。我既然参与其中，至少得把我手里有把握的事做个一二三出来。”

“就知道干活，干得多出错也多，不一定被人待见，又不是你的主要工作。你的研究生毕业答辩迫在眉睫，还是多操心学生的事吧，别尽干一些干活不打粮的事。”老伴的语气轻描淡写，但话却让他无从反驳。他也清楚，这个事干起来千头万绪，非一朝一夕能成。完全可以走个过场做个“表面文章”，但他做不到。

做一粒种子，不问东西

又是忙碌的一天。我给单卫星院长汇报了我的想法，并将起草的关于我校农学院、哈萨克斯坦国立农业大学农学院和赛福林农业技术大学农学院合作的协议发到他的邮箱。此刻，正焦急地等待回音。

我表达了对建立国际农业科技示范园这个事情的高度重视。学校也领会这是两个国家之间的事，不是一般意义上的技术合作。此前两国学校之间签订的只是一个框架协议，不具备可行性，只是一个愿景而已。我要把这个协议化成具体工作落到实处，但不是凭我一己之力就可以达成的，需要学校这个强大的后盾，更需要学院有明确可执行的规划方案。

我想发力，但由于事务太过于庞杂，似乎所有思绪都处在一个无物之阵中，一头雾水地向前奔进。此时唯愿做一粒种子吧！不问东西，只管向上生长。

2017年5月11日

天地之间，有阴有阳，独阳不长，孤阴不生，负阴抱阳，阴阳和合是天地万物之理。事情有正有反，有长有短，因为白才彰显出黑。田间的秧苗旁边总有杂草生长，缺失了人的作为，杂草比秧苗的长势更盛。机遇与风险同在，谁都明白农业生产大多受制于当年的自然条件，客观影响因素较多：土质、湿度、自然灾害、虫害、病害等，良种遭遇恶劣的环境也会结出与劣种同样的果实，育种的科研人员必须面对外界的质疑和自我怀疑，而育种试验是一个漫长的过程，唯有等待时间和试验给出答案。试验的时长一般是三年，结果看两头。当一粒种子播种下去，唯有耐心静待发芽开花结果，无法像工业流水线上的活儿，加班赶工期就可以加速完成，选种育种更是不能“拔苗助长”。

在苍穹下与日生长的种子，在观察者眼里不仅仅有科研价值，更有着令人叹服的力量。根系伸展，向下紧紧抓牢土壤；幼苗钻出地面，坚韧执著地向上生长；叶子展开，尽情恣意地吸收阳光……这些现象如同秋风扫过，一般人打个喷嚏便将之抛在脑后，只关心收获的果实是多还是寡。张正茂自我说服的本领，也许是因为几十年来在观察小麦从萌发、出苗、生根、长叶、拔节、孕穗、抽穗、开花到结实的每一个过程中汲取了作物的生长力。

揣着明白装糊涂，只适合社交场合，田间试验应用这一套就是掩耳盗铃。种瓜得瓜，种豆得豆，田地里需要的是实用哲学，实事求是的哲学。而人何尝不是一粒种子，虚与委蛇在至真至诚面前不堪一击，脚踏实地干实事，才能收获最健壮的果实。他想，既然参与这个项目，就按照他的一贯“农民”逻辑来，管不了那么多七七八八的事。

2017 年 5 月 12 日上午 7 点，他赶到位于北京朝阳区三里屯东六街 9 号的哈萨克斯坦共和国驻华大使馆门口排队等候办理签证，这是他第二次到北京面签，排队的人已经有大约 20 个。随着“一带一路”倡议的推进实施，国内到哈萨克斯坦去的人也多了许多。

签证官问：“你到哪里去？”

“我到阿斯塔纳赛福林农业技术大学。”

“还到哪里去？”

“阿拉木图哈萨克斯坦国立农业大学。”

“到那里去做什么？”

“我是西北农林科技大学的老师，响应习近平总书记的号召，要去哈萨克斯坦建立农业科技示范园，帮助哈萨克斯坦提高粮食产量和生产技术水平，希望得到大使馆的支持。”

签证办妥，终于成行了，张正茂、韩清芳、黄镇三人一同前往哈萨克斯坦考察。

大楼林立的阿斯塔纳

在人们津津乐道的汉唐时期，哈萨克斯坦曾是中国古丝绸之路上的一颗明珠，历史的脚印在今天又一次清晰地呈现在眼前。在苏武、张骞、玄奘的西行故事里，开辟的艰辛是时代的印迹也是开辟者的生命体验，他们留下的成果远远超越了出发时定下的目标。先贤们站在历史的高峰上，就像大漠里的一眼泉水，让千里跋涉的人有了灵性的依靠。内心是绿洲的人比脚踩绿洲却心田荒芜的人更具诗意。诗和面包，二者本不必选其一，人在仰望天空时也能脚踩大地，脚踩大地时自然而然会仰望苍穹。智慧的人便能恰当地平衡两方面而不是强调某一面，并且把它们生拉硬扯地分裂开来。

张骞出使西域是以军事为目的，尽管以失败告终，却开启了闻名于世的丝绸之路。带回来的只有一份口头报告：

“大宛在匈奴西南，在汉正西，去汉可万里，其俗土著，耕田，田稻麦；有蒲陶（葡萄）酒；多善马，马汗血，其先天马子也。有城郭屋室，其属邑大小七十余城，众可数十万。其兵弓矛骑射。其北则康居，西则大月氏，西南则大夏，东北则乌孙，东则扜罙、于阗。于阗之西，则水皆西流注西海；其东，水东流注盐泽，盐泽潜行地下。其南，则河源出焉，多玉石，河注中国。而楼兰姑师邑有城郭临盐泽。盐泽去长安可五千里。匈奴右方居盐泽以东，至陇西长城，南接羌，隔汉道焉。”

这份报告，让胸怀雄才大略的汉武帝掌握了来自大汉以外的准确信息，知道了华夏民族以外国家的疆域和人民生活。在信息闭塞、交流困难的年代，这份口头报告，为汉武帝扩充了视域和想象力。这是耀眼千古的帝王和历史事件的相互成就。

古时的丝绸之路从长安到敦煌，出玉门关，进入新疆，再从新疆连接中亚、西亚……西域的核桃、葡萄、石榴、蚕豆、胡萝卜、胡麻、苜蓿等几十种作物的种子逐渐在中原得到栽培，中国的丝绸、瓷器、茶叶等被源源不断地运到欧亚各地。如今，这条横贯东西的通道，正焕发着新时代的活力。人类文明的发展进入了全球化程度不断加深和世界范围内的普遍交往不断扩大的阶段。在这样的时代背景下，越来越多的中国人从古老的丝绸之路走向世界。张正茂他们，也是其中之一。

两小时的飞机旅程短暂而又愉快。张正茂正好看见邻座的小伙子长得像中国人。

“你也去阿斯塔纳？”张正茂问。

“我叫叶冉，是阿斯塔纳人，正在上海财经大学读本科三年级。”

小伙子汉语说得真好！陌生往往带来戒备，此时却成为可以打开自我的窗口，通过对望了解不一样的“风景”。

叶冉说：“老师作为中哈合作的友好使者，肯定更多的是关注学术领域，建议您多到民间走走，感受一下哈萨克人的生活。阿斯塔纳很现代也很新潮，但生活节奏相当悠闲而舒适。不像中国的上海，简直是巨无霸，一个城市的人口都快和哈萨克斯坦全国人口相当了。”张正茂笑着说：“上海是近百年来中国的标杆城市，引领着中国城市的发展，大而有实力，是实实在在的大。虽然中国人在审美上以大为美，各方面都追求大的境界，但城市发展和治理是综合性的，上海的大名副其实。”“阿斯塔纳城市体量小，但作为我们国家的首都还是

张正茂（右）在飞机上认识了热情的哈国留学生叶冉（左），还未抵达就已感受到阿斯塔纳的朝气和温暖

很有国际魅力，相信您能给阿斯塔纳的农民带来希望。”他们从中国的上海聊到哈萨克斯坦的阿斯塔纳，从“一带一路”聊到全球人类命运共同体，从中亚的发展机遇谈到自己的人生规划和对未来的期许。

就这样，在去哈萨克斯坦的飞机上，张正茂认识了热情的哈萨克斯坦留学生叶冉，下飞机后，他们一起走出了航站楼。来接叶冉的是他的哥哥。“欢迎你们来哈萨克斯坦，希望能在阿斯塔纳再见到你们，我会向大家介绍，这是我来自中国的朋友们。”叶冉的哥哥笑声爽朗，向张正茂一行人挥手告别。哈萨克人的热情开朗给他们留下了美好的印象。五月的阿斯塔纳犹如中国的阳春三月，焕发着春的生机，朝气、热情、温暖、新鲜、爽朗，犹如春风拂面，舒服惬意。

来接机的年轻人是时任哈萨克斯坦赛福林农业技术大学国际处处长的桑

塔纳派来的。他略懂中文，英语要更流利一些。在去酒店的路上，大家一会儿汉语一会儿英语，中英文切换着聊天，但丝毫不影响表达，倒是平添了几分乐趣。

18 世纪下半叶，俄罗斯进入哈萨克斯坦，哈萨克民族文化和斯拉夫民族文化开始糅合，直至形成了如今两种文化相互交融的局面。苏联时期，俄语作为主要交流工具，在社会中占据主导地位。哈萨克斯坦独立后，多民族语言共同发展，政府重新制定了语言政策，重点推广哈萨克语，以取代苏联时期俄语的主导地位。接机的年轻人一边开车，一边给张正茂一行人讲着哈萨克斯坦的一些历史。他说政府推广哈萨克语并不是一帆风顺的，遇到不少实际困难。在哈萨克斯坦境内所使用的民族语言中，俄语有着十分特殊的地位，很多哈萨克人的俄语比哈萨克语熟练。俄罗斯文化对这些居住于城市的哈萨克人影响甚深。许多家长和小学生都更愿意选择以俄语为媒介的学校，以哈萨克语为媒介的学校经常缺乏合适的师资和课本。

载着他们的小车迅速地汇入阿斯塔纳的车流中，与整座城市融为一体。这座都市位于哈萨克斯坦中心偏北的位置，处在俄罗斯人居多之北部和哈萨克人为主之南部的分界线上。这里气候宜人，伊希姆河穿城而过，生态环境良好。历史上的阿斯塔纳曾是一座军事要塞。18 世纪时，阿斯塔纳被称为阿克莫拉，是欧亚大陆丝绸之路上的一个重要的商业中心，从亚洲到欧洲去的商贾把它当作中途休息的地方。20 世纪 50 年代，苏联大批热血青年响应政府号召到此开荒，意图以此为中心，将哈萨克大草原变为一片广袤无垠的麦田，城市改名为切利诺格勒，即哈萨克语“垦荒城”的意思。这项宏大的计划并未实现，随着变革而偃旗息鼓。1997 年，这里正式成为哈萨克斯坦的永久性首都，并更名为阿斯塔纳，在哈萨克语中是首都之意。在 1999 年，联合国教科文组织授予阿斯塔纳“和平城市”的称号。

阿斯塔纳到处都是闪闪发光的摩天大楼、恢宏的大理石宫殿及印象派雕塑。为了方便工作，张正茂他们入住于离赛福林农业技术大学不远的酒店。酒店不大，共 4 层，有一间地下室。热心的前台服务员告知他们吃早餐的地方在

“生命之树”巴伊杰列克观景塔，象征着阿斯塔纳，也象征着哈萨克斯坦的过去、现在和未来

伊希姆河穿城而过，滋养着这座历史与未来共生的城市

地下室餐厅。这里的早餐还算丰盛，以西餐为主，还有一些哈萨克斯坦特色的食品。

中午 11 点，赛福林农业技术大学主管科技的副校长艾赞·阿布迪罗夫（大家都称呼他为阿校长）接见他们并与他们进行了座谈。该校是哈萨克斯坦农业部直属的 3 所重点农业大学之一，校名取自作家赛福林，有 8 个院系，开设了 37 个本科专业、31 个硕士专业和 17 个博士专业，在校学生大约 1 万人，教职工 800 多人。这种规模的院校在哈国屈指可数。

迎接他们的是时任赛福林农业技术大学国际处处长的桑塔纳女士。她的面部轮廓分明，高鼻梁、大眼睛生得俊俏，是典型的哈萨克族人长相，言谈举止显露出开朗健谈的精干性格。她带领大家到了阿校长的办公室，该校农学院院长嘎尼（Gani）也在此等候。酝酿已久的会面，终于在此实现。阿校长介绍了学校的基本情况，表达了合作意愿，明确了哈方示范园工作具体负责人是农学院院长嘎尼，希望双方加强合作，取得成效。张正茂介绍了此次访问的目的就是落实双方达成的合作协议，具体落实中哈农业科技示范园双方科技专家布署和具体种植计划。礼貌寒暄之后，张正茂感觉到双方对此次的合作盼望已久，期待着美好的合作前景。

赛福林农业技术大学副校长艾赞·阿布迪罗夫（中）和农学院院长嘎尼（右一）接见西农访问团，双方就合作共建农业科技示范园事宜开展协商

与校长会面后，嘎尼院长邀请大家到他的办公室，副院长阿丽亚和其他4位教授早已在此等待。嘎尼院长介绍了农学院教学科研的基本情况，重点谈了合作建设示范园的工作规划。

哈萨克斯坦赛福林农业技术大学执行典型的计划经济，上级有计划才有经费支持。这次合作建设农业科技示范园显然是计划之外的，没有经费，人员也是临时组成的，接下来怎么做，工作如何推进，还需要双方一起探讨。

示范园建设对中方来说是计划中的事情，人员经费都有保证，而对方的专家对这个项目并不看好。“我的研究课题和这个项目不相关”“这个项目不是我的专业方向”“这对我来说是额外的工作”，哈方的专家大多这样说。这对中方专家来说是一件棘手的事情，赛福林农业技术大学农学院的专家或许不愿投入精力干一件没有把握、看不见结果的事，该怎样啃下这块硬骨头？

张正茂的内心有些茫然。一天的交流之后，他的心里产生了一种深深的无力感。人是最复杂的，私心杂念裹挟着各种思想和理解，认知的不同导致结果大相径庭。在座谈中他有意强调了西农对示范园项目的技术和资金支持。按照自己的逻辑思路，他从选种育种的角度就技术和具体做法展示了学术能力，同现场专家作了技术探讨。韩清芳在有限的时间里极尽所能翔实地对栽培技术和方法提出了建议。这次还带来了油菜种子，黄镇正好是做油菜遗传育种研究的，在油菜方面表达了他的学术观点和意见。这是他们所能做的，也是这次出行的主要工作之一。经过一番你来我往的讨论，双方意见终于达成一致：赛福林农业技术大学农学院的专家按照西农方案把西农种子种下去。

中国人喜欢在酒桌上谈生意，酒桌文化的各式桥段都是手段，容易取得效果。而办公桌上，似乎只有是或否。他们三人早已饥肠辘辘，但这里的午饭时间一般是下午 3 点，入乡随俗，客随主便，一切听安排。在嘎尼院长和杜曼主任的陪同下，他们来到学院后面的一个俄式音乐餐厅。这间餐厅吃饭的人很少，总共有七八个客人。赛福林农业技术大学中哈汉语交流中心主任杜曼原来是新疆农业大学的教师，也是西农在赛福林农业技术大学的代表，张正茂和杜曼在早年执行联合国计划开发署“中国西北旱作地区持续农业体系”项目（UNDP114）时就认识，这次相见也算是异乡见故人了，倍感欣喜。

嘎尼院长点了餐厅的特色菜，十分丰盛。这里人用餐一般分三轮，第一轮是茶、甜品和菜品一起上，第二轮是肉品，哈萨克斯坦最具特色的菜是马肉和马肠子，第三轮是干果和水果，最后以茶收尾。中国人以“油盐米面酱醋茶”概括了生活与生计的重点，中国的茶文化源远流长，茶是中国人生活中的重要饮品。在这里，餐桌上的茶显然和我们生活中的茶截然不同。他们的茶是奶茶。中国人喝茶考究起来，茶的品种、类别、产地、采摘的时间、冲泡的方式以及饮茶的环境、使用的茶具、一起品茗的人、当下的心境都得照顾到。饮食习惯不

他乡遇故知，赛福林农业技术大学中哈汉语交流中心主任杜曼（右）是张正茂（左）的老朋友，此番再相见，双方都十分欣喜

尽相同，张正茂他们对品尝不同的美食很有经验，总能在新奇中找到相似性。在我国内蒙古、西藏、青海、新疆等地，放牧民族喝的奶茶和这里的差不多，都是红茶煮奶。

午饭后，杜曼主任带领大家参观赛福林农业技术大学汉语体验中心，这是他工作的地方，空间不大，但很雅致，在这里他们见到了几位教汉语的老师。哈萨克斯坦有 5 所孔子学院，是中亚地区孔子学院最多的国家。杜曼主任说，2018 年 12 月 1 日的首任总统日，时任总统纳扎尔巴耶夫出席以他名字命名的知识学校成立十周年纪念活动时，公开强调中国的重要性，并鼓励师生学习汉语。纳扎尔巴耶夫说：“你们可以选择学习任何语言，最常见的是英语，其次为西班牙语，但是，中国对我们非常重要，中哈贸易往来总量巨大，和我们与俄罗斯的贸易一样多。英语可以涵盖很多国家，比如在日本和中国都可用它进行商务会谈，但全球有十五亿人口都说汉语。”现任总统托卡耶夫则精通中

嘎尼院长用别具特色的哈萨克斯坦美食招待西农访问团

文，他曾经在苏联驻华大使馆工作，是当时大使馆里汉语讲得最好的。

赛福林农业技术大学很重视张正茂一行的工作访问，阿校长特意在北京大厦26楼旋转餐厅安排了欢迎晚宴。北京大厦位于阿斯塔纳中心的繁华地带，是极具东方特色的酒店。

当地时间晚上9点，阿校长准时在餐厅和大家会合，他特意安排了中餐和当地的伏特加，热情地招待远道而来的中国客人。张正茂在异国他乡具有中国传统风格的北京大厦品尝中国美食，真有回家的感觉，这让他倍感亲切，味蕾和情感都发生了微妙的变化，一切显得格外细腻，无以言说的味道在舌尖飘过。

阿校长首先以主人的身份向每位客人敬了一杯酒。哈萨克人很有礼貌，每次敬酒的时候都会站起来说一些表示欢迎和祝福的话，表达对客人的尊敬和良好的祝愿，吃饭期间都不知道要站起来多少次。哈萨克饭桌上的礼仪和中国的大同小异，阿校长的热情和真诚让晚餐更加欢畅。

更有趣的是，就连一向不喝酒的韩清芳教授也败给了阿校长的祝酒词，心悦诚服地端起了酒杯。阿校长站着对韩教授说：“今晚在我们五个人中，您一个人就占了半边天，您是一位伟大的母亲，我这杯酒是敬给身为伟大母亲的女性们，因为有了你们才孕育了整个世界，因为你们家庭才更温暖。”席间轻松愉悦的氛围，让一杯杯清冽的伏特加喝起来更加酣畅淋漓。

从 26 层远眺星空下的阿斯塔纳，霓虹灯装扮的建筑物像被赋予了生命，站立在大地上直通苍穹，变换着各种色彩，如同孔雀开屏向人们尽显魅力。阿校长带领客人走了一圈，介绍夜幕下周边的著名建筑：“这是总统府，位于城市中轴线上，蓝色穹顶、带有尖塔的白房子堪比美国白宫，总统府入口处的广场有美丽的花园，还有两座被本地人称为‘啤酒罐’的金色锥形建筑。

“那是可汗之帐，一个像大帐篷一样的建筑物，被视为阿斯塔纳人民送给前任总统纳扎尔巴耶夫的 70 岁生日礼物，是阿斯塔纳目前最具特色的建筑之一，是世界上最大的帐篷式建筑。这个被奉为‘生活体验中心和世界级购物中心’的大帐篷高 150 米，12.7 万平方米的巨大购物中心毫无悬念地夺走了‘世界最大帐篷’的称号。大帐篷建筑在寒冷的冬天不结冰，主要是建筑内部使用了特殊的化学内衬来保证屋顶的微循环。从马尔代夫进口的沙子铺成的人造沙滩在 35℃恒温下可以让人忘却严冬，体验热带生活。这里是阿斯塔纳最惹人喜爱的去处，从外表看起来它有些像大型的巡游马戏团搭建的表演场所，里面却别有洞天。在常规的购物和美食之外，还有很多游乐项目，包括跳楼机、激流勇进和 500 米长的单轨吊索。

“像树一样的建筑物是巴伊杰列克观景塔，又称‘生命之树’，是由总统纳扎尔巴耶夫亲自设计的阿斯塔纳地标性建筑。其形状犹如一棵白杨树托举着一颗金蛋，取意于哈萨克民间传说中的神鸟‘萨姆鲁克’（Samruk）。传说哈萨克人的祖先诞生于神鸟孵化的金蛋中。在观景塔的顶层可俯瞰整个阿斯塔纳。”

可汗之帐是世界上最大的帐篷式建筑，灵感来源于毡房，具有浓烈的哈萨克“游牧风”

阿校长像一位熟门熟路的资深导游，对哈萨克斯坦的各处景观如数家珍。在他的细致介绍中，一座干净美丽、年轻而又生机勃勃的现代化城市尽收眼底。

第二天早晨，在杜曼主任和农学院老师别克的陪同下，我们一行人去考察位于阿斯塔纳18千米外的合作试验站。离开繁华热闹的阿斯塔纳城区，一路上畅通无阻，几乎没有车辆行驶。车窗外，放眼望去苍茫一片，广阔的土地一眼望不到尽头，天高地远，莽莽苍苍。辽阔的地域让这群“农民”专家异常兴奋，他们好像得到一种神奇的能力，让心神像风筝一样放得又高又远。

穿越一片广袤的大草原，我们来到了试验站。从草原到试验站没有规整的沙石路或者柏油路，只有一条人们顺势而行、多次踩踏而成的既泥泞又坑坑洼洼的土路。

天高云淡，旷野无垠，走到哪里天空都是湛蓝的，草原的空气也格外清新，沁人心脾。

示范园面积不大，占地5公顷，土壤黑黝黝的，土质肥沃，没有污染。别克老师介绍说，这里的土壤都是黑土，土质好，无污染，有机质含量比较高，一般在3%～5%。草原受到国家法律保护，这片土地的用途以放牧为主，有一些地方可以开垦种植作物，现在种植的苜蓿会用作牛羊的饲草，主要农作物还有燕麦、小麦、马铃薯、油菜等。

别克告诉我们，目前，试验站拥有大型的农机具和灌溉设施，示范园就选在这里，已经整好了地，马上就可以播种，远处的田地里那几个实习学生在做田间数据调查和记录。我们和别克、杜曼主任商量将试验地划分为几个区，可以安排不同作物品种做比较试验和绿色栽培技术试验。两天的行程很紧凑，主要工作基本落实。在如此辽阔肥沃的土地上做试验，一定会有喜人的结果，如果是我在这里蹲守，应该会有好结果。把种子交给他人，一切会身不由己，希望这些种子有好的结果。我愿意相信我的合作伙伴，因为我相信我自己！

2017年5月23日 张正茂

科研团队在哈萨克斯坦首都阿斯塔纳仅仅逗留了两天。就为了这两天，张正茂筹备了两三个月，学校则铺垫了一两年。这短短的两天，背后依托的是中哈两国数十年的友好邦交，是两国人民对彼此的深厚情谊。可以说，这两天就是一颗历史的种子，与张正茂带去的作物种子一起生根发芽，在“一带一路”的土壤中茁壮成长。

韩清芳教授在阿斯塔纳农业科技示范园调查小麦种植密度

阿斯塔纳农业科技示范园配备的大型自走式喷灌机，操作简便的同时有着很高的浇灌质量

哈萨克斯坦耕地面积大，土地平坦，多用大型农业机械

在阿拉木图点燃希望

在阿斯塔纳赛福林农业技术大学的访问工作告一段落，但张正茂心中仍然有一朵阴云久久不散。国际间的合作十分复杂，涉及方方面面，此时不好研判未来的合作趋势。阿拉木图是他们此行的第二站，也是最后一站，等待他们的将是什么呢?

位于哈萨克斯坦东南部的阿拉木图市是哈萨克斯坦的前首都，地处边疆，位于伊犁河阿拉套山北麓丘陵地带。由于这里离边境太近，人口密度过大，发展空间接近极限，难以承载首都建设发展的需要，1994 年，在纳扎尔巴耶夫的倡议下，哈萨斯克斯坦迁都阿斯塔纳。

在清朝时期，阿拉木图地区还是清朝的领土，归伊犁将军管辖，当时命名为古尔班阿里玛图。阿拉木图的东面与中国为邻，南面与吉尔吉斯斯坦接壤，西面与江布尔州相靠，西北面紧挨巴尔喀什湖，北面则是哈萨克斯坦州。由于外伊犁山众多山溪的灌溉，阿拉木图土地肥沃，除了生产谷物，大部分地方已开辟为果园，城市南郊漫山遍野都是果园，其中数苹果园最多。因此，阿拉木图是名副其实的“苹果之城”。阿拉木图附近还有面积约 8 万公顷的自然保护区，环境优美。今天的阿拉木图市是哈萨克斯坦最主要的公路、铁路和航空枢纽地，也是金融、贸易和文化的中心，这座城市在哈萨克斯坦的地位堪比上海之于中国。

23 日晚上 8 点，张正茂一行人离开阿斯塔纳飞往阿拉木图，直奔下一所访问的大学。因为时差，总感觉这里的人晚睡晚起，作息和中国人的十分不同。早晨 7 点半起床的人，在这里俨然是“早公鸡”，酒店门口几乎没有什么人，马路上行人稀少，车辆也是偶尔驶过一辆，人们大多还在床上赖着。这里的城市布局整齐，高楼大厦明显不多，绿树环抱，林木苍翠，有宽阔平坦的林荫道，空气中带着青草的香味。相比阿斯塔纳，这座城市的风格完全不同，而张正茂更喜欢阿拉木图，在这里能望见远处的雪山，而且它靠近中国，与中国的关系密切。

上午 9 点，张正茂在酒店吃早餐，有奶酪、马肉、煎饼、油炸土豆、火腿及一些哈萨克本地特色美食，品种丰富，以肉食和奶制品为主，蔬菜只有斜切片的黄瓜和切成环状的彩椒，品种相对较少。

哈萨克斯坦国立农业大学（以下简称“哈国立农业大学”）农学院的 3 位女老师已经来到酒店大堂准备接我们去学校。大家见面互致问候，互相介绍。年轻的努尔孜依汗老师给我们留下深刻的印象。她是哈萨克族人，从小在新疆长大，十五六年前移民到阿拉木图，我们大家笑言她是阿拉木图的中国人。她那一口流利的汉语是在新疆生活习得，担任我们这次访问的翻译再合适不过了。还有一位可爱的古丽苏副教授，她是研究马铃薯的专家，对我们的到来兴趣十足，希望能够在马铃薯研究上有深入的交流与合作。另外一位是办公室主任。

在努尔孜依汗的引领下，我们首先见到了哈国立农业大学的教授努尔卡森诺夫 · 塔肯，他是哈萨克斯坦农业科学院院士，主要从事作物育种研究和教学工作，曾获得“哈萨克斯坦共和国大学最佳教师”荣誉称号，也是他们的科研领军人物。塔肯院士是我们重要的合作伙伴，也是中哈农业科技示范园合作项目的负责人。

在哈国立农业大学农学院 3 楼的办公室，我们见到了身材魁梧、精神矍铄的塔肯院士。塔肯院士健谈且豪爽，热情中流露着哈萨克族人的自信，看起来身体健壮，一点儿不像 70 岁的人。他指着墙上挂着的专利证书向我们介绍他培育出的 5 个作物品种，言谈间充满自信却没有丝毫傲慢。塔肯院士不像中国知识分子那么谦逊含蓄，而是与我们坦诚相见，性格直来直去，给人感觉好打交道，令人钦佩。

愉快的见面，让人感觉心里安定了许多，十分欣慰。在塔肯的引荐下，我们见到了另一位合作伙伴萨根柏·哈勒德巴耶夫。他是哈萨克斯坦国家农业科学院院士，哈萨克斯坦国立农业大学农学院教授、农学博士、博士生导师，从事土壤学与土壤改良教学科研工作，也是哈萨克斯坦教育科学部科学项目负责人，曾获哈萨克斯坦荣誉勋章、“哈萨克斯坦高等教育机构最佳教师”称号。

萨根柏院士因为有课不能陪大家同去试验站，我们在塔肯、古丽苏、努尔孜依汗的陪同下驱车前往哈国立农业大学试验站。一路上，塔肯院士从专业的角度给我们介绍了哈国立农业大学试验站的基本情况和作物栽培种植情况。尽管谈论的是学术话题，但我能感觉出塔肯身上哈萨克族人的豪迈果敢的性格。

试验站在距离阿拉木图40千米的库连区萨姆赛村，占地2万多亩。我们与哈国立农业大学合作建设的示范园就在这个试验站。黑黝黝的土地，土质绵软而有弹性，肥力充足，有机质含量在3%～5%。从阿斯塔纳广袤无垠的草原来到阿拉木图像海一样辽阔的农田，我这个“农民”在震撼之余，更多的感受是羡慕。肥沃的良田，加上地广人稀，这里的农民生活乐足程度可想而知。哈国立农业大学试验站今年主要种植了马铃薯、小麦、玉米、油菜、大豆、绿豆等作物，但看起来播种质量不高，出苗不好。

塔肯的助手马哈提江副教授耸耸肩膀、摊开双手，一脸无奈地说：“我隔三岔五跑试验站，可今年天气干旱，没有灌溉设备，我们无能为力，最令人头疼的是我们至今还是手工操作，作物栽培和田间管理经验不足，迫切需要小型的农机，提高工作效率。”

2017年5月20日 张世茂

从一所顶尖大学的实力可以窥见一个国家的实力。高校起到了实现国家富强昌盛的人才库作用，它的历史沿袭、科研传承、创新发展、综合实力、人文环境对知识阶层的理想塑造和影响是深远的。

哈国立农业大学始建于1930年，是哈萨克斯坦历史最为悠久的大学之一。

现在，它不仅是哈萨克斯坦的核心农业大学，也是中亚地区主要的农业大学。国家独立后，该校从专业设置和人才引进方面入手，整体实力快速提升，当前在国际合作和学术交流方面积极有为，很有可能在不久的将来发展成为硬软件齐备的大学，如同欧洲一些国家和俄罗斯的优秀农业大学一样。哈国立农业大学培养的具有高级农业技能的人才为哈萨克斯坦的农业发展做出了巨大贡献，是哈国农业科研和生产领域的主力军。

西农和哈国立农业大学，两所大学在一定程度上反映了两个国家农业领域的实力。到阿拉木图来，醉翁之意不在酒，风景带来的乍见之欢难以维系，最美的感觉或许是无意间激荡出的情感，遇见志同道合的人，常留心间的，是他乡魅力最动人的情愫。在阿拉木图的第一天，张正茂一行人和塔肯在交流碰撞中彼此赏识，互生好感，有说不完的话，约定第二天在塔肯的办公室坐下来敞开胸怀聊一聊。

张正茂他们住的酒店距离哈国立农业大学不远，步行大概半小时便到了该校农学院的办公楼。这所高校的宣传和中国大学有异曲同工之妙，办公楼过道的墙壁上挂满了老科学家的照片和一些学术成果简介，都是俄语。在今天，俄语在哈萨克斯坦依然占据着重要的地位。

张正茂再次见到塔肯，少了昨天的陌生，多了些热情和一见如故的激动，塔肯给每个人一个大大的拥抱。他开门见山地说："张正茂教授，我们要合作，就得真正地合作，作物品种是生产的关键，育种是一项长期的工作，我希望我们能够用 5 ～ 8 年的时间，争取育成我们自己的品种。这才是合作，合作就要出成果。"

"您的观点我十分赞同，这也正是我所期待的。我们来访的目的就是要落实协议，让美好的愿望变成现实。您是做育种的专家，我也是主攻育种的，我们的目标一致，无论是站在两国和学校层面还是我们两个人的角度，我们这次会面，都是意义非凡的。"

塔肯的语气极为坚定："张正茂，你要把你研究出的优质小麦种子和技术带来，在我们哈萨克斯坦的黑土地上化成一片麦子的海洋。中国和哈萨克斯坦的友谊有着长远的历史渊源，翻开历史，我为两国之间有着真挚的友谊而感动。今天，我们依然是好邻居、好朋友。"

"合作的信心比金子都珍贵，出成绩是水到渠成的事。"张正茂尽可能地传递出他的真诚。

谈话间，塔肯的专业精神和忧国忧民的情怀让每个人为之动容。他说："哈萨克民族千百年来在大草原上以放牧为生，牧民们在国家政策和时代的推动下，逐渐转向农业耕种，过起了定居生活。但农民们不懂农业技术，很少有尽心尽力地去照料农田，这是我们的生活习惯，但对于农业生产一点也不好。和中国比起来，我们的粮食产量比较低，目前小麦单产量约 1.2427 吨每公顷，这个产量不行。当前，需要通过合作提高我们国家的粮食产量，一定要孕育出合作的新品种。"

这次洽谈，让每个人如沐春风，心情舒畅，斗志昂扬。好像成片金灿灿的麦田已经跃然眼前，沉甸甸的麦穗随风荡漾，一粒粒饱满的麦粒在阳光下熠熠发光。这样的聊天时间简直是坐了火箭一般，很快就到了吃午餐的时候。塔肯早有准备，他从家里带来了爱人特意准备的马肠子、马肉、蔬菜和馕，大家一起围在办公室的小桌旁用午餐，这也是他日常工作时的午餐习惯——自己带饭吃。

塔肯简单素朴又实在的准备，让张正茂一行感到这是一个意外的收获。显然塔肯做事有自己的节奏，处理事务有条不紊。

在办公室吃饭也少不了用酒来助兴，塔肯给每个人斟满一杯伏特加，与大家干杯。张正茂担心喝了酒会影响谈话和下午的工作，他推辞道："我要清醒地聆听塔肯院士的高见和对未来的规划，我不喝酒，以水代酒，和大家干杯。"

塔肯（左三）在办公室里为张正茂一行准备了简单的欢迎午餐，宾主尽欢，众人举杯助兴

“水怎么能是酒，水就是水，酒就是酒。张正茂你要是不想合作就不要喝我给你倒的酒。”塔肯说的话里是有脾气和情绪的，看这样子，他似乎觉得他的一番美意被张正茂辜负了。接着他又很认真地说：“我们的合作是真诚的。”

张正茂赶紧端起酒杯重复：“我们的合作是真诚的。”一口喝完又补充道：“塔肯院士，我们的合作一定是真诚、真实而且有未来的。”

这是一顿简单的午饭，也是一顿最丰盛的午饭，它表达了主人给远道而来的客人的礼遇。

之后他们在古丽苏和努尔孜依汗的陪同下参观了哈国立农业大学农学院的组织培养实验室，对该学院的实验水平有了一个直观的了解。

结束了对哈国立农业大学的访问，张正茂应哈萨克斯坦农业和植物研究所所长科恩巴耶夫的邀请，顺访研究所，所长也期待着与西农的科技合作。

哈萨克斯坦农业和植物研究所是哈萨克斯坦国家科学院下属的一家研究所，所里组织了全所骨干科学家与西农专家座谈交流。韩清芳教授有备而来，为了在哈萨克斯坦研究地膜覆盖技术的适应性，她带来两种玉米种子和不同类型的地膜。她说："中国人多地少，农户种植栽培精耕细作，地膜玉米栽培技术推广时间已有 30 年之久，不断更新换代。在中国的干旱半干旱地区，玉米几乎全是地膜栽培，这个技术让农户丰产增收，我希望这个技术也给哈萨克人民带来丰收。"她和研究所的灌溉专家一起就试验方案落实做了进一步探讨。

张正茂（右三）等与哈国立农业大学的专家因农业科技示范园结缘，在交流与合作中建立了珍贵的友谊

西农专家参加哈萨克斯坦农业和植物研究所专家座谈会，在思想碰撞中捕捉更多的合作机会

每一次机遇都是在碰撞中产生的，该研究所的专家计划今年就安排试验。西农和该研究所在一些专业领域和方向比较一致，科恩巴耶夫所长表示双方可以联合培养研究生，一起申请国际合作项目。该研究所的两位硕士毕业生立即表现出对西农的浓厚兴趣，向张正茂教授咨询西农招收国际博士生的情况。

“在西北农林科技大学攻读博士学位几年时间可以毕业？”

“获取中国奖学金都有什么条件？”

“可以留一下你们几位的联系方式吗？”

……

来自中国的播种人

访问阿拉木图让专家们看到了中国种子在哈萨克斯坦落地的希望，西农的实力备受肯定。黄镇自豪地说：“实力就是脸面，这会儿走路都能感觉到带风了！”韩清芳转向黄镇说道：“你这就得意忘形了！”黄镇说：“有时候可以适当地得意一下。这会儿我们去观光一下，怎么样？”张正茂回话：“先回酒店。”

返回酒店，前台服务员告诉他们有人找。大家一头雾水，会是谁找他们呢？谁在这里有朋友？

访客是一位中国人，叫崔卫军，时任杨凌现代农业示范园区开发建设有限发展公司副总经理。他大部分时候在阿拉木图农业科技创新园工作，很少回杨凌。异国他乡遇见的不仅仅是同胞，还是一位杨凌老乡，张正茂等人倍感亲切和温暖。

崔卫军说：“我从杨凌的同事那里得知你们来哈萨克斯坦的事后，期待尽快见到你们。希望你们可以安排去我们的农业创新园看一看，中国的‘一带一路’这几年发展迅猛，我们公司响应‘一带一路’倡议建立的农业创新园是中国杨凌农业高新技术产业示范区管委会与哈萨克斯坦国际一体化基金会的合作项目。从成立示范区以来，杨凌一直引领着中国的农业发展。”

张正茂说：“我们正好在阿拉木图的时间相对充裕，咱们都是促进‘一带一路’上农业工作的人，不同的事，一样的目标，我们也可以看看跨国公司的发展模式。”

崔卫军针对明天的安排补充道：“明天参观完农业创新园，下午5点约见一下中国驻阿拉木图总领事馆的领事米桂雄。”路上遇见同路人，一拍即合，这样的插曲并不多见。

第二天早晨，天依然是湛蓝湛蓝的。崔卫军如约来到酒店接他们去参观农业创新园。无论是在阿斯塔纳还是阿拉木图，从酒店到目的地，距离都相对较远。农业创新园位于距离阿拉木图90千米的图尔根镇。崔卫军第一次到阿拉木图是在2016年，从那时起，他便通过中哈合作的农业创新园开展优良品种、设施农业、节水灌溉、经济林果、花卉苗木、农资农机等领域新产品的示范、试验、推广和经营工作。初来乍到，他以为当地农民懒，不愿给西红柿搭架，后来才了解到是农民不懂田间管理技术。杨凌的专家、职业农民、农业园区开发人员到了这里以后，给西红柿搭架子，对西红柿进行疏枝等各个方面的维护工作，终于呈现一层果、两层果、三层果顺着架子爬满枝条的效果，和原先的产量差距非常明显。看到果实累累的西红柿架，当地人既震惊又佩服，对中国人的田间管理技术竖起大拇指。创新园的职业农民手把手地教当地人怎样给西红柿搭架子。当地人也感到比较新奇，多这么一个方法竟让长势成效变化如此明显，他们在很多作物栽培上都对中国的农业技术表现出浓厚的兴趣。

爱苗心切，张正茂总会亲自下到田地里细细观察小麦

中哈现代农业创新园规划面积 200 公顷，其中品种试验区占地 20 公顷，示范推广区占地 180 公顷，已经示范展示了小麦、玉米、大豆、油菜等蔬菜以及绿化苗木等 6 大类 20 余个品种的作物种植技术。

崔卫军邀请张正茂看小麦试验的情况，希望得到张正茂的指导意见。园区去年种植的小麦品种亩产最高达到 319 千克，远远超过当地品种亩产的 175 千克；但和国内比起来，很明显园区的产量还是偏低，而他们的种子正是从西农引进的。

张正茂详细考察后，针对今年小麦的长势情况给出了一些建设性的意见。这几天他考察对比了阿斯塔纳和阿拉木图两个试验站，发现这里地域广阔，气候有所差异，风力也相对较大，降水量和日照都有显著的不同，如果田间再缺少管理技术，产量必然产生较大差距。经过交流，崔卫军和西农专家一致认为：哈萨克斯坦虽然有着优越的自然资源，但并没有让哈国的农业大放异彩。在他们看来，农业科技的短板是哈萨克斯坦农业发展的一个瓶颈。而突破这个瓶颈，需要崔卫军和张正茂他们这样的人，只有大家共同努力，才可能让这片土地硕果累累。

在结束这次访问之前，他们于匆忙中约见了米桂雄领事，他对西农的能力和担当赞不绝口，坦诚表示中国驻阿拉木图总领事馆一定会尽力支持示范园的建设工作。

因为要搭乘晚上 10 点的航班，张正茂一行人结束了这次短暂的访问。萨根柏因为工作和时间安排的关系，未能与张正茂他们进行深入交流，因此他坚持将张正茂他们送达机场。

访问结束了，但在哈萨克斯坦播种的故事才刚刚开始。

第二篇

从杨凌到阿拉木图

种子在试验阶段充满了不确定性。正是不确定，令张正茂对明天格外期待，同时混合着焦灼不安的心情。中哈示范园的试验结果如何，等待张正茂他们亲自去寻找答案。

天不言而四时行，地不语而万物生。六月的关中平原，宛如色彩饱满的油画，深绿色与金黄色交相辉映，在阳光的热烈注视下散发着大地生机勃勃的气质。

丰收的田地，吟唱出农民的生命赞歌。麦粒鼓着劲儿你挤我拥、密密匝匝地缀满麦穗，细细的麦秆努力承受着麦穗之重。低着头的麦子，犹如大地上的思想者，依着风儿争相露出思辨的麦芒，“针锋相对”而又惺惺相惜。大地，沉默着，喧闹着。这是大地六月特有的景象。麦子收割时发出的声响混合着农夫的慨叹，演奏出大地丰收的交响乐章。

渭北旱塬一带的冬小麦经过 260 ～ 270 天的生育期，从平原到丘陵，慢慢黄透、成熟。农户人家，无论男女老少，身体的每一个细胞都充满了力量，只待麦子黄时下地收割。

“田家少闲月，五月人倍忙。夜来南风起，小麦覆陇黄。妇姑荷箪食，童稚携壶浆，相随饷田去，丁壮在南冈。足蒸暑土气，背灼炎天光，力尽不知热，但惜夏日长。复有贫妇人，抱子在其旁，右手秉遗穗，左臂悬敝筐。”这是白居易《观刈麦》中收割麦子的场景，他以极尽朴素的白描道出了田间劳作的农户人家的辛劳。白居易的这首诗的诗魂在下半部分：“听其相顾言，闻者为悲伤。家田输税尽，拾此充饥肠。今我何功德？曾不事农桑。吏禄三百石，岁晏有余粮，念此私自愧，尽日不能忘。”这是诗人、士大夫白居易的一腔情怀和人文情操，诗人不劳动却丰衣足食的自我愧疚感在诗句里流淌。逝者如斯，麦地穿越千年，依旧在天空下发出金灿灿耀眼的光芒，迎接行走在大地上的一代代过客。今天的农民，享受改革开放的成果，自 2005 年全面取消农业税后不再上交公粮。这是历史的必然进程，更是神州大地上的人们勤劳富足的现代诗卷。

远嫁的“女儿”牵动人心

张正茂，这位戴着眼镜、拿着笔和笔记本在麦田里忙碌的“农民”，内心激荡着收获的喜悦，他奔波在渭北关中道上观察记录着“普冰”小麦种的各种性状和产量情况。当他在播种了“普冰 151”“普冰 9946”的麦田里时而蹲下、时而踱步的时候，不由自主地惦记远在天山之外的哈萨克斯坦的“普冰 151”“普冰 9946”小麦种的命运，它们犹如远嫁的女儿牵动着他的心。他时常情不自禁地畅想中哈农业科技示范园里的情形——蓝天白云下，哈萨克斯坦的小麦长势如关中平原的小麦一般令人欣喜。

张正茂回到办公室，一副若有所思的样子。他在心里默数着西农的小麦良种，“西农 538”“西农 979”“西农 511”“西农 529”“西农 585”“西农 822”“西农 928”“西农 219”……数着数着，他想起自己的导师——赵洪璋，这是高中生物课上老师讲起的名人。高中时的他无论如何都想不到在自己大学时期能够见到赵院士，还成了他的学生。赵洪璋院士是我国著名的小麦育种家，先后主持培育了“碧蚂 1 号”“丰产 3 号”“矮丰 3 号”“西农 881”，在 20 世纪 50 年代至 70 年代大幅度提高了小麦单产。在北方，农民家家户户都种“碧蚂 1 号”，赵洪璋的名字可谓家喻户晓。赵洪璋为我国解放初期的粮食生产和国家安全做出了重大贡献，多次受到毛泽东主席的接见和赞扬。国家召开粮食工作会，周恩来总理点名“西农的赵洪璋院士”参加。1959 年，“碧玛 1 号”单个品种年推广种植面积达 9000 多万亩，创造了中国小麦品种年种植面积的最高纪录，至今无人超越。赵洪璋院士既是丰碑又是灯塔，激励着西农的一代代育种人。

西农的李振声院士主持培育的“小偃 6 号”，宁琨研究员主持培育的“陕农 7859”“陕农 229”，相继成为 20 世纪 50 年代至 90 年代不同时期的主栽品种，在黄淮麦区小麦品种更新换代中起着主导作用。西农的小麦专家们前仆后继，西农的育种专业人才辈出。前辈的事迹温暖激励着张正茂，给他鼓足了劲，让他一心只管砥砺前行。一个人只有不断探求，才能不计成败地走出去。

西农的良种“小偃15”“小偃22”“西农509”“西农529”“陕627”“西农538”“普冰151”“普冰9946”跟随张正茂一行人，带着使命，将在哈萨克斯坦广袤的黑土地生根发芽，它们将受到伊希姆河、伊犁河的灌溉，为当地的粮食生产注入中国种子的力量。中哈两国山水相连，如今因为种子，更多了一种根的联结。

2017年7月2日—5日，由西农主办、哈萨克斯坦赛福林农业技术大学承办的第二届丝绸之路农业教育科技合作论坛在哈萨克斯坦阿斯塔纳开幕。哈萨克斯坦农业部第一副部长阿依图干诺夫·海拉提，国会农委主任、议员吾玛罗夫·撒帕尔汗出席了开幕式。河南农业大学校长张改平院士以及包括我国在内的7个国家共45个科教单位的150余名农林科学家齐聚美丽的阿斯塔纳，在伊希姆河畔共同讨论丝绸之路农业教育科技联盟的深化合作事宜。时任西农校长孙其信出席大会并发表了热情洋溢的讲话，单卫星院长作为中哈示范园项目的负责人赴哈萨克斯坦赛福林农业技术大学参加联盟会议，西农积极为中哈农业科技示范园的工作和发展铺道。

哈萨克斯坦农业科技示范园一直是我的心事，如何做好这项工作？我想还是要从种子着手，应该搜集大量的种质资源，掌握我国春小麦品种的特点和生产技术。根据哈萨克斯坦当地的自然生态条件，我们得考虑选择哪些品种比较稳妥。

我国与哈萨克斯坦环境相似的地方有青海、新疆的伊犁和北疆，我应该首先进行春小麦品种、栽培技术等方面的调研，从这些地方着手搜集他们的春小麦品种。第一站目标是青海省农林科学院。今天马上买机票，和研究生路永强一同前往，搭乘西安到西宁最后一趟航班，晚上8点到达西宁。

2017年7月6日 张正茂

经过六月炎热的收麦季，张正茂浑身散发着酣畅淋漓的劲头，这股劲儿是远在天山之外的中哈合作示范园传递给他的。他认为必须先搞清楚中国春小麦的生长特点以及在生育期有可能遇到的问题。脑海中有了路线图和目标，他就立马行动，直奔青海的西宁，调查研究相似环境条件下的小麦状况。这是他认为可行的办法，也是他能采取的切实有效的措施。

张正茂青海之行的第一位“切磋对象”是马晓岗。马晓岗是青海省农林科学院的小麦专家、二级研究员，在小麦研究上颇有建树，经验非常丰富。作为多年的老朋友，马晓岗研究员接到张正茂要来西宁的电话，放下手头的事，亲自到机场接张正茂师生二人到家做客。老朋友相见，诉衷肠吐心声。四个小菜，半斤白酒，小酌是议事的最佳铺垫。良友即军师，张正茂并不是来老朋友这里寻求安慰的，而是迫切需要建设性的意见和可参考的思路。

张正茂说：“老兄，我今年年初接了一项在哈萨克斯坦建设农业科技示范园的任务，可我没有什么经验，也没有可借鉴的项目。我们想把西农的种子引种到哈萨克斯坦去，目的是促成当地粮食增产。”

马晓岗举起酒杯惊喜地说：“祝贺！干一杯！这么多年辛苦的成果能走出国门，首先应当好好地庆祝一番。”

“走出去容易，立住脚难啊！ 5月到那里访问调研了一圈，初步了解了当地的作物生长环境和种植情况。那里地广人稀、农业机械化程度高，其中小麦这一个作物的耕种面积就有2亿亩，真是让人眼前一亮。而且土地没有污染，都是一眼望不到边的平原，这些都是农业领域的稀有资源。但是哈萨克斯坦却有种粮难的问题，他们对田地的管理完全是粗放型的，广种薄收，随便一家农场主都是几百亩、几千亩甚至上万亩的良田，把种子播种下去就只等着收成，这是普遍现象。”

“当地农民田地多，收成差也不怕；企业做的话就不一样了，全面机械化耕种，追求最大利润，能把产能提振起来。对了，这次给西农划了多少亩？”

“西农和当地两所大学合作做试验，合作方为了控制成本每个品种各种1

亩，先看示范结果。这只是个开头，目的是要建立种植示范基地。哈萨克斯坦人少地多，我们人多地少，这是合作的最佳搭档，优势互补。‘一带一路’倡议可谓深谋远虑，我们是落地执行的人，念对经做对事，把事儿做好就是对两国百姓的报答。”

“务实是咱们的本分，把我们优良的种子和农业技术推广出去，在你来我往中升级感情和合作。不管是从国家的发展大方向还是从个人科研之路来说，这都是惠及百姓、利在千秋的事，任重道远啊！干杯！”马晓岗语重心长地说。

夜色渐深，酒意渐浓，老友相逢千杯少，聊到天亮还意犹未尽。

第二天早晨，马晓岗开车带张正茂师生一起去看青海大学的小麦试验田。这里种着马晓岗选育的“青麦 6 号”，长势喜人，麦苗整齐一致，颜色深绿，穗大粒饱，适应性强。看到这样的麦田，张正茂总是会情不自禁地拔一株麦子，仔细打量。这里的小麦长势和关中明显不一样，在不同的地域和不一样的气候带之下，农作物的生长情况也不一样，播种时节和收割时间也是天差地别。这种差异性，也显示了各地作物的多样性。

青海深居内陆，远离海洋，又受青藏高原地形影响，大部分地区属非季风区，降水量较同纬度的东部地区偏少，年降水量为 50 ～ 450 毫米，绝大部分地区年降水量在 400 毫米以下，降水量少，地域差异大；属于高原大陆性气候，太阳辐射强、光照充足；气温比同纬度的黄土高原和华北平原低 8 ～ 12℃，1 月份平均气温为 –8 ～ –18℃。这里的冬季与同纬度的东部平原相比仍算寒冷，而且持续时间长。但是，气温低、昼夜温差大却为农牧业生产提供了一个有利条件，有利于作物光合产物的积累，相对地提高了温差的有效性。

相对青海的水文水利条件而言，哈萨克斯坦地处内陆中心地带，远离海洋，降水主要靠高空西风环流带来的大西洋水汽。平原区降水量很少，不产生径流，中南部大部分呈荒漠景观。哈萨克斯坦与青海一样属大陆性气候，荒漠地带每年降水量约为 100 毫米，天山山区为 1000 ～ 2000 毫米，平原则为

300 ～ 500 毫米；1 月的平均气温为 −19 ～ 4℃，7 月则为 19 ～ 26℃。这些相近的气候特点下生长的农作物，是张正茂要寻找的最好的参照物和可研究参考的对象。马晓岗介绍道：“青海要求株高与‘中麦 175’相当即可。”张正茂笑道：“每个地域的要求是依据自身的自然环境而定的，青海大学试验站的小麦长势真是令人欣喜。”

相比“青麦 6 号”的试验成果，在中国科学院西北高原生物研究所生态农业中心贵德小麦试验基地的调研，则让张正茂喜出望外，这里有关于春小麦的研究和试验。从事春小麦育种栽培研究和中藏药材栽培的专家——陈志国研究员对他们的到访十分欢迎。陈志国对试验基地作物相当熟悉：“青海气温偏低，昼夜温差大，有利于养分积累，小麦千粒重比较高，一般为 50 ～ 65 克，甚至可以达到 70 克，株高一般为 90 ～ 95 厘米，株型紧凑，有利于密植。抗干热风，根系活力强，叶功能期长，灌浆速度快，耐旱性好。”陈志国介绍的这些春小麦的特点引起了张正茂极大的兴趣。哈萨克斯坦的面粉主要是用来做面包的，要求高筋面粉，蛋白质含量在 13% 以上，小麦的千粒重在 50 克以上。无论是国内还是国外，人们都喜爱优质的高筋面粉。小麦生产已经从增量转向提质增效的发展轨道，农作物受制于地理自然条件，产量和质量因地而异，当地的自然条件是无法克服的因素。

试验基地的藜麦、大麦、马铃薯等作物品种在基地工作人员的精心照料下，长势茁壮，生机勃勃。张正茂观察记录了这些特征特性、技术要点，再与相关的自然条件对照，计划进一步优化自己的“普冰”小麦。

先走过身边的路，才能抵达远方

青海调研结束了。离哈萨克斯坦最近的就是新疆了，应该到新疆好好走走，获取的有用资料应该更多。我提前联系了新疆农业科学院小麦专家曹俊梅，立刻搭乘 13：35 的航班飞往乌鲁木齐。

曹俊梅安排人接机，带我们入住酒店。

中国农业科研人员的热情和专业，令人佩服。曹俊梅和她丈夫何鹏在独山子餐厅热情招待了我们。何鹏是一个新疆通，让人印象深刻，热情中流露出能干练达。我已经好久没有到过乌鲁木齐，他向我介绍了乌鲁木齐的美食，我们再一次吃到了马肠子、抓饭、红柳烤肉、椒麻鸡、拉条子拌面……恍若置身于哈萨克斯坦。

2017年7月9日 张正茂

到过新疆，方能切身感觉新疆的美丽与辽阔，开车一天只能走完一个乡镇，令人在疲惫之余满腹惊叹。新疆地域面积 166.49 万平方千米，与俄罗斯、哈萨克斯坦、吉尔吉斯斯坦、塔吉克斯坦、巴基斯坦、蒙古、印度、阿富汗八国接壤，是古丝绸之路的重要通道。汉代，张骞曾两度出使西域，加强中原同西域诸地的联系。今天的新疆，是第二座“亚欧大陆桥”的必经之地，正延续着交流与合作的历史传统，战略位置十分重要。中国是有着 56 个民族的大家庭，在新疆一个自治区则有 55 个民族。截至 2021 年末，新疆拥有 2589 万常住人口。这里的居民用汉语、维吾尔语、哈萨克语等多民族语言交流，聚居共处，融合发展。这个戈壁纵横的中国最大的少数民族自治区，身处亚欧大陆的地理中心，逐年增设众多口岸，正演变成一个向西拓展市场的战略要塞。

张正茂并非第一次到新疆，之前他来过很多次，只是每次都是走马观花，没有深入了解新疆。这一次，他想从各方各面认识新疆，因为新疆太重要了，深入了解、研究新疆农作物的种植情况对中哈示范园的建设和作物品种培育都有极大的参考价值。第二天，曹俊梅、何鹏夫妻俩陪同他们到奇台县的新疆农业科学院试验站考察小麦试验田。曹俊梅是张正茂多年的合作伙伴和老朋友，早几年前，张正茂就瞄准了新疆这块肥沃的土地，希望能选育出适合新疆生态条件的小麦品种。当时张正茂给曹俊梅提供了一些育成的高代品系，请曹俊梅帮助鉴定选择，这次他要亲眼看看自己的“娃”长得怎么样，是否水土不服，是否能适应新疆的自然环境条件。如果能适应，他带到哈萨克斯坦的品种就有希望培育成功。曹俊梅说：“新疆的自然环境虽然不敢说和哈萨克斯坦一样，但确实很相似，新疆人民的生活习惯和哈萨克斯坦居民也惊人地相近。”何鹏接着话茬说：“两国紧挨着，在历史上就互通往来，有的人家在新疆，亲人在哈萨克斯坦；有的人移民哈萨克斯坦，亲人在新疆，这两种情形都不少见。两边人民长期友好互助，文化、风俗、宗教的相通奠定了两地深层次交流的基础。”

何鹏接着介绍：“相比新疆，哈萨克斯坦有 130 多个民族，宗教信仰团体有 40 多个，他们在历史上经历了很多次政治变革带来的民族运动。独立后的哈萨克斯坦，哈萨克民族得到强化，哈萨克人保护本民族特性中‘阿拉什’的继承和现代化。阿拉什是哈萨克人的共同祖先。在后苏联空间、里海和中亚地区，哈萨克斯坦的影响和威望得到巩固，国家在世界政治和经济版图上的地位大大提高，哈萨克斯坦的主要指标甚至超过东南欧国家，已经非常接近中欧的许多国家。哈萨克斯坦是中国新疆最大的贸易伙伴，这在一定程度上源于中哈边境优越的交通环境，天山山脉在北纬 45° 附近向西一头扎进哈萨克斯坦境内，两侧留下了宽阔的平原。尽管地理位置十分接近哈萨克斯坦，并与周边多国都开通了口岸，但昔日中国在中亚扮演的一直是边缘角色，无论是经济、政治还是文化，中亚国家都长期处于俄罗斯的影响下。苏联解体和东欧剧变后，中亚地区向中国展开了怀抱。现在整个中亚地区，都可以看到越来越多的中国商店、市场和产品。”

张正茂听着他们夫妇的介绍，捕捉着记忆里哈国的点点滴滴，观察体验着新疆的自然环境。在试验地，他看到了自己选育的小麦品种，有几个表现还不错。千里之行看到了想要求证的结果，张正茂甚感安慰。

既然来了，就不能放过任何一个可以考察的基地。下午，张正茂又去了新疆一家种业公司位于奇台县的试验基地和加工车间，走访了一些育种基地和麦类基地。看到各种类型的作物品种，尽管奔波劳累一整天，但收获的各种信息亦是满满当当，他心满意足。

张正茂到青海和新疆考察的目的是要通过与哈萨克斯坦相似的这些地方更好地了解春小麦的生产情况，以国内的春小麦生长情形比对哈萨克斯坦春小麦的生长，寻找适合哈萨克斯坦种植的小麦品种。看了一圈以后，他对新疆和青海的春小麦生长情况有了一个基本的了解，同时也对它们的表型和分布区域有了新的深刻认识。几天考察下来，他的目标也逐渐明确。致力小麦育种研究以来，他的着重点是冬小麦。中国的北方，尤其是黄淮区域，以种植冬小麦为主。地处杨凌的西农，主要以中国的干旱半干旱区域为科研和服务的对象。对于春小麦，张正茂有学术上的了解，却只是稍有研究的经验。在学术和品种上，他从这时才开始专注于春小麦的研究。哈萨克斯坦以种植春小麦为主，他首次带去的种子却是冬小麦，对春小麦的观察远远不够。

他知道冬小麦和春小麦在概念上的不同：如生育期长短不同，春化温度和春化时间的长短也不同，冬小麦一般是 240 ～ 270 天，春小麦一般是 100 ～ 120 天，春小麦春化温度要求较高，时间较短，而冬小麦春化温度要求较低，春化时间较长；在播种的时令上冬小麦是秋天播种，夏天收获，春小麦则是春天播种，秋天收获；一个要跨年度，一个不跨年度。从概念到认识实物，再到了解和研究，他清楚非一日之功，唯有来日恶补。

2017 年 7 月 12 日一大早，张正茂师生二人就乘飞机从乌鲁木齐到伊犁，在伊犁哈萨克自治州食品药品监督管理局工作的学生周媛到机场接他，之后就直奔伊犁哈萨克自治州农业科学研究所（简称伊犁农科所）实地考察小麦专家艾力·买买提试验田的春小麦生长情况。艾力详细介绍了伊犁春小麦生产情况和春小麦每个生长时期的特征，以及田间管理情况。伊犁农科所党委书记王常红和所长阿依丁·拜克布逊闻讯来到试验田与张正茂见面，他们在田间探讨交流伊犁春小麦育种和管理特点，随后在周媛陪同下又考察了伊犁州大田冬小麦的田间表现情况。

这趟考察后，张正茂得出结论：由于环境昼夜温差大，这里的春小麦千粒重比较大，株高比较高，耐旱，对抗病性要求不高。他与新疆的专家探讨哈萨克斯坦的农业生产情况，他们也提出了宝贵的建议。

根据此次考察，他决定从新疆引进 4 个品种：“新春 26 号”“新春 27 号”“新春 41 号”“新春 43 号”，带到哈萨克斯坦进行试验。

农业科研是在田地里做文章，实物观察研究是试验的根本。张正茂没有经历哈萨克斯坦春小麦播种、生长、管理、收获的全过程，这是一个盲点。这次实地考察让他有了直观的认识，对春小麦可能出现的一些问题和生长的特点有了更准确的判断。下次选种的时候，他将会更精准。只有适合当地的地理气候条件的麦种才是最好的选择。

8 天考察下来，张正茂心里对中哈合作示范园的未来有了数，而对 1 个多月前带去的种子和试验方案，他的心却高高把悬了起来。如果这几天的考察是在 5 月出访前，他会更有把握。然而人生没有如果，只有结果。每个人都会凭借经验和信息得出结论，并认为这个结论是可行的、可能的、有现实意义的，如果没有这些自我判断支撑，谁又会盲目地去做一件事？除非这人是一个投机主义者或赌徒，张正茂显然不是投机主义者更不是赌徒。

带去的种子“水土不服”

今天收到哈萨克斯坦赛福林农业技术大学专家们给我发的邮件，是农业科技示范园的试验照片。作物长得很不好，完全出乎意料。看到这些照片，我心里十分沉重，在中国表现很好的品种怎么会这样？只有玉米和马铃薯的出苗情况还看得过去，照片上长势表现一般。其余的品种，小麦、油菜、大豆、小豆、芸豆、豌豆出苗稀稀拉拉，有的还不抽穗、不开花，从图片判断，更不会结籽。究竟是为什么呢？这个意外过于意外了！

2017年7月19日 张正茂

打开图片，电脑屏幕传递的信息令张正茂感到透不过气来：蓝天白云下的试验地，小麦长得弱不禁风，田间裸露出一块块斑驳的土地，像秃了顶的脑袋一样突兀。看到田间这样的景象，他不忍再放大去观察麦苗的长势了。这些麦苗长得那么羸弱，是得病了还是不适应环境？为什么那么多地方没有出苗？尽管隔着屏幕，但凭借着几张图片，他已经很肯定，今年的这次试验失败了。

合作，是要拿事实说话。中国的种子和农业技术先进，张正茂他们带去的种子又是精挑细选的良种，在中国生长得很好。然而，这些种子在哈萨克斯坦“水土不服”，表现差极了，让人疑惑沮丧。在一片残兵败将中，玉米被衬托得像意气风发的将军一样精神十足，是唯一让人赏心悦目的风景。

哈国立农业大学的试验田还没有发来信息，是否也是这般景象？经过几天折腾，张正茂终于与哈国立农业大学的叶拉斯取得联系，却得知塔肯在休假，努尔孜依汗回新疆了，叶拉斯也不清楚合作示范园的试验情况。似乎没必要再追根究底，如果继续与失败的情绪纠缠，才是真正意义上的彻底失败。张正茂对这次意外已有预料，但实际情况还是超出了他的预估。

人生路上，往往得意紧跟失意，而在意想不到之处却埋藏着转机。

那边遭遇挫折，这边却不能松懈。他赶紧着手推进与爱菊集团的合作。确定一件事，就像制作一个正三棱锥，每个面都很重要，整体性大于单独一个面或者一个点的尽善尽美。

其实，他去青海、新疆考察前，已着手铺垫与爱菊集团的合作。2017 年 6 月 30 日，他拖着因夏收而疲惫不堪的身子，驾车再次拜访贾合义董事长。张正茂直接抛出他的目的：“西农在小麦育种和栽培技术方面有优势，与你们合作的哈萨克斯坦粮油公司在当地粮油生产和收购上有优势，你们爱菊集团在粮油收购、仓储、加工运输和国际贸易这些方面有优势，咱们三方能不能整合一下，也就是由西农、哈萨克斯坦粮油公司和爱菊集团三方签订协议，开展粮油作物育种、生产、收购和加工大合作，把中国农业的科研、生产和产业的‘产学研’一体化模式在哈萨克斯坦做大做实，真正实现中国农业的‘一带一路’国际化、‘产学研’一体化大合作。”

自张正茂上次来访后，贾合义就已经很心动了，没想到他出去访问回来后居然又带了一个合作伙伴。他情不自禁地说：“张老师，您这个想法非常好，我们在哈萨克斯坦要把‘产学研’做大做强，单独一家都是做不起来的，所以我完全同意您扩大协作的建议。请您起草一个合作协议，我们可以签订这个协议。”贾合义的话给张正茂吃了一颗定心丸，这个事情他认为完全可以落地了。

回到杨凌，他下午一上班就到西农国际合作处向处长余劲、副处长石颖贤汇报了和爱菊集团洽谈的进展，两位处长极为赞许。余处长表态：“张老师，您尽快起草一个三方协议，拿给我们看看。如果学校没有异议的话，我们就可以签。”这件事进展得十分顺利，给张正茂很大的动力。

与爱菊集团的合作事宜在有条不紊地推进。当一切准备就绪，张正茂和余劲一起，将三方合作事项向西农党委书记李兴旺做了汇报。李书记对三方合作给予充分肯定和支持，也要求必须做实、做好和爱菊集团合作建设试验示范基地。与企业合作的事项在西农内部推进顺利，张正茂对中哈示范园合作的未来充满信心。三方合作的推进在某种程度上冲淡了在哈国立农业大学合作示范园试验失败带来的打击。

在得到李书记的肯定和支持以后，西农国际合作处积极准备对爱菊集团进行实地考察。由处长余劲带队，副处长乔文军、石颖贤，推广处副处长韩虎群，食品学院院长刘学波，农学院院长单卫星、副院长郭东伟一起和张正茂再次去爱菊集团实地考察，具体洽谈合作协议。双方经过开诚布公地交流，终于达成协议：在哈萨克斯坦北哈州合作建设中哈农业科技示范园，同意签约合作。

合作建设示范园总算落地了，张正茂也松了一口气，与在哈萨克斯坦的小麦育种示范相比，与企业合作曾是他心里最没有把握的事情，然而进展却顺利快速。阴晴明暗的转换，悄然改变着人的心境。面对世间枯荣，有谁能内心无波无澜、不悲不喜，以平淡如水的心情看待得失？危机来临时，谁能如空城之上的孔明，处变不惊、从容应对？当意得志满时，又有谁能免于乐而忘形？芸芸众生，大多是常人，只能在七情六欲中打转。

“同于得者，得亦乐得者；同于失者，失亦乐失之。”老子的豁达，被人们津津乐道了千百年，为无数人指明了心灵的故乡。

如果说，农民看天耕耘，在关照庄稼中获得自我价值的提升；那么张正茂则是以日月耕其心，载万物又空无一物。

昨天，农学院的专家同北哈萨克斯坦州作物与畜牧研究所所长阿尤普和北哈萨克斯坦州国立大学农学院院长奥尔顿进行座谈，加快了学校在北哈州建立试验站的进程。今天我陪同阿尤普和奥尔顿到爱菊集团实地参观考察，他们看到了先进的设备、宏大的规模，特别是了解了贾合义董事长超前的经营理念，对爱菊集团极为赞许，对未来的合作发展十分看好。

2017年9月6日 张正茂

第一批哈萨克斯坦的留学生

盛唐时期的长安，是一个物阜天华，南北相通，东西无阻的通衢之地。这里各国商贾云集，发展出了东市、西市，专为东西方的商人提供住宿和贸易场所，而且迎来了东西方的遣唐使，大唐百姓与外国友人共同营造了那个时期的文明昌盛。“一日看尽长安花”的得意，“狂风吹我心，西挂咸阳树”“不见长安使人愁”的心绪，不经意中流露出长安是文人墨客、士大夫实现抱负理想之地。

沿丝绸之路由西而来的粟特人，带着中亚一带的物产到东方沿途贸易，为唐朝的繁荣锦上添花，有些甚至成为王公贵族、达官贵人家中的座上宾。当时，争相模仿粟特人的衣着服饰成为风尚。粟特人从阿姆河、锡尔河一带，途经河西走廊抵达长安，被长安的富强所吸引，定居中国，其中“昭武九姓”便是定居中国的粟特人代表。粟特人在音乐、绘画等方面为唐朝的艺术注入了异域风情，让盛唐的文化气象更加奔放开阔。在西安出土的唐三彩“胡人立象”，以及敦煌的胡人供养人壁画，穿越历史的尘封，诉说着这些远道而来的粟特人的故事，他们带来的物产、奇珍为唐人所爱，同样，唐朝的丝绸、纸、瓷器、茶叶等物产经由粟特人运往中亚与欧洲。

拨开历史的云烟，丝绸之路上，故事与人物熙来攘往，在盛衰交替中推陈出新。打开新时代的画卷，“一带一路”倡议继往开来，承载着新的愿景，以更宏阔、更博大的胸怀书写着这个时代的盛世华章。

2017 年秋季学期开学之际，西农迎来了第一批来自哈萨克斯坦的留学生来学校攻读硕士、博士学位。2016 年，西农发起成立丝绸之路农业教育科技创新联盟，搭建“一带一路”教育科技合作平台。西农面向世界各地，尤其是“一带一路”沿线国家，招收国际留学生，开设高质量的国际化专业课程，培养农业对外合作所需的国际型人才。引进来的同时，西农还派出 52 人前往哈萨克斯坦、吉尔吉斯斯坦、埃及、南非、喀麦隆等国进行技术援助与合作，先后开展了“发展中国家森林执法与施政官员研修班”“哈萨克斯坦畜牧发展培训班”“发展中国家干旱半干旱地区节水灌溉研修班”“发展中国家水土保持与旱作农业研修班”“亚洲国家设施农业与沙产业发展研修班”等培训项目，担当国家使命，将科技教育的影响和触角伸向远方。

2017 年 9 月 19 日，张正茂在泡馍馆为来自哈萨克斯坦的留学生接风洗尘，为了让他们更好地适应西农的学习和生活环境，还邀请了国际处副处长乔文军、农学院副院长郭东伟一起参加。来自哈萨克斯坦的留学生马拉提、马合江、卡斯迪尔、叶拉斯、扎拉梅托娃·戴安娜和各位老师一一见面。因为他们是穆斯林，这次宴请选在了清真餐馆。扎拉梅托娃·戴安娜从哈萨克斯坦赛福林农业技术大学本科毕业，又来到西农攻读硕士学位。她对老师同学们真诚地说："我没有什么汉语基础，但我一定努力完成学业，希望老师们多指导，我想在获得学位的同时更好地认识和了解中国。"身高 1.9 米的大高个马拉提长得精神，眼神深邃，机灵而又沉稳，对自己的未来充满信心。他说："我对自己能到中国深造深感幸运。来中国学习，是我几年前就有的想法，如今终于梦想成真。在西农学习领先技术和科研知识，是学业所需，我还期待将来在工作中也能和中国有更多的交集，这是我更看重的。"哈萨克斯坦的留学生，在饭桌上吐露自己的心声。他们怀里揣着对明天的憧憬，肩上扛着国家的希望，相信他们的深造会带动更多的学弟学妹勇敢地走出来。人才的培养、互动和往来，是未来合作中最关键的一环。哈萨克斯坦需要了解中国的人才，中国也需要精通汉语、了解中国、年轻有为的哈国人才。中哈两国人才的学术交流，无疑是架在两国之间一座友谊的桥梁。

人才的往来和流动，就像一片云从此处飘向彼处，化雨落地，区域之间、国家之间的文化交融在时间的推移中会慢慢加深。回望历史，每一个时代的繁荣都有其特殊的因子，然而有一个因素不可或缺，那便是开放、吸纳、融合和培育人才。今天的中国，从厚重的历史中走来，也不缺现代精神，现代化、国际化已成气候。

每一次播种，都刷新着希望

下午来到西农的教学科研农场——曹新庄农场（曹新庄农场是西农场站管理中心下属单位），种植哈萨克斯坦小麦种子"哈麦1""哈麦2"，研究观察其生长习性、抗病性及成熟期的农艺现状和产量情况，同时可以做杂交利用。

2017年10月22日 [签名]

年复一年，周而复始，每一次播种，都是一次新的期待，失望似乎从来没有因为重复的播种而缺席，对新生的期许也从未消减。张正茂今年播种的冬小麦，除了他长期研究的小麦品种，还增加了两个新品种，来自哈萨克斯坦的小麦品种“哈麦 1”和“哈麦 2”。之所以增加这两个品种，不是为了引种，而是要观察研究哈萨克斯坦小麦种子的品性与他选育出来的种子相比有什么差异。有可能的话，还可以将“哈麦”和“普冰”进行杂交，选育出适合哈萨克斯坦环境的新品种，当然这只是他的设想，一切都还在试验阶段。

一粒种子，在泥土中酝酿着希望，孕育着播种人的梦。农业生产靠天吃饭时，人们希望风调雨顺，来年仓廪实、人富足。当农业走向现代化，一粒种子反映着一个时代的发展水平。科学家们在种子杂交和选育工作中实现农业的升级换代，让种子成为现代农业科技的“芯片”。设施农业、智慧农业、功能农业、健康农业都将农业发展推向历史高峰，人们享受大自然馈赠的同时，也受益于现代农业发展，生活水平得到了极大的改善。一年四季，瓜果飘香，蔬菜鲜嫩爽口。在人们尽享这一切的背后，农业科学家在试验阶段不知受了多少风吹日晒，煎熬了多少个日夜，忍受了多少常人难以忍受的反反复复的挫折。

中哈示范园的试验充满了不确定性。正因为不确定，张正茂对明天格外期待，同时也格外不安。中哈示范园的试验结果将是什么，还有待张正茂他们去寻找答案。

第一次试验结果

2017 年 11 月 12 日，张正茂他们第二次来到阿拉木图，同行专家是西农农学院小杂粮专家冯佰利教授。5 个月前的访问至今还历历在目，怀揣着对明天无限的向往，他们的脑海中涌现出对未来的各种遐想。如初访时一样新鲜的感受，让临近退休的张正茂感觉自己精神百倍。在杨凌的日常工作中，他会随时随地抽出时间，做与中哈示范园相关的事。寻找、培育适合哈萨克斯坦环境

2017年11月，张正茂（右三）第二次来到阿拉木图农业科技示范园，5个月前的访问点燃了张正茂一行人的希望，此次是否会有更大的惊喜在等着他们？

的小麦种子，在他心里是重中之重。

春小麦的优势是生育期短暂，在试验过程中，时间成本较小。然而，和冬小麦的年周期是一样的，都要等待一年，不同的是用来准备的时间长，这对于一个做研究的人来说是难得的机会。再次到达阿拉木图，试验结果无论好坏，张正茂都有心理准备。

哈国立农业大学今年安排的翻译是刚从土壤学专业博士毕业的木瓦迪。一见面，木瓦迪非常中国式地和张正茂与冯佰利握手并向他们问好："张老师、冯老师好！欢迎你们的到来，一路辛苦了！"他的汉语讲得非常流利，二人不禁惊讶又好奇，连忙问他是在哪儿学的汉语。木瓦迪自我介绍道："我的第一学历是在中国伊犁师范大学获得的，我十几年前移民到哈萨克斯坦了。"

再次会面，萨根柏待他们如相熟的老友般，表现得非常热忱和殷切，礼节之外的寒暄少了，更多的是就合作事项的坦诚交谈。在萨根柏院士的陪同下，哈国立农业大学主管科技和教育的两位副校长接见了张正茂和冯佰利，从学校角度针对如何提升两校项目合作水平交换了意见。哈国立农业大学的副校长恳切地说："农业科技示范园工作已经开展了一段时间，取得了一定的进展。哈国立农业大学将全力以赴支持示范园工作，具体的工作由塔肯和萨根柏两位教授来完成。试验的具体事项，你们跟两位教授详谈。"

"非常感谢校长的接见和贵校对农业科技示范园工作的大力支持，我们代表西农校领导向您表示问候和感谢。我们这次来的主要目的，就是考察试验的进展情况，针对试验中存在的问题，一起研究解决。"礼貌问候之后，张正茂他们与萨根柏一起拜访了哈萨克斯坦的几位土壤营养学界的前辈和生态研究中心的教授，这让张正茂对哈萨克斯坦的土壤成分和土壤特性有了较为专业的认识。这里的土壤，是西农种子未来的家。

依照行程安排，张正茂他们在塔肯的办公室进行试验讨论，这是他们不远万里来阿拉木图的关键行程。除了调研朝夕惦记着的种子在这里的生长情况，张正茂也希望听听哈萨克斯坦专家对西农种子的看法。

一见面，他们便直奔主题，对试验结果和存在的问题进行剖析。

"我们对西农提供的试验品种不是很了解，种子寄来得比较晚，所以我们播种也晚了。今年试验结果不是很理想，小麦和其他杂粮作物长势不好，甚至有一些没有抽穗、开花和结果。这让我比较意外，这种现象相对比较少见，得找出其中的原因。但是玉米长势不错，增产显著，明年可扩大玉米试验种植面积。这些天我一直忙着整理试验报告，准备写好发给你们。"塔肯讲述试验结果时，一边拿起硕大的玉米棒子，一边翻开一张记录试验结果的纸给张正茂看。"张教授你看，今年引进的 6 个玉米品种中有 3 个表现比较突出，'陕单 008''陕单 8806''农科大 8 号'每公顷的产量分别达到 12.9 吨、12.1 吨和 10.8 吨，分别比哈萨克斯坦对照品种增产 57.32%、47.56% 和 31.7%。增长幅度非常明显，而且在生育期上相差不大，都是 125 天。在穗行数和穗粒数上，中方品种不占优势，但穗粒重均大于哈萨克斯坦的对照品种，说明中国品种在哈萨克斯坦种植条件下籽粒容重显著高于我们当地的对照品种，这也是中方品种表现增产的主要原因。在籽粒基本组分方面，中方品种的淀粉含量、胚芽油含量与对照品种没有明显差异，但对照品种蛋白含量略高于中方品种。在收获期籽粒含水量方面，中方品种普遍含水量超过 25%，而哈方品种同期含水量仅为 10.2%，说明中方品种籽粒脱水速度慢，贪青晚熟，不适宜大规模机械化收获，但另一方面也反映出中方品种具有较好的抗病性。生育期延长是南种北引的普遍现象，明年引进成熟期更早的品种或许是下一步玉米引种的正确方向。”

“今年试验结果不理想是预料之中的事，因为像小麦、油菜等，在中国主要是秋播作物。今年的这些种子相当大一部分是冬小麦和冬油菜，我们今年年初寄来的种子，示范园在春季播种，这些品种肯定长不好，因为它们没有经过春化阶段，所以不抽穗、不开花，也不结实。我们在准备种子的时候，对哈萨克斯坦的种植偏好和环境不是很清楚，所以只考虑选取优良的种子，忽略了

2017 年示范园的播种结果不太理想，但是玉米增产明显，张正茂（左二）和塔肯（右二）讨论玉米试验结果，希望找出原因

自然环境因素。玉米、马铃薯试验相对理想，是因为玉米、马铃薯都是春季播种作物，在正常的播种时期播种，生长正常是很自然的。今年的玉米表现比较突出，试验结果非常显著，我建议明年继续扩大种植区域和面积，扩大示范，届时邀请政府主管部门和农场主前来观摩。”张正茂针对试验结果的不理想和问题所在给出了结论。他并没有只停留在问题表面，而是很明确地针对问题给出解决思路：“通过今年的试验，我们取得了一些经验和教训，接下来要及时调整试验品种结构，在阿拉木图农业科技示范园选用一部分抗旱的冬小麦品种和冬油菜品种，再选择一部分抗旱的春小麦、春油菜、马铃薯和小杂粮品种。假使我们的品种能够适时播种，那么试验的结果应该会更可靠。”

两国专家在试验失败的问题上，判断基本一致，冬种春播，导致种子违背了时令生长，再加上播种时间晚，错失农时。这两个因素导致了试验基本失败，种子选择不当和播种晚是人为的错误，与种子的优良与否没有直接关系。这些问题给明年的试验提供了参考，积累了经验。然而，塔肯说的一些实际问题却相对棘手。阿拉木图农业科技示范园区配置人员较少，目前只有塔肯及其助手马哈提江和萨根柏教授三人。示范园缺少小型农机等基本设备，所有的播种工作全靠人工操作，导致播种质量、种植面积均受到较大影响。这些现实问题令塔肯比较苦恼，张正茂也是一筹莫展。

同为科研人员，张正茂非常理解塔肯面对的困难。这也让他明白了为什么 2017 年引种到阿拉木图的 13 个小麦品种，最终能播种到地里的只有一个。在任何一个地方，科研人员致力研究，身后的平台支持很大程度上决定了科研成果的成败。由于哈国立农业大学没有给塔肯他们提供中哈示范园项目配套经费，就无法进行更大面积的种植。在以机械化耕种为主的今天，示范园依然依靠人工播种和收获，成本高、质量参差不齐，这是难以避免的。塔肯十分沮丧地说：“示范园缺少人手和经费，从学校高层到农学院对这次试验都缺乏积极性。”试验结果之外的问题，让张正茂有些灰心。他想，如果得不到哈国立农业大学的支持，中哈示范园的工作仅仅依靠专家无疑是希绪弗斯推动巨石

塔肯（右）被张正茂（左）的认真和坚韧所打动，在自己的著作上签名赠予张正茂

一样，注定是徒劳的。然而他没有把这样的情绪传递出来，反而十分肯定地说：“我把现实困难和存在的问题带回去向西农的领导汇报，协商解决。同时您也要向贵校领导汇报这件事情，请求学校的支持。示范园是前沿阵地，学校是大后方，没有后方的支持，前方迟早是要吃败仗的。”

塔肯对张正茂的认真态度极为赞许，放下手中的试验数据单，从书柜里拿出两本他的著作，签名赠予张正茂和冯佰利教授。“我把我的书赠给二位，以书为礼，欢迎你们不辞辛苦奔赴阿拉木图。试验结果不理想，但我们的讨论是愉快的，而且我们找到了答案，这对未来至关重要。我们哈萨克族人，做事锲而不舍，在这方面，你们和我是一样的，我想，未来一定有成果。”这场会晤，在谈笑中落幕。

第二天，张、冯二人与塔肯、萨根柏、马哈提江、木拉迪等人一起考察位于阿拉木图赛马赛村的试验农场，详细地观察了农场的作物生长情况。他们希望通过一次次考察，从他人的试验农场获得真经，汲取当地的经验，以他山之石攻玉，让示范园尽快走出困境。

一次试验的失败，并不能说明什么，只是那么多时间和精力付诸东流，总让人难以接受。处于困境之中，想要突围必须经受一场考验，下一次的试验又是一轮新的考验，结果又将如何，不得而知，一切都充满了变数。试验结果决定了会给从事研究的专家和学校带来哪些影响，未来的发展趋势如何考量，合作水平是否提升，这是必然的。

来到哈国立农业大学试验站查看示范园秋天的试验种植情况时，张正茂看到作物的长势不佳，像是受到虐待一般，心头顿时被乌云笼罩，难以言说的伤心几乎将他击倒。张正茂克制自己，笑着问道："能想起小麦播种的具体时间吗？"塔肯的助理马哈提江回复："9 月 25 日播种的。"张正茂平缓地说道："这个播种时间稍有些晚了，如果能早点，我想情况会不会好一些？"塔肯点点头："也许。毕竟是南种北引，时间上早一些或许会更好。""记录下来。"他扭头对助手说道。看到油菜，问题显而易见，张正茂判断它们和小麦一样，是播种时间晚了。他问："油菜是什么时间播种的？""油菜是 10 月 10 日播种的。"马哈提江回答道。张正茂又详细了解了播种器械的情况，对塔肯和萨根柏说："今年播种用的器械不达标，需要配备小型小麦、玉米播种机，这个影响播种质量。我回去后向西农申请给示范园配备三台机动播种机。"塔肯微笑着说："这些外在条件影响试验结果，尽可能改善条件，会促使我们的试验得到更好的成果。"萨根柏也认同这些分析，他说："第一年，一切都在磨合的过程中，各方面条件都有限，对种子的认识和了解也有限，观察事物需要时间，我们做朋友也要先慢慢了解对方，才会成为好朋友。"张正茂频频点头道："是的！试验的过程也是查漏补缺的过程，相信一切会朝着我们努力的方向发展。这次秋播的小麦种子，至少从冬麦的季节生长属性上，是恰当的，让我们一起期待。"

在示范园，张正茂非常诚恳地对陪同他的哈国立农业大学教授发出邀请：“明年 5 月中旬播种结束后，恳请塔肯院士、萨根柏院士、马哈提江副教授、努尔孜依汗老师访问我们学校，届时还要请各位给西农的学生做报告。”

这样的口头邀请也许更适合在饭桌上或者办公室里提出，张正茂没有斟酌这些细节，他认为真诚是交往的底色，更是合作的基础。这是他们探讨试验田话题时自然而然激起的话头，是兴之所致。任何工作，都需要专业的技艺，也需要同行之间理论上的探讨，在探讨时有人互相扔鞋子、唇枪舌战，有人惺惺相惜、相见恨晚。

回到酒店，哈国立农业大学食品中心的萨比拉副教授已在等候他们。萨比拉说：“张老师，我将在 11 月 14 日去西农进修学习乳制品加工。这是一个非常珍贵的机会，我自己要做好一切准备。请您给我说说西农的情况，以及乳制品加工方面的信息，我好提前有一个认识。”张正茂和冯佰利你一言我一语，描绘出西农浓厚的学术氛围和良好的学习环境，并祝愿她取得学术上的提升，这让萨比拉对于前往西农进修更加充满憧憬。

在阿拉木图的试验暂时告一段落，张正茂需要从试验不成功的阴霾里走出来，让自己轻装上阵。第二天上午，他们在木拉迪的陪同下参观了哈国立农业大学日本研究中心。日本专家在阿拉木图主要开展微生物、分子生物学、谷物和鱼饲料营养研究，也做一些日本、韩国的蔬菜花卉品种试验。日本研究中心是一栋单体三层小楼，实验室干净整洁，进门有人接待，递上更换的白色工作服和鞋套，还是十分专业严谨的。中心一层是一些大型设备，一部分是日本合作单位捐赠的；二楼是微生物、食品和水产养殖饲料加工实验室，以及研究人员的办公室；由于没上三楼，他们不知道那里有什么。这里设备齐全，管理规范细致；十分专业且考究，给他们留下了深刻的印象，也让他们获得了一些宝贵的经验。

风景是疗愈心情的最佳药方。张正茂和冯佰利从哈国立农业大学出来，想换个方式散散心，他们想在阿拉木图的大街上步行一段，感受这个城市的生

张正茂（中）结束了试验站的考察，继续参观哈国立农业大学日本研究中心，专业考究的实验室给他留下了深刻的印象

活节奏。街道两边的绿树高大茂密，绿化带宽得像小树林一般。偶尔会遇见几座苏联风格的建筑，历史的印迹时不时跃入眼帘。

抬眼便可望见远处高耸入云的雪山——天山，雪山的另一侧便是新疆。在阿拉木图，不同种族、不同特征的人穿行在大街上，共同构成了哈萨克斯坦多民族的图景；行驶在马路上的汽车，有左舵，竟也有右舵；行人有穿着短袖的，也有裹着羽绒服的。这些迥异的事物意外拼凑在一起的情景就这样和谐地出现在阿拉木图深秋的街头。最初的“哈萨克”只是一个普通的突厥－钦察语词汇，在岁月流转中被赋予了自由、不受约束、独立的意义，这个城市的行人便是对这一词语的绝佳注释。大街上的大高个、大长腿，让张正茂这位西北汉子的优势顿时失色，一路上偶尔冒出的“你好”，让人多少有些惊奇，在这里，懂得一两句汉语似乎是一种流行现象。

2017 年阿拉木图市有 180 多万人口（截至 2021 年已突破 200 万）。汽车在这里非常普遍，几乎家家户户都有车，甚至不只一辆。随着车辆的增多，城市交通压力加大，堵车现象也比较严重，特别是在早晚高峰时段。阿拉木图在高速发展中，开通了地铁，于是干净、舒适、快捷的地铁成为上班族的又一选择。

张正茂他们选择搭乘地铁体验阿拉木图的交通状况。阿拉木图的地铁每一站的装饰风格截然不同，每一站都有各自的主题：有的是当地艺术家的作品展览，有的是大红色的莫斯科风情，有的是伟大诗人纪念站，还有的装修得宛如一座剧院。出地铁时他们在通道的座位上休息了一会儿，看着宽敞明亮的地铁站和不慌不忙的来往乘客。阿拉木图地铁线路的简洁和乘客的悠然自得让人舒服自在，令他们不由得羡慕这里与世无争的自在美好。

他们来到市郊的雪山脚下，这里随处可见来自世界各地的游客和哈萨克斯坦的运动达人。雪山的壮阔就在眼前，呼吸着这里宁谧而闲适的空气，心旷神怡。皑皑白雪铺满山头，与蓝天相接，和白云分不清彼此。

从美丽的雪山回到市中心独立广场，广场边上的总统府旧址，在蓝天的映衬下尽显历史的沧桑。历史变迁与现代城市的繁荣在此凝聚，来来往往的行人，各种肤色的游客，让这座城市在美丽的雪山下光彩熠熠。阿拉木图不再是首都，但依旧是哈萨克斯坦人口最多、最大的城市，也是中亚最大的一座城市，在前独联体的加盟共和国中是第三大城市。观光的游客就像天上的白云，从四面八方聚集于此，随后又风流云散，他们的好奇让这座城市的故事更加迷人且精彩。在大开眼界的同时，张正茂心中感慨万千。明天他们将前往阿斯塔纳，又会有什么样的考验和试验结果在等着他呢？

面对失败再次启程

今早就要离开阿拉木图去阿斯塔纳了，我到赛福林农业技术大学国际处办公室拜访桑塔纳处长，向她说明我们这次来的主要目的。从一进门开始，桑塔纳处长就一直抱怨说，西农多次办理返签函，包括联盟会议代表的返签函，都还没有支付过办理返签函的费用，一直没有结算，让她很为难，下次就不好办了。于是我打国际电话问国际处的乔文军副处长，有没有这个事情，是否属实。乔副处长说，确实有此事，如果我能结算，最好一次性结清吧。我让桑塔纳处长核算了人数和次数，问她费用总共是多少。经桑塔纳处长核实，一共44万坚戈（约合6630元人民币）。于是我就在附近的银行取出现金和她一次结清，并要求开具收款收据。

话说回来，下午抵达阿斯塔纳，我们和赛福林农业技术大学还产生了一个小小的误会。我们没有说清楚具体的到达时间是上午还是下午，结果他们以为是上午，就到机场跑了一趟，没接上我们。我们下午到达机场，见没有人接机，打电话给学校，学校就又安排车辆来接我们。桑塔纳处长传达了主管外事的副校长伊斯梅尔对此事的不满，说是由于我们的表达不清楚，造成了车费的损失，应该由我们来付这一趟车费，换算成人民币100元，我也觉得无奈，只好表示歉意并付了钱。

这一次小小的误会提醒了我，在国际交往中要表达准确，不能使人产生误解。另外也领教了他们在经济上的严谨性，他们基本上执行的是计划经济，一切都是有计划的，超出计划的事情做起来难于上青天。这给了我提示：我们的农业科技示范园要争取列入他们的计划内，只有这样才能保证我们科技示范园工作顺利进行。

2017年11月16日 张正茂

从哈国立农业大学的试验结果推测，赛福林农业技术大学的试验结果也一样不会理想。这样的预期让张正茂心中有了打算，也能更坦然地面对结果。

赛福林农业技术大学已经做好洽谈准备，主管外事的伊斯梅尔副校长、什维钦科教授、捷达耶夫教授、嘎尼院长和桑塔纳处长、中哈汉语交流中心贾纳尔女士参加与张正茂、冯佰利教授的会谈。这是一个正式的座谈会。

伊斯梅尔副校长首先说：“欢迎张正茂和冯佰利两位专家的到来，与我们一起就农业科技示范园的工作进行座谈。示范园进行了一段时间，有了初步结果，但是这个结果不理想，有一些小麦、油菜和小杂粮作物长势不好，主要是没有长起来，甚至没有抽穗、开花和结实，马铃薯表现还不错，希望大家认真总结这个经验和教训，双方专家充分交流，调整试验方案，争取在下一年能够有一个比较满意的结果。”

张正茂接着伊斯梅尔副校长的讲话谈道：“首先非常感谢伊斯梅尔副校长和各位教授能在百忙中和我们一起来研讨农业科技示范园的工作。今年的试验没有达到预期的效果是有原因的。主要是我们对哈萨克斯坦的农业自然环境条件还不是很清楚，加上时间紧张，办理国际运输手续繁琐，种子出口周期长，导致我们在选用品种时产生偏差，播种时间偏晚，这是没有达到预期效果的根本原因。经过今年的试验以及与赛福林农业技术大学专家的交流，我们对哈萨克斯坦的农业自然地理条件有了比较深刻的认识。今天我们和各位专家一起认真研究和讨论新的试验方案，及时调整引用品种，希望明年能够有一个好的试验结果。借此机会，我要特别感谢伊斯梅尔副校长对农业科技示范园工作的支持。同时我有一个提议，鉴于这一次见面的专家和我们第一次会见的专家不同，建议贵校要明确参与示范园工作的人选，这样便于专家对接；另外，每次我们过来要经过国际处安排，才能见到校长还有农学院的院长以及各位教授，程序比较复杂，我们是具体的负责人，能不能直接与对应项目的专家联系开展工作？在工作中有解决不了的、需要通过领导层面沟通的事情，我们再请我们的领导和校长出面沟通。希望贵校能够明确参与示范园工作的各位教授的职责和研究的方向，我们最好能够与相关专家进行一对一的沟通和交流，这样有利于提升工作效率。”

张正茂想，既然来了最好确定可以确定接下来的任务，借研讨的机会，顺势解决合作中存在的障碍，这才是关键；至于试验结果，失败既成事实，就要努力找到失败的原因，争取下一次的成功。好在，通过走访中国青海、新疆以及哈萨克斯坦的阿拉木图，他已经搞清楚了试验问题的症结所在，也思考了一系列解决方案。接下来的工作，就是和专家充分探讨他的试验方案，征求他们的可行性建议。

伊斯梅尔副校长听了张正茂的总结和建议，略微思考后说："我同意张教授的建议，您将来可以直接和嘎尼院长、小麦专家什维钦科教授对接合作示范园项目的工作。至于试验结果以及试验方案，请各位专家谈谈自己的看法。"

经过与赛福林农业技术大学的育种专家、植物保护专家的交流，商定了明年的种植计划，形成了一个双方都比较满意的方案，中哈农业科技示范园试验第二次研讨会至此圆满结束。

第二天早晨，张正茂与冯佰利离开阿斯塔纳，飞回祖国。临走时，阿斯塔纳下了场大雪，俨然成了童话里的冰雪世界。各式风格的建筑在厚厚的白雪覆盖下透出些许神秘感，仿佛在等待着他们的下一次探索。

飞越天山，便回到了心心念念的祖国

第三篇

雪融之后是春天

“无论冬天的雪有多厚，到了春天也还是会融化。”这是哈萨克著名诗人科尔库特的诗句，激励着哈萨克斯坦人，以阳光的心态一路前行。

“萨比拉，你好！怎么样？刚来还适应吗？”张正茂从哈萨克斯坦回来不久，就到西农北校区看望从哈国立农业大学前来进修的萨比拉。

“张老师，总算见到您了！这里比阿拉木图暖和很多，也很舒服。”萨比拉脸上洋溢着温暖的笑容，在陌生的中国见到一张熟悉的面孔，这种亲切感给她的温暖胜于阳光。

“杨凌还没有到真正冷的时候，这才刚立冬。有什么需要我帮助的地方给我打电话或者到我的办公室找我。学校今年有 6 名哈萨克斯坦的留学生，你和他们都认识一下，平时生活上互相有个照应。走！我带你去看看你进修学习的食品学院。”

说走就走。萨比拉像只欢快的小鸟，踩着欢快的步子，一路问个不停，张正茂是她了解西农最好的向导。

张正茂对西农太熟悉了，从求学到工作，他的大半的人生都和西农紧密相连，这里有他的青春、梦想，有他拼搏奋斗的汗水，有他景仰的前辈。他的家、他的事业都在西农。这种感情，这种深深的依恋，对于今天的年轻人来说，没有亲身体验也许难以体会。

刚入冬的北校区，阳光透过高大浓密的法国梧桐树树冠洒满一地，光影斑驳，落叶在行人脚下发出沙沙的响声。每年这个时节都是这样的韵味，唯有草坪上的学生一茬一茬变换着，印证着岁月的流逝。张正茂每年在这里看见的都是一群朝气蓬勃的青年学子，似乎日子从来都是这般静美。只有校园的树木和他一样，那藏不住的、岁月的积淀一望可知。银杏大道上，金黄色的银杏叶在草坪上厚厚地盖了一层，是这个季节的特殊美景，清洁工并不及时清理，而是任它们堆积在道路两边。有学生将叶子堆成了心形，这样的闲情逸致，对于整天匆匆忙忙的张正茂而言分外难得。他带领萨比拉在历经 80 多个春秋的西农老校园游逛。打远处远远地望见 3 号楼，苏式建筑风格气韵迎面而来。张正茂对萨比拉说道：“看见这幢老楼有没有亲切感？苏联气息很浓郁，哈萨克斯坦的苏式风格建筑也很多。这是 1934 年国立西北农林专科学校奠基的教学大楼，主楼 7 层，塔楼 6 层正面中央镶嵌直径 1.5 米的大钟，占地 4 亩，全楼面积共 7251 平方米。1936 年大楼建成，‘国立西北农林专科学校’的校名是中国国民党元老戴季陶所题。当时这幢楼可是中国西北第一高楼，它饱经沧桑，在抗日战争中，日军飞机炸毁校园，校舍被毁 500 多间，但主楼安然无恙。每一届西农的学生，几乎人人能讲出这栋楼的历史。可以说，3 号楼见证了西农的发展。你现在也是西农人，这是西农的起点。奠基铭‘民为国本，食为民天，树德务滋，树基务坚’承载着国家和民族的期望。自建校以来，几十万名有志青年慕名走进西农学习深造，成为撑起祖国农业科教事业的栋梁。一代代科技工作者将自己的聪明才智转化为大地的硕果，希望你在西农学有所获。”

萨比拉听着张正茂的讲述，频频点头，虽然似懂非懂，但也体会到了西农厚重的底蕴。中午，张正茂请萨比拉到南校区清真食堂吃午餐。那里是清真美食的天堂，菜品丰富、价格便宜，不仅是穆斯林学生爱去的餐厅，许多汉族学生也经常过来尝鲜。

“实在太美味了！我要在进修期间吃遍西农的美食。”萨比拉感叹道，她初来乍到，对西农的一切充满了好奇。

来自哈萨克斯坦的“种子”

2017 年 11 月 28 日，这一天，长期以来忙得团团转的张正茂终于放慢了节奏。上午，他悠闲地陪同萨比拉、叶拉斯、马拉提参观农学院科研平台，中午和哈萨克斯坦来的年轻人聚餐，大家在一起谈天说地，南腔北调好不热闹。无论在西农还是在哈萨克斯坦，走进他工作和生活的这些哈萨克斯坦朋友就像一股新鲜血液，让他焕发新生，充满了前进的力量。

马拉提硕士毕业于赛福林农业技术大学，是哈萨克斯坦农产品加工研究院研究员，2017 年他通过努力获得了中国丝绸之路奖学金资助，前来西农食品科学与工程学院攻读博士学位。在通过丝绸之路奖学金到西农留学的哈萨克斯坦学生中，马拉提的汉语是最好的，而且在来西农报到之前便到过中国。他家族中的大哥在中国工作，是哈萨克斯坦孔子学院的老师，由于有这样的便利条件，他早早地便接触了汉语。想到中国进一步深造的愿望一直督促着他学习汉语，如今他总算如愿以偿。

和爱吃中国菜的萨比拉相反，刚到西农的一两个月，吃饭问题让马拉提备受煎熬。尽管学校有清真餐厅，然而烹饪手法与哈国大相径庭。中国人的饭里面放很多蔬菜，有菠菜、青菜、香菜、白菜……而且调料味很重；哈萨克人做饭很少放蔬菜，除了肉，最多再放个土豆或茄子。一开始，他的肠胃很不适应，所以经常会拉肚子。他想，或许这就是中国同学说的水土不服吧。

出生于 1992 年的马拉提渴望在校园交到同龄的朋友，然而在那时，课题组的大部分中国同学都已 30 岁左右，和他同龄的人少之又少。在西农，他最好的朋友是他的老师们。隔三岔五，他会跑到张正茂、郭东伟的办公室聊聊他的祖国，也聊聊中国。在中国短短几个月时间，马拉提便发现中国牛肉市场很有发展潜力，这种敏锐源于他读本科时的经历。当时，他在哈萨克斯坦开了一家牛羊肉制品公司，后来由于市场竞争激烈，销售困难，被迫关门。来到西农后，他发现西安的牛羊肉市场需求很大，超市里进口肉类品牌琳琅满目。马拉提和郭东伟老师谈及此事：“中国的牛羊肉缺口好像很大，这种状况只是出现在西安还是中国的大部分城市？”对此，郭东伟老师很有见地：“中国有 14 亿人，国产的牛羊肉只能满足一部分人。随着生活水平的提高，一线城市和省会城市的牛羊肉需求量很大。进口优质牛羊肉，一方面可以补充市场缺口，一方面能满足市民生活品质提升的需求。”中国的牛羊肉市场规模和前景让马拉提在学习之余有了新的憧憬。他觉得，中国就如同一本厚厚的书，他仅仅读了个开头，就被深深地吸引住了。

在西农学习期间，马拉提抓住一切机会一次次深入实验，在实验中他开启了前所未有的科研兴趣。在这里，实验设备齐全，他不用像从前那样处处受限。过去，他只能在文献中琢磨和想象，因为太过枯燥乏味，他一度失去钻研的劲头。在西农遇见的导师们，科研水平和技术水平相当高，这给了马拉提专业上的二次生命，他浓厚的学习兴趣也被老师们激发了出来。基因类技术，尤其是分子生物学，让他感觉生物就像一个电脑程序，每一个基因片段都会有不同表现。观察生物的生命现象甚至人类的生命现象，如同打开千年地宫的大门，富有神秘的魅力。而一个对自己有期许的人，他的生活往往是丰富而有条理的。在学习之余，马拉提一直关注中国牛羊肉市场的情况，2019 年，他签约了一家中哈进出口贸易公司，利用自己的汉语优势把哈萨克斯坦的高品质牛羊肉出口到中国，利用自己从上一次失败中积累的经验，在实践中将之转化为价值。

还有一名哈萨克斯坦的留学生——叶拉斯，于 2017 年 9 月进入西农经济管理学院攻读博士学位，导师是余劲教授。

叶拉斯一边在西农学习，一边为西农和哈国立农业大学对接和联系业务。张正茂等人的出访，也是由叶拉斯联系哈国立农业大学的专家，进而安排确定行程。来到西农以后，他仍继续负责两校之间的联系工作，接触了致力建设中哈示范园的西农专家，也多了很多学习机会。在自己的专业之外，叶拉斯偶尔也跟着西农的专家到实验室了解其他学科的内容，并且交到了来自不同学科专业的朋友。身在西农，他对丝绸之路农业科技创新联盟有了详细而深入的认识。

在联合丝路沿线各校成立丝绸之路农业科技创新联盟后，西农发挥专业特长，通过科研和人才的交流，努力为中亚“一带一路”沿线国家带去领先的农业科技和人才。除了积极“走出去”，也吸纳当地高端人才到西农深造，为“一带一路”沿线国家储备人才队伍，让未来的合作更顺畅。

苏联解体后，中亚国家的社会、经济发展对高水平人才的需求与培养能力之间形成尖锐的矛盾，中亚各国政府一方面扩大教育规模，努力提高质量，一方面也采取各种措施，加强国际教育交流。中亚高等教育起源于 20 世纪初，后经苏联的建设和发展，到苏联解体前，已形成了教学设施基本完备、学科体系较为完整、教育质量相对较高的高等教育体系，对独立后中亚五国的高等教育改革产生了重要影响。苏联解体后，由于国内外局势的影响以及对接国际教育体系的需要，哈萨克斯坦高等教育从“苏联模式”逐渐向“欧美模式”靠拢。

2013 年，中国提出“一带一路”倡议，在全球范围受到了持续的关注，引发了热烈讨论。2014 年，哈萨克斯坦总统纳扎尔巴耶夫提出“光明大道”经济计划，在基础设施建设等方面与“丝绸之路经济带”对接。这是世界范围内响应“一带一路”倡议做出的实际行动之一。

中国与哈萨克斯坦之间的合作，是多方位、多层次的合作。在“一带一路”建设中，教育合作也是其中一环，西农组建的丝绸之路农业教育科技创新联盟只是众多中国教育合作平台中的一个。在中国有影响力的高校几乎都成立了“一带一路”教育合作组织。西农的专家自联盟成立以来，凭借西农的科研优势，在农业、科技、创新方面致力推动成员间在人才培养、科学研究、技术推广、人文交流、政策研究等方面的密切合作。学校通过搭建合作平台、创新合作机制、加强资源共享，促进了“一带一路”沿线国家与地区农业教育科技的进步与发展。

西农计划与中亚五国有影响力的综合性高校逐一开展示范园项目合作，哈国立农业大学、赛福林农业技术大学是第一批与西农合作的院校。

物有大小，事有繁简，都需要人为。个人的力量虽小，但“不积小流，无以成江海”，所有的努力汇聚起来才能推动事物发展为理想的样态。顺着发展轨迹，在时代的洪流中涌现出逐浪者搏击长空的故事，终将成为流传千古的佳话。哈国立农业大学和西农的合作头绪纷繁，叶拉斯做事可谓事无巨细，为两校专家奔走联络，就像一条河流上的一叶小舟，仅凭一己之力，就为两国专家提供了方便。张正茂来往于两地，对在西农学习的哈萨克斯坦学生格外关注。私心使然，他希望这些研究生能够成为“中国通”，热爱中国，在日后的中哈合作中发挥重要作用。

哈萨克斯坦现任总统托卡耶夫就是因为曾在中国学习、工作，对中国有很深的感情。1983 年至 1984 年，他在北京语言学院（现北京语言大学）进修中文；1985 年至 1991 年，他先后任苏联驻华使馆二秘、一秘，在中国工作的年限有 8 年之久，因此精通中文。托卡耶夫被联合国前副秘书长奥尔忠尼启称赞为“使馆里中文讲得最好的工作人员”，甚至有“汉学家”的美名。就任总统后，托卡耶夫曾到中国访问，2019 年 9 月 9 日央视《新闻联播》播出了托卡耶夫接受央视记者水均益专访的片段，在采访中托卡耶夫用流利的汉语与水均益进行交流，二者的沟通非常顺畅。一口流利娴熟的汉语，拉近了托卡耶夫与中国民众的距离，给中国人民留下了友好亲切的印象。

哈萨克斯坦首任总统纳扎尔巴耶夫曾号召哈国年轻人学习中文。据 2018 年教育部统计，有 11784 名哈籍学生在华留学，逾 1400 名中国学生在哈留学。哈萨克斯坦是“一带一路”的首倡之地，也是西向建设的境外首站。中哈未来的合作令人期待。

当然，除了这些文化交流的“种子”，张正茂的关注点更多还是在他自己培育的种子上。一直以来，他从田地到校园，所有的努力只为他的小麦种子能够开疆扩土，能够提质增产，改善人民的生活。

“虽长不满七尺，而心雄万夫。”李白的豪情从未随着时间淡去，仍激荡着一代代仁人志士。正是因为有这样的情志激励着张正茂，他在中哈农业科技示范园的合作路上无论遇见什么，都心怀希望，从不停歇。

冬去春来播新种

老之将至，人生是减法，过一年少一年。今年的中哈合作示范园，引出众多人和事，让人心中无端生出希望的小苗，多了一个盼头。

今天晚上，参加中哈研究生新年晚会，热闹、精彩、丰富。哈萨克人能歌善舞。我为他们在舞台上的自信绽放感到开心，和年轻人在一起，天天被朝气包围，乐足矣！

中哈合作示范园的事项，各个方面都在齐头并进，逐渐走向明朗。开局的第一年要收官了，这一年的难和苦也将画上一个不甚圆满却充满希望的句号。

2017年12月22日张正茂

一年在人生的长河中显得微不足道，尤其对于一个青春年少的人而言，一年的时间多到像树叶一样密密麻麻挥洒不完。

一年，能让一个婴儿长出牙齿、学会走路、会喊妈妈，一年里的每一天都令人充满欣喜。而一年对于一位知天命的人而言，日子就像踩着风火轮似的飞速掠过，在岁月的流转中他也将迈向人生的圆满。

如果说人间有公平，那么时间是上天对苍生的唯一公平。无论富有还是贫穷，每个人的一天都是 24 小时。怎么支配时间，很大程度上决定了人生价值。

2017 年之于张正茂，无论怎么规划、怎么安排，事情都挤满每一天的每一个时间段，就像一局对弈结束的围棋，棋盘上星罗棋布，黑白子落满每一格。对这忙碌的一年，张正茂有万般感受，却又无从感叹，更没时间慨叹。新年的计划已经铺开，来年的各种事项就像整齐的士兵早已列好队，等着他去逐个检阅。在工作中没有输赢，只有做的事情多还是少、恰当与否、有价值与否。

冬去春来，又是一年好时节。张正茂筹备征集春小麦种子，这可是头等大事。有第一年的铺垫，他已经掌握了时间和事情进展的节奏。哈萨克斯坦的小麦种植偏好春麦，2018 年开年首先要征集优质的春麦种子，而西农在春麦种子方面的选育和研究偏少，几乎可以忽略。他向甘肃、宁夏等春麦播种区域的科研院所发出春麦参试征集，四处联系，收获却寥寥无几。选种遇到的困难让他不禁发起牢骚：“如果能用我的冬小麦种子，我要少多少烦心而又费劲的事！唉！选育出一个品种难，但捂在自己手里，品种再好有价值吗？”张正茂心里明白，小麦种子是一个专家育种一生的心血，没有人愿意拱手相让。也许有人认为他这是借花献佛，但他的愿望又能向谁诉说！

好在，张正茂通过自己多年的好友帮助，终于在2018年2月26日完成了哈国80千克春麦试验品种征集的任务。2018年4月24日，他将春小麦种子交给苏丽寄往哈萨克斯坦阿斯塔纳和北哈州。

经过去年的试验，今年张正茂在中哈合作示范园的工作推进更加顺畅，算是胸有成竹了。每一次出手，工作提前两三个月着手准备，当兵临城下时他也能运筹帷幄、游刃有余，不再是只知道东奔西突而不得章法。他明了临时抱佛脚的艰难，他不喜欢这种状态。今年播新种，一切都是新的气象。张正茂对大自然心存感激，土地养育了人类几千年，无论人出什么错，土地都给人类机会，只要一粒种子撒下去，它会百倍千倍地回报播种的人。

2018年5月15日，张正茂、郭东伟、冯佰利与农学院另外的两位教授——冯永忠、胡银岗从北京首都机场出发前往阿斯塔纳。由于飞机晚点，他们到达阿斯塔纳时已是零点。这个时间，阿斯塔纳的大街上依然行人涌动。原来，哈萨克人习惯晚睡晚起，和中国人倡导的早睡早起完全相反。璀璨的霓虹灯将夜色点缀得五彩斑斓，在灯光的装饰下，每一座摩天大楼都是独特的存在，散发出魔幻般的魅力。站在高处俯瞰和穿梭其中的感觉完全两样。张正茂第一次在北京饭店26层远眺俯瞰这座城市时，只觉灿烂多姿，令人神往。今夜，再次走入这座城市的怀抱，在流光溢彩的灯光映衬下，形状各异的建筑物令人感觉奇异而震撼。

第二天，张正茂一行人便进入紧张的工作状态，上午10点先到赛福林农业技术大学副校长办公室和副校长伊斯梅尔，教授什维钦科、捷达耶夫，农学院院长嘎尼，国际处处长桑塔纳和生物技术中心负责人基扬等专家座谈，讨论小麦育种技术合作问题。下午，嘎尼、什维钦科、捷达耶夫陪同张正茂他们去示范园考察项目播种试验情况。

西农专家与赛福林农业技术大学专家商量种植计划，确保示范园工作的顺利推进

5 月中旬，阿斯塔纳大草原一派“春云淡淡日辉辉”的春日图景。湛蓝的天空、白净的云朵、绿油油的草地、悠闲自在的牛羊……如果不是要赶到示范园播种，车上的人都有下车步行的冲动。但工作总是令人匆忙，即使走在如画的风景中，也不能肆意放任，让自己如草原上的马儿一般，恣意地奔跑一回。

在沿途如诗如画的美景中，他们这些“画中人”，一起抵达农业科技示范园。到达示范园时，别克副教授带领十多个学生已经到了田间。别克向西农专家介绍示范园的情况：“示范园研究划分两个区，一个是粮食作物品种试验区，一个是马铃薯品种试验区。粮食作物品种试验区采用人力单行播种机播种，单行精量播种，同一播量。马铃薯品种试验区则采用机械开沟，人工播种，同一播量。先划线打桩分区，然后再播种。”

哈萨克斯坦地广人稀，农田作业多使用器械，图为阿斯塔纳农业科技示范园的大型农业机械

阿斯塔纳农业科技示范园中的粮食作物品种试验区使用单行人力播种机播种

西农农学院副院长郭东伟是中哈农业科技示范园项目的负责人之一，他听了别克的介绍后回复道：“我建议，按照园区规划，分成粮食品种比较试验区、马铃薯品种比较试验区和大豆品种比较试验区，要有专人负责记录，到抽穗开花期我们再来观察。试验数据一定要勤记录，这是试验过程的重中之重。”

两校的专家在田间一起商量试验分区，讨论小麦育种技术问题。张正茂提出：“据我了解，中国品种在产量和抗逆性方面有优势，哈萨克斯坦小麦品种在品质上有优势，我们给示范园试验提供了很多好品种，通过比对寻找差距，目的是充分利用双方优势，培育中哈杂交的新品种。建议赛福林农业技术大学的专家也给我们提供一些品种，双方各自在本国试验杂交。我们用你们的品种与中国春小麦、冬小麦进行杂交，提供杂交后代 F2 在示范园种植，然后进行田间选择，最终选育适合哈萨克斯坦中北部种植的小麦品种。”

张正茂的建议，得到了什维钦科和捷达耶夫的赞同。虽然国度有别，但目的一致，嘎尼院长欣然接受提议，而且建议双方成立一个中哈小麦育种研究小组。英雄所见略同，这种同频共振的愉悦感令人振奋。中哈小麦育种研究小组成立了，一枚特殊的“种子”也在探讨中诞生。

张正茂想通过杂交培育适应哈萨克斯坦中北部的种子，也想观察一下杂交种子的面粉质量。他很清楚中国小麦发展的重点是培植优质的强筋和弱筋小麦。2017 年，在国际上我国小麦产量仅次于欧盟，居世界第二位，当前中国小麦供给不足的主要矛盾已经解决，但随着生活水平的提高，人们对于高品质强筋和弱筋小麦的需求增加，这两类小麦国内供给不足的矛盾有所凸显，优质小麦存在刚性进口需求。种植优质强筋和弱筋小麦需要付出更多的管理成本，面临的种植风险也较大。此外，当前国内市场没有着眼于优质小麦与普通小麦之间的品种价差，优质优价并没有得到很好的体现，因此农户种植优质小麦的积极性不高，优质强筋和弱筋小麦缺口较大。短时间内，难以解决中国小麦提质种植的困难。

5000 多年来，小麦的种植在中国得到了长足的发展，经历了一个自西向东、由北向南的历程。中国西部地区（特别是西北地区）邻近中亚，可能是中国最早种植小麦的地方。据史书记载，中亚的一些国家很早就开始种植麦子。麦子可能最先由西亚通过中亚，进入中国的西部地区。迄今为止，最早的麦子作物遗存都出现在西北地区。我国在新疆、甘肃、青海、云南先后发现了新石器时代和青铜时代的麦子遗存，其中数甘肃省民乐县东灰山遗址的历史最为悠久，距今约 5000 年。古文献中也有关于西部少数民族种麦食麦的记载。战国时期的《穆天子传》记述周穆王西游时，新疆、青海一带部落馈赠他的食品中就有麦子。

对于受悠久农业历史文化熏陶和有着先进农业技术的中国人来说，改造自然环境使之适应麦子的生长并不是一件太困难的事。张正茂认为只要有条件，一切皆有可能。在农业革新换代的发展历程中，种子之于种植技术的发展无异于“芯片”之于现代电子产品的研发。无论对于农业大国——中国还是农业出口占比相当大的哈萨克斯坦，改善种子、优化种植技术和提质增产都是重要目标。

下午，什维钦科带领大家一起参观阿斯塔纳以北 40 千米的哈萨克斯坦国家农业研究中心。什维钦科到赛福林农业技术大学工作之前，曾在国家农业研究中心工作了 15 年，他陪同西农的专家们到国家农业研究中心考察，就如同回家一样熟悉。该研究中心在苏联时期建立，出了很多名人，在建成初期该中心的农业科研成果在世界上亦属顶尖，免耕法便是由哈萨克斯坦国家农业研究中心最早推出。这种耕作技术是保护性耕作法，就是让植株烂在地里充当肥料，这本身就是自然培肥的一种，而且可以减少径流，减少水分蒸发，有效地增加土壤贮水量和肥水，是提高作物产量的有效手段，同时也是遏制沙尘暴发生的有效措施。因此，这项技术一问世，很快便风靡世界。在苏联解体后，由于各方面的制约因素，该中心的水准逐渐下滑，失去了苏联时期的光环。

回到酒店已是阿斯塔纳时间晚上 10 点多，张正茂感到全身骨头接近散架。这时，他接到老朋友杜曼的电话，称马上到酒店来叙旧。虽然疲惫不堪，但张正茂也感到欢喜。杜曼说，他将调到中国科学院新疆分院生态研究所工作，派驻阿拉木图。杜曼在哈萨克斯坦的这些年，对这里的政治经济文化相当熟悉，他对张正茂说：“哈萨克斯坦的经济发展水平还是低，大学里的教授，月薪基本在 4000 元人民币左右，而消费水平并不低，尤其是阿斯塔纳。计划经济形态限制了发展空间。”他建议，国际示范园想发展、出成绩，就得在双方领导层面下功夫，将来让领导层互相多走动，拟定计划。示范园只有在计划之中，做起来才能使上力。杜曼的一席话，给了张正茂一些提示，他对这位新疆的哈萨克族老友甚是感激，准确的信息太可贵。

这个时代，人犹如风云飘来荡去、变动不居。人们大都失去了古代人那种安土重迁的习俗，少了对家乡的依恋，不再守着一方乡土终老。但飘荡得久了，如杜曼这般，难免有些乡愁，张正茂在送别杜曼时说：“心安处即是家。”

5 月 17 日，西农的专家们兵分两路开展工作：郭东伟、冯永忠飞往哈国立农业大学调研示范园情况；张正茂、胡银岗、冯佰利继续完成本次阿斯塔纳的工作。

在嘎尼院长的陪同下，张正茂他们参观了农业技术学院。嘎尼向他们介绍展示学院地理信息系统、遥感技术在农业上的应用。遥感技术可以客观、准确、及时地提供作物生态环境和作物生长的各种信息，它是精准农业获得田间数据的重要来源。张正茂看完嘎尼操控示范后，很自信地对嘎尼说：“在中国，由中国科学院资源环境局主持的‘黄土高原遥感专题研究’项目是中国农业遥感应用的代表，在林草资源遥感调查、土壤侵蚀定量遥感调查、土地类型遥感综合研究、草场生物量的遥感估算、农业地物光谱特征及其应用基础研究，以及黄土区暴雨与下垫面关系的遥感分析等许多方面取得了大量成果。将来您有机会到西农访问时，我们带您去参观中国的遥感技术应用。”

农业技术学院的 3D 打印技术在机械制造、食品方面的应用，让张正茂行人眼前一亮，特别是哈德中心与德国农业机械公司合作的 CAD 辅助设计，对于提高学生的现代设计思维很有帮助。嘎尼院长介绍道："3D 打印技术从德国引进，从设备到技术操控、科研拓展，德国全程支持，这个技术在学院很受学生欢迎。"张正茂点点头笑道："在中国，3D 打印技术也是从德国引进的，这几年在国内发展得比较好。西农在农业科技示范园合作上也一定会大力支持赛福林农业技术大学，这个需要我们双方共同推进。"

参观完农业机械加工实验室、农机驾驶实验室、哈德中心、粮油肉奶加工生产实验室，张正茂他们对赛福林农业技术大学的学术、科研、设施、师资、学生各方面有了一个全新的认识，对未来的具体合作也有了更加清晰的方向。经过几次调研访问后，张正茂了解到，哈萨克斯坦的高校教学和科研在几年之前是完全分开的，科研都在研究所里进行，学校只是教学，不像中国的高校都是"产学研"一体化的。虽然近几年，哈萨克斯坦的高校在努力改变这种局面，加大力度引进科研人才、推动科研的发展，但实验室的条件依然比较差，硬件设施非常缺乏，这对科研合作的推进是一个阻碍。西农的每位正教授都拥有自己独立的实验室，而在哈萨克斯坦，同专业的科研人员共用一个实验室，而且连基本技术条件都不具备，实验试剂也很难买到。基础的分子生物实验，蛋白质与核酸的提取与分离、PCR（多聚酶链式反应）技术等相关实验，在西农，本科生就可以做，在哈萨克斯坦的农业高校却普遍难以实现。首先，PCR 仪非常少，导致教授和老师的实验技术水平跟不上。在西农，无论是教授还是学生，在做温室和田间栽培小麦幼穗分化的比较时，实验室所用的温室都是智能温室。而哈萨克斯坦的教授们则需要自己搭建一个塑料温室，导致科研的数据收集和提升极为受限。合作伙伴的困难也是合作方必须面对的困难，合作伙伴受限，一定程度上也是合作科研上受限。

科研求知不分国界种族。参观完学校后，下午张正茂和什维钦科、捷达耶夫讨论小麦育种项目具体的问题，持续 6 个小时，依然意犹未尽。什维钦科对中国的小麦亩产量感到疑惑："中国普通农民家庭耕种小麦亩产 1000 斤，播种的种子和张老师您提供给示范园的一样吗？"张正茂回复道："在中国，小麦亩产1000斤，基本是常态了，种植科学、管理好的，亩产1400斤也是比较常见的。种子优良是一方面，另外中国人耕种技术精良，对农田管理到位，会打农药、会施化肥，这些因素都很关键。示范园和中国气候不一样，加上不施化肥，只是通过休耕保证土壤的营养，平常田间管理又少，所以产量低。哈萨克斯坦人不追求产量，没有刺激效应。”

赛福林农业技术大学拖拉机构造实验室

赛福林农业技术大学农学院无土栽培实验室

晚上，什维钦科邀请西农的专家们吃饭，接着刚才的话题继续讨论。面前的餐桌上摆满了各类珍馐，酒肉香气扑鼻。中哈的专家们却仿佛不知肉味般，讨论得热火朝天。这样的对话虽不似卧龙岗上三分天下，曹操煮酒论英雄般豪迈，却满溢从中亚飘到中国的麦子香。

在哈萨克斯坦吃饭不可一日无肉，这是由于该地畜牧业发达，也是民族历史使然。从游牧民族到现代文明，哈萨克人喜食马肉、牛肉、羊肉、骆驼肉，馕、面包则是他们的主食。哈萨克人较少吃蔬菜，水果、蔬菜主要依赖进口。饭桌上，什维钦科和捷达耶夫约张正茂他们一起去卡拉干达拜访一位著名的哈萨克斯坦育种专家。

5 月 19 日上午，风和日丽，晴空万里，5 月的哈萨克斯坦才是初春，小草经过冬天的严寒刚刚苏醒，透出绿意，焕发着勃勃生机。张正茂、胡银岗、冯佰利如约与什维钦科、捷达耶夫到赛福林农业技术大学试验农场取小麦种子，要把种子带到卡拉干达试验站播种，并且拜访什维钦科和捷达耶夫推荐的著名育种专家瑟瑞达。卡拉干达试验站是哈萨克斯坦农业部和赛福林农业技术大学共同管辖的试验站。张正茂想用西农的小麦种子和瑟瑞达交换同类种子，以便杂交育种，借此考察卡拉干达试验站的科研情况。

已达古稀之年的什维钦科开着车子，行驶在广袤的大地上。汽车一路颠簸行进，将黑土地压出一道道清晰的车辙。若外地人开车去试验站十有八九会迷路。广袤的草原，视线所及之处皆是荒漠。在距离试验站六七百米时，意外发生了，汽车抛锚了，他们被搁在半道上，前不着村后不着店。

他们下车检查汽车故障，发现是汽车正时皮带断了。就像人不知道啥时候会感冒发烧，车也一样，出状况了则需要及时“治疗”。大家查看汽车后得出结论：只有两个办法，一是换车，二是买正时皮带更换。没有皮带可换，只有换车了！幸好他们距离学校仅 18 千米，便打电话求助学校，要求换车。张正茂望着空旷无人的公路说：“什维钦科教授，我来了几次，发现哈萨克斯坦的公路沿途只有零星的加油站。车行驶在路上，抛锚是常有的事，这要是行驶

哈萨克斯坦一望无际的麦田里承载着育种专家的期望

得远了，就麻烦了，像我们今天走的区域完全是荒漠，连加油站都没有。在中国，加油站是一个综合服务区，可以购买汽车所需的物品，还有给司机和乘客提供水和餐饮的超市。哈萨克斯坦其他公路上的加油站服务齐全吗？”什维钦科非常惊讶地答道：“中国的加油站还有超市，还能吃饭？在哈萨克斯坦是没有的，我驾车到过的公路，加油站都只是加油而已。应该是所有的加油站都只提供加油这一种服务。”

冯佰利开玩笑说：“哈萨克斯坦的城市之间距离太远，路上村落稀少，这对半途抛锚的车太不利了，出门还得备齐吃喝用度。”什维钦科哈哈笑道：“我给大家准备了食物，我在学校也是经常自带午饭，很少去学校食堂吃，今天中午给大家的午餐就是我从家里带的。外面没有吃饭的地方，很不方便。”

等来了救兵后，一行人继续前往试验站农场，到达时已经是大中午。众人匆匆吃了午餐。餐毕，什维钦科安排胡银岗、冯佰利留在试验站和别克一起在试验地播种，他则与捷达耶夫和张正茂则前往 300 千米之外的卡拉干达，晚上两路会合后再一起回酒店。

前去拜访瑟瑞达的路上车子抛锚了，大家只好在荒漠中等待救兵

去往卡拉干达的路上，什维钦科一路飞驰，沿路走了很长一段后，停在一座很不起眼的房子边上。什维钦科说：“到了，下车吧！”

一位头发花白稀疏的老人和一位女士听到汽车声，迎了出来，张正茂猜到这大概是瑟瑞达教授和他的夫人。什维钦科介绍道：“这是从中国西北农林科技大学来的张正茂教授；这就是我们这里著名的育种专家瑟瑞达和他的夫人。”在车上颠簸 3 个小时左右，行进了 300 千米后，一身尘土的张正茂迎来了一个礼仪性的浅浅拥抱。

瑟瑞达教授引领大家到了客厅。客厅地板铺着地毯，墙壁上挂着一张色彩艳丽、对比强烈、构图严谨、纹样繁复的挂毯，客厅的茶几上已经摆满了干果、菜品、甜点，显然是为了迎接他们而准备的。

热情好客的瑟瑞达拿出伏特加酒，要与大家一起欢饮。他举起酒杯说：“张正茂教授，您是第一个到我这里来的中国人，一定要喝一杯！”张正茂盛情难却，对这般礼遇受宠若惊，端起酒杯与瑟瑞达干杯道：“能认识您是我的荣幸，在来您这里之前，我已经知道您是哈萨克斯坦著名的小麦育种专家，育成 24 个品种，推广面积 200 多万公顷，是非常了不起的人物。”瑟瑞达开怀大笑道：“张教授，您知道的不少嘛！”一旁的什维钦科也乐呵呵地说：“张正茂教授来的时候给您带了中国的 12 个小麦品种，希望您能杂交出中哈合璧的新品种。当然他也想向您要些哈萨克斯坦的小麦种子，让他带回去杂交育种。希望育种方面，大家合力研究，育出新品种。”一瓶酒没有喝完，瑟瑞达又拿出一瓶打开，指着酒说：“我非常高兴能和中国的小麦专家合作培育新种子，这对我来说是件美好的事，为了我们的合作，今天喝完这两瓶酒。”

入乡随俗是中国人的礼仪，张正茂不停地端起酒杯和瑟瑞达碰杯并祝福对方。瑟瑞达的夫人是大麦育种家，他们夫妇珠联璧合，在卡拉干达试验站的成绩卓著，是哈萨克斯坦很有名的育种家。瑟瑞达给张正茂提供了大麦和小麦品种共 41 个。他笑着说：“我们夫妇没有到过中国，可我们的种子要去中国，这也是令人开心的事。希望我们育种合作成功。”张正茂向瑟瑞达敬酒道：“自

张正茂（右一）是瑟瑞达家中第一位到访的中国人，也是未来共同培育新种子的伙伴，受到了瑟瑞达的热情欢迎

来到哈萨克斯坦，这是我第一次到哈萨克斯坦朋友的家里做客，我无比荣幸，而且收获满满。非常感谢您的盛情款待，希望您有机会也去中国看看。”

张正茂对哈萨克人的生活充满了好奇。客厅正壁的挂毯就像中国人家居装饰的山水画，昭示着主人的装饰偏好，画上有青绿的草原、艳丽绚烂的鲜花、奔跑的羚羊，诉说着久远而古老的故事。除了司机因为开车不喝酒外，什维钦科、瑟瑞达、捷达耶夫和张正茂都用牛眼睛一样大的酒杯喝着伏特加酒！

一杯接着一杯，喝了半天，酒还剩很多，仿佛泉水一般取之不竭。张正茂的手机不停收到消息，胡银岗和冯佰利催促他赶紧返回。眼看就快到当地时间晚上 7 点了，热情的瑟瑞达却要求他们必须把酒喝完。

这边一片其乐融融，在试验站的胡银岗、冯佰利却冷得受不住了。他们陪同别克及一帮学生在试验地播种，没想到 5 月中下旬的哈萨克斯坦会如此冷，早晚温差大得惊人，俨然是从春天返回冬天的感觉。太阳逐渐落山，凛冽的寒风又起，把他俩冻得直哆嗦，一个劲儿地发微信催促张正茂赶紧返回。这一天的傍晚让胡银岗、冯佰利深切感受到哈萨克斯坦的昼夜差距，20℃左右的温差下，只感到彻骨的冷，虽说坐在试验站的板房里面，但对冷风而言，墙壁似乎只是摆设。

张正茂催促了什维钦科，但因为礼仪，教授坚持要把两瓶伏特加喝完再离开。张正茂只好加快速度，主动倒酒与大家一起干杯，一杯一杯复一杯，美酒在豪情中畅饮而尽。

颠簸 300 千米，豪饮两瓶酒，这一切都是值得的，他终于寻觅到了渴望已久的哈萨克斯坦小麦种子。

尽管归途上车在奔驰，回到时还是很晚了。在当地时间晚上 10 点左右，他们才接到瑟瑟发抖的胡银岗、冯佰利，随后一起回了阿斯塔纳酒店。

“你们喝美酒，我们却喝西北风。”从冷风中缓过来的胡银岗向张正茂抱怨道。他们想着张正茂应该很快就能回来，也没有联系学校接应，没想到挨了几个小时冻，蹦蹦跳跳也未让身体暖上几分。抱怨归抱怨，当他们播下种子时，感觉自己的希望也种进了这片肥沃的黑土地。这种满足感对他们这些科研“农民”来说，是什么也替代不了的。

另一支小分队

2017 年这个时候，西农的专家因为签证办理过程出了纰漏，不得不重新办理签证。四人的队伍分成两拨，张正茂等三人延后出发，郭东伟一人先行在春播时节前往哈萨克斯坦调研播种。一年后的播种时节，郭东伟和张正茂他们一起，再次到哈萨克斯坦调研中哈示范园项目的开展情况。

从阿斯塔纳到阿拉木图，两地的调研和考察让郭东伟对哈萨克斯坦的农业有了一个大概的认识，双方 2017 年的合作报告和实验数据也让他对合作项目有了更深的了解。哈萨克斯坦面积广阔，人口稀少，土地肥沃，空气清新，水质纯净，天然无污染，农业生产基本是靠天吃饭。虽然产量有限，但哈萨克斯坦的农产品无农药残留，健康安全。春小麦是哈萨克斯坦最主要的农作物，其主要种植地区是科斯塔奈州、阿克莫拉州和北哈州，三地的春小麦种植面积占哈萨克斯坦小麦种植面积的 80%；冬小麦种植则主要集中在哈萨克斯坦南部地区的阿拉木图和江布尔州、南哈州，三地的冬小麦种植面积占哈萨克斯坦冬小麦种植面积的 90%。这里物产丰富，粮油、蜂蜜、鸡蛋、乳制品和肉制品品质良好。凭借草场资源优势，畜牧业也成为哈萨克斯坦农业的重点发展领域。

郭东伟认为哈萨克斯坦大规模粮油生产的潜力很大，但受限于生产条件差、农业投入不足等问题，当前发展还不充分。在中哈农业科技示范园，西农第一年玉米引种试验的成功说明试验的玉米品种具备较好的适应性，适合进一步开展试验研究。然而哈萨克斯坦的玉米种植主要集中在南部，中北部地区由于气温低、无霜期短，玉米生产有一定风险。对此，他根据当地的实际情况，研判未来哈萨克斯坦玉米的发展应该是以南部普通玉米生产为主，中北部地区

郭东伟（左一）和哈国立农业大学专家在阿拉木图开展田间调查

适合发展鲜食玉米和青储玉米。从阿斯塔纳到阿拉木图调研后，郭东伟对玉米引种区域和方向已有了一番打算。

郭东伟是作物遗传育种专业博士，主要研究方向为作物细胞工程与分子生物学。他担任西农农学院副院长，也是中哈农业科技示范园的负责人之一。在中哈示范园合作项目上，他着重关注玉米育种、种子进出口和播种。在第一年合作中，西农的专家只是根据哈萨克斯坦的农业状况推断引种，因此在试验过程中出现了诸多问题，导致一些品种引种失败。2017 年播种的冬油菜品种由于当年当地冬季降雪偏少，油菜幼苗未能抵御严寒、安全越冬，导致引种失败。引入的玉米品种有稀植大穗型的也有小株密植型的，虽然引种成功，但郭东伟认为需要在种植类型和研究方面针对哈萨克斯坦的农业状况和国内的市场需求进行调整。正值盛年的郭东伟，不仅年轻而且看待问题深具国际视野。在阿斯塔纳的两天时间，他观察到哈国首都人民的生活消费水平不低，适度发展一些鲜食玉米也是大有可为的。

双方合作，只有彼此深入沟通，才能充分了解各方的能力与需求、优势和劣势。哈萨克斯坦农业生产机械化程度很高，这点出乎西农专家的预料。当地农场主和农业企业种植面积很大，完全靠大型农业机械操作耕种。而中国是农户家庭种植，拥有田地少，精耕细作，较多采用人工管理的方式，基本是小型机械操作。综合来看，哈萨克斯坦的农业发展规模化程度高、土地资源丰富、地广人稀，发展空间非常大。哈萨克斯坦曾是苏联的“第二大粮仓”，郭东伟在这里看到很多机会，也看到同样多的挑战。哈萨克斯坦农业资源优越，然而要发展现代科技农业，还有很长一段路要走。

郭东伟从中哈合作贸易的角度思考，中国的玉米主要靠进口，但中国的口粮基本是可以自给自足的，因此缺的不是口粮而是饲料粮。中国每年进口约 1 亿吨大豆，榨油之后，豆粕被用作饲料。针对国内的情况和哈萨克斯坦的农业发展，郭东伟研究玉米，但并没有把目光仅仅停留在玉米本身的发展上，他看到玉米种植产业链上的下一环——哈萨克斯坦的畜牧业。哈萨克斯坦北部牧区缺少牛马饲料，大面积发展青贮玉米的潜力很大。郭东伟这次和赛福林农业技术大学、哈国立农业大学的教授交流，了解到哈萨克斯坦的畜牧业规模都不小，但是生产效率不高，水平也一般，这些在他看来都有提升空间。他与合作方介绍他的设想：“希望我们双方的科研人员一起研究，把哈萨克斯坦的玉米育种带动起来，这样可以发展牛羊饲料产业，提升畜牧业生产水平，再将生产的牛羊肉投放到中国市场。中国的牛羊肉市场潜力巨大，发展前景很好。”

要实现郭东伟想象的蓝图，双方的科技人员都得有足够大的决心和耐心。尤其是西农的专家，需要投入很大精力才可能实现。俗话说，上门生意不好做，中国提出“一带一路”倡议以来，不少机构开启了与“一带一路”沿线国家的合作，可一哄而上的结果是合作成果良莠不齐，也带来了一些负面影响。这给致力“一带一路”建设的科研单位和工作人员制造了阻碍。郭东伟自己在践行的过程中，不仅切身体会到万事开头难，更明白了要坚持做下去实属不易。哈萨克斯坦当地的生活、出行、居住条件都比较落后，和中国 20 世纪 80 年代

北哈州牧场无污染的土地，土地肥力深厚，农业发展前景广阔

差不多。抛开这些具体琐碎的事务，签证带来的不便是最头疼的问题，赴哈萨克斯坦办理签证需要合作院校的返签函，签证手续的繁杂经常耽误事情的推进。中国的科技人员和专家面临的考验，还在于对方的科研人才数量不对等。与西农合作的两所高校，在小麦研究方面有不错的专家队伍，玉米研究方面的专家却严重不足，这对雄心勃勃的郭东伟而言无疑是个痛点。

郭东伟看到了哈萨克斯坦的饲料玉米品种种植对当地畜牧业发展的重要性，也看到了中国牛羊肉市场的旺盛需求。产业发展一环套一环，上下游供需匹配非常重要。这些年由于中国居民膳食结构、消费习惯、肉类价格的变化，消费升级趋势非常明显，未来以牛肉为代表的高蛋白食物消费市场将持续增长。国内供需缺口始终存在，牛羊肉进口依赖越来越大。自 2013 年以来，中国进口牛肉量呈爆发式增长。据中国农业出版社《国际农业研究报告 2012》，1992 年，我国牛肉进口量仅为 1000 吨，2012 年达到 8.6 万吨，到 2016 年已增长至 81.2 万吨！相较于 727 万吨的国内消费量而言，进口牛肉在国内牛肉需求量中占比还相对较低。目前我国的进口牛肉主要来源于澳大利亚、新西兰、蒙古、美国、巴西、阿根廷等国家。郭东伟认为，哈萨克斯坦有着悠久的游牧历史，畜牧业前景十分可观。在“一带一路”倡议下，推动哈萨克斯坦牛羊肉产品出口中国，加强两国之间贸易往来，对两国而言是互惠互利的合作。

从地理位置来看，哈萨克斯坦地大物博，是世界上最大的内陆国，牧场广袤，农牧业较发达，而且与中国相邻。随着中欧班列冷链运输技术趋于成熟，从哈萨克斯坦到中国的铁路运输只需要 5 ～ 7 天，从哈萨克斯坦进口牛羊肉时间短、资金周转周期短、货物品质高，既节约成本又缩短时间，可能成为未来中国肉类进口企业的合作首选。

郭东伟的触觉是灵敏的，洞见是深远的，他对两国的农业市场分析建立在长远合作的基础上。在丝绸之路农业教育科技创新联盟框架下，提升当地农业科技水平，促进当地经济发展的同时，推动我国农业企业走出去，提升农业产业竞争力，消化过剩产能，发展与哈萨克斯坦的睦邻友好合作关系，是西农人的重要责任。

这次出发来哈萨克斯坦前，郭东伟和张正茂及其他专家讨论了哈萨克斯坦的玉米情况，探讨塔肯和萨根柏写给张正茂的邮件内容。

郭东伟对来信非常重视，信件内容不仅有 2017 年试验的数据结论，还包含了对方的观点和需求，既提及了哈国的玉米发展现状，也介绍了他们未来的目标。作为专家，双方都明白，玉米的种子类型不同，对环境的要求也是有差别的，这会直接影响玉米的产量和质量。所以提高玉米产量的基础就是在种植过程中注意针对不同情况做选择，依据玉米种子的种别选择优产区，确保取得最高的玉米产量。另外，播种时要保证恰当的种植密度，如果密度过高，植株争夺营养和水分，最后的产量也不会很高。还有，玉米在生长过程中需要大量的水分，缺水会导致玉米的籽粒不够饱满。因此，为了保证玉米的产量，优选具备抗旱性的品种；遇到干旱天气，需要适当及时地浇灌，保障玉米生长所需要的水分，而不是让玉米自生自灭。仅仅依靠土地的营养很难保证玉米的产量，所以要在玉米的差别生长阶段科学施肥，施肥的种类和数量依据玉米的种类及生长情况而定。有针对性地进行施肥，既平衡了土壤自身营养，也能保证玉米的生长需要。这只是玉米生长过程中对人工管理的要求，而攻克玉米品种研究，田间的数据和生长反应情况是进行品种改良和选育的基础。品种、品质、产量、抗旱抗病性都需要深入研究，并且逐步系统化，这要求扩大中哈合作研究的范围。研究出高品质的玉米种子对提高作物单产、改善品质和保障粮食生产安全起着至关重要的作用。

玉米在哈萨克斯坦和我国粮食生产中占比都很大，如果完全凭借种植面积来取得高产量，则必定受土地资源制约。玉米粒是家畜、家禽的上等饲料，对提高猪肉、牛乳和蛋类的产品产量和品质有非常显著的作用。科研人员的不懈探求，正是在有限的土地基础上，通过提升科技水平达到增产目的。此外，玉米在今天也是重要的工业原料。从玉米中提取的淀粉被广泛应用于食品、医药、纺织等领域；玉米的茎秆、苞叶是工艺品和高级塑料的重要原料。

高校的农业科学研究人员是现代农业科技发展的基石，提升农业科技在经济发展中的贡献值，是他们的使命，更是他们的担当；推动我国农业科研成果走出国门，与友邦相互助力，在前沿拥抱价值共享，既是他们的国际视野，亦是大国胸怀。

第四篇

有朋自远方来

塔肯和张正茂一口气喝了三杯交杯酒，真挚的友谊和浓郁的酒香交织，两人紧紧拥抱在一起。这是友谊的美酒，是中哈合作的美酒，是致力解决饥饿问题的两个科学家的美酒……

哈萨克斯坦阿拉木图市区南部有一条特殊的街道，树荫浓密，茂密的树木后面矗立着苏联时期的建筑楼群，静静地诉说着岁月的沧桑。让人想不到的是，这条东西走向的街道是以一个中国人的名字命名的——“冼星海大街”。在冼星海大街与加加林大街交会处，有一座造型如绽放的莲花瓣的纪念碑。纪念碑以莲叶为基座，3 片花瓣为碑体，寓意着纯洁高雅的东方文化。主碑高 3 米，上面雕刻了一幅冼星海（化名“黄训”）的浮雕头像，纪念碑上镌刻着冼星海的简历以及他创作的歌颂哈萨克民族英雄的交响乐曲《阿曼盖尔德》的第一行乐谱。碑身正面分别用中文、哈萨克文、俄文三种文字刻着：“谨以中国杰出的作曲家，中哈友谊和文化交流的使者冼星海的名字命名此街为冼星海大街。”

用名人姓名来命名街道，是哈萨克斯坦人对其丰功伟业表达崇敬和纪念的一种方式。与冼星海大街平行并被一片街区隔开的街道是拜卡达莫夫街。拜卡达莫夫是哈萨克斯坦著名音乐家，19 世纪 40 年代，他向流落异国、处于人生困顿时期的冼星海伸出友爱之手，温暖了冼星海人生最后的岁月。两位音乐家惺惺相惜，结下了一段跨国友谊。这两条以人名命名的大街相伴相依，象征着两位音乐家伟大的友谊。

这段为中哈人民传颂的友谊始于 1940 年。当时，冼星海从延安远赴莫斯科为纪录片《延安与八路军》配乐。工作还没有完成，1941 年 6 月苏德战争爆发，纪录片制作停止，冼星海不得不准备回国。在那个战火纷飞的特殊时期，冼星海回国的希望化为泡影，受困滞留苏联。他于 1942 年流落到了当时苏联加盟共和国哈萨克斯坦共和国的首都阿拉木图市。居无定所的冼星海，背着小提琴，拖着行李箱，流浪在阿拉木图冬日严寒的街头。拜卡达莫夫在下班路上遇到了冼星海，并注意到他背上的小提琴，便开始通过俄语与冼星海攀谈，冼星海用中、英、法三种语言切换谈话，只会俄语的拜卡达莫夫始终听不懂。两人语言不通，只好借助肢体语言比画着交流。虽然彼此不懂对方的意思，但冼星海的窘况一目了然，拜卡达莫夫决定将眼前这位和他一样从事音乐工作的流浪者带回家。

语言不通，但两位音乐家还可以通过音乐交流。冼星海的音乐才华为拜卡达莫夫所欣赏，被拜卡达莫夫推荐到科斯塔奈市音乐馆担任音乐指导。冼星海在这个时期创作了《满江红》《中国狂想曲》，并且和拜卡达莫夫合作，根据哈萨克民族英雄阿曼盖尔德的事迹创作出交响乐《阿曼盖尔德》。这首交响乐激励着哈萨克斯坦人民抗击法西斯，成为在哈萨克斯坦最广为流传的交响乐之一。

1945 年 10 月，冼星海因肺病在莫斯科病逝。拜卡达莫夫偶然在报纸上看到“中国伟大音乐家冼星海（黄训）于莫斯科病逝”的新闻，才知道他曾收留家中的名叫黄训的陌生人竟是中国著名的音乐家冼星海。随着时局的变化，两位音乐家的友谊在他们的女儿身上得以延续。2018 年，拜卡达莫夫的女儿拜卡达莫娃和冼星海的女儿冼妮娜在冼星海诞生 113 周年之际相见，拜卡达莫娃将《阿曼盖尔德》手稿赠送给冼星海纪念馆。

冼星海和拜卡达莫夫的故事已成为中哈两国人民睦邻友好的象征。“国之交在于民相亲”，中哈两国人民的友谊枝叶长青，如今在“一带一路”倡议下，民间往来的真诚故事在今天仍在续写这段传奇。

远方的客人到西农

一粒种子，可以改变人类生存状况。古代的哈萨克人以游牧为主，家随着游牧在大草原上迁移；因为一粒种子，他们定居下来；因为一粒种子，他们的生活变得殷实而富足。因为一粒种子，西农的专家奔赴哈萨克斯坦，两位哈萨克斯坦专家也是第一次来到了中国。

2018 年 5 月 26 日，塔肯和萨根柏两位哈国立农业大学的教授，应邀访问西农。

“明年春播结束，一定到中国去看看，我还从未去过中国。”这是 2017

年深秋时节，张正茂诚挚邀请塔肯访问西农时塔肯的回答。

这一天的到来，是西农与哈国立农业大学两校合作之谊在这个春天发芽、迎风生长的标志。你来我往，是中国式友谊升华的方式，放之四海而皆准。

塔肯在他的祖国贡献突出，曾受到纳扎尔巴耶夫总统接见，是阿拉湖地区荣誉公民和哈萨克斯坦农业领域的学术领军人物，主要从事作物育种研究和教学工作。17 年来，他发起了各种科学研究项目并担任项目负责人。由于在教学领域取得的卓越成绩，他于 2008 年获得哈萨克斯坦共和国教育和科学部颁发的荣誉勋章，并获国家授予“哈萨克斯坦共和国大学最佳教师”称号。这次受邀来访西农，一方面是因为他负责中哈农业科技示范园工作，另一方面也是被西农专家们的真诚所打动。

同行的萨根柏是哈国立农业大学农学院教授、农学博士、博士生导师、哈萨克斯坦国家农业科学院院士，2013 年获得“哈萨克斯坦荣誉”勋章，为中哈农业科技示范园主要负责人。20 世纪 80 年代初期，萨根柏曾在哈萨克斯坦铁道部担任土壤科学家、高级工程师，是当时的部门负责人，自 1985 年起在哈萨克斯坦农业研究院担任哈国立农业大学高级研究员。自 2006 年获得教授职称以来，萨根柏曾被评为 2013 年度“哈萨克斯坦高等教育机构最佳教师”，并于 2015 年被选为哈萨克斯坦共和国农业科学院院士。他成功地将教学与科学工作相结合，担任四个创新项目的主要负责人。萨根柏对中哈农业科技示范园项目一直给予高度关注和热情支持，项目第一年的播种和日常的一些支出费用大多是其个人热心支持，一切都是为了让示范园合作能够顺利推进并开花结果，这其中寄托了他的科研情怀。

在“一带一路”倡议下，西农秉承“经国本，解民生，尚科学”的办学宗旨，承远古农神后稷之志，行当代“教民稼穑”之为，积极寻求国际合作，于 2016 年 11 月 5 日发起成立了由丝绸之路沿线 12 个国家的 59 所涉农高校、研究机构和知名企业组成的丝绸之路农业教育科技创新联盟，先后与哈国立农业大学、赛福林农业技术大学签订长期科技人才合作协议。签订协议以来，中方多次派出专家团队与合作学校推进合作项目落地，张正茂作为西农的小麦育种专家，在项目执行中与合作校方负责人共同推进工作，并与塔肯等哈方专家建立了深厚的友谊。

张正茂在半年前就开始筹备邀请塔肯和萨根柏访问西农一事，二位院士国际访问的申请材料更是由他负责整理并交由哈国留学生叶拉斯办理。在两校专家合作往来上，叶拉斯就像一座沟通的桥梁，除了翻译双方的日常文本外，还细致考虑了双方文化背景、学术特征等，将双方的深层含义准确传递，更加有效地推动了中哈农业科技示范园试验的深度合作。

2018 年 5 月 28 日，西农副校长罗军在交流中心会见了塔肯一行人。双方认为两校合作成果显著，自丝绸之路农业教育科技创新联盟成立以来，哈国立农业大学与西农互访日趋频繁，交往日益密切，特别是在农业科技示范园建设上富有成效。对此成果，罗军副校长向来访的两位哈方院士致以谢意，并真诚地表示："希望双方密切合作，进一步做好示范园工作，也希望院士们能够在西农多看看，深入了解，为我们今后更加深入的合作打下良好的基础。"

塔肯在座谈中恳切地说道："希望两校的合作，特别是在示范园建设方面，做出新成绩，才能更好地服务两国人民。我和张正茂教授已经开始合作培育新品种，争取能够用几年的时间培育出双方共同研究的新品种，在哈萨克斯坦的大地上推广。"

双方的对话充满诚意，在愉悦的沟通过程中，也树立了清晰明确的合作目标。哈方的两位院士和西农方面在学生培养、科研合作等领域的众多想法不谋而合，哈方将选派青年科学家来西农进修学习，推荐优秀学生来西农攻读学位；西农将在中国的政策范围内大力支持，为哈方学生提供奖学金，推动两校开展学生联合培养工作。同时，中方将继续支持西农专家赴哈萨克斯坦开展合作研究。只有双方共同努力，多方筹措开展联合科研，才能推动中哈农业科技示范园建设。站在更长远的角度来看，当下的一切只是开始。作为专业学科齐备的农业大学，未来哈国立农业大学与西农将进一步推动在育种之外的园艺、畜牧等领域的深入合作。

塔肯此行对西农的合作志向和意愿有了深入了解，他在接受中国媒体采访时直言非常看好两校合作的前景，在中哈两国政策的支持下，两校不断深化合作是大势所趋。

塔肯一行的来访，让西农的教授专家们一个个都忙碌了起来。5 月 28 日，胡银岗陪同两位院士参观了旱地作物逆境生物学国家重点实验室。胡银岗曾多次前往哈萨克斯坦调研，对哈方农业的状况有一定了解，带塔肯参观实验室，他的介绍很有针对性：“西农旱地作物逆境生物学实验室主要针对中国旱区作物抗逆这一重大科学问题设立，突出‘旱区逆境’这一区域特色，从旱区特有资源入手，发掘作物抗逆种质与基因资源。而哈萨克斯坦的卡拉干达地区及阿斯塔纳，气候条件与中国的旱区类似，为典型的干旱区，土壤盐渍化比较普遍，农业生产条件相对较差。”

塔肯针对胡银岗的解说提出了疑问：“西农的专家在旱地作物方面应该进行了大量有针对性的课题和农业技术研究，有哪些科研成果可以引进到哈萨克斯坦？”

胡银岗积极展示西农在旱地作物方面的优势：“实验室承担了很多国家重大项目，在作物抗逆种质发掘、作物非生物胁迫应答机理、作物与病虫互作机理和作物抗逆种质创新与品种设计等领域取得了一批创新性研究成果，在国际上产生了重要影响，为旱区农业生产的高效可持续发展提供理论基础和技术支撑。”

接着进一步解释道：“比如以旱区粮油、果树、蔬菜等作物及其近缘植物种质资源为对象，围绕抗旱、耐盐碱、抗病虫、抗寒及优质高产等性状，进行种质资源的收集、整理、综合评价；建立作物种质资源抗逆鉴选与评价的技术体系，鉴选出在作物抗逆和高产优质的遗传改良中具有重要利用价值的种质资源；分析揭示作物抗旱、耐盐碱、抗寒、抗病虫以及高产优质等重要性状的遗传规律，为作物逆境生物学研究和抗逆种质创新及新品种培育奠定基础。”

最后，胡银岗隆重介绍了西农的康振生院士，康振生院士是这个实验室的核心，实验室是由他牵头组建的，40 年来，他坚守中国西北旱区，解答了我国小麦条锈病致病菌从哪里来、如何致病、如何防控等一系列问题，建立了以阻止病菌大区间传播为目标的全国条锈病三级防控技术体系，并于 2006 年被农业部采纳，先后在陕西、甘肃等 12 个省区市推广，使全国小麦条锈病发病面积降低 50.83%，每年挽回小麦损失 20 多亿公斤。2012 年，该成果获得国家科技进步奖一等奖。通过数千份样本采集、上万次实验研究，康振生团队发现有性生殖是我国条锈菌致病性变异的主要途径。野生小檗广泛分布于西北山区，小麦条锈菌则在小檗上“生儿育女”并不断变异，影响原有抗病材料发挥作用。2017 年 8 月，这项研究成果在国际顶级学术期刊《植物病理学年评》（*Annual Review of Phytopathology*）上发布，引起业内强烈反响。

塔肯对重点实验室精良的设备和卓越的成果赞叹不已，他希望在西农和哈国立农业大学的合作中，这座实验室也能帮助哈方。胡银岗对于塔肯的提问和合作意愿给出了积极的回应：“西农提供给示范园的作物种子，基本都是根据当地自然条件选择的、在中国旱地推广播种结果优良的种子，尤其是小麦，在抗旱、耐盐碱、抗病虫以及高产优质方面都是相当优良的品种。未来在科研合作方面，双方加大合作力度，也是势在必行。”

此次西农邀请塔肯和萨根柏访问，不仅有加深合作的需求，也是展示自己的科研能力和人才队伍的需要。高校是国家的人才输出基地，只有双方互相深入了解人才培养实力，才能建立深度而有效的合作。为教育和科研奉献了一生的塔肯和萨根柏，在参观西农农学院科研平台和张正茂教授实验室时，看到学生在做实验，便上前交流，塔肯提出“几年级、做什么研究课题”“农业研究如何坚持”等一系列问题，学生们则富有朝气地回答他们自己所研究的课题，还说“科研是很有意思的”“层层深究和打游戏过关斩将一样”。听到学生们的回答，塔肯会心一笑，点头致意。

经过一系列参观和交流，塔肯一行对西农的实验设备、学生的科研和实验

塔肯（左二）、萨根柏（右一）在胡银岗有针对性的介绍下对西农的科研实力和成果有了较深的了解，进一步参观了胡银岗的试验田

水平等大为赞赏。与之相比，哈国立农业大学由于资金问题和哈萨克斯坦高校发展方向的因素，科研水平相对落后，教师和学生的实验技术水平亟待提升。

在塔肯到西农访问的过程中，张正茂是不能缺席的人。尽管此前双方相处时间很短，但在科研方面相互认可、彼此欣赏。张正茂陪同塔肯和萨根柏一行到西农北校区农作一站试验田参观时，在客人面前对试验站的情况如数家珍："这块试验田面积 1 公顷。这是原材料圃，这是杂交圃，这是选种圃，这是小麦与冰草远缘杂交的后代……"塔肯对西农的试验方案和作物很感兴趣，不断提出问题，对每一块区域的作物特性都要了解清楚。例如，塔肯指着试验田问道："张教授，在这些试验田里，哪些作物是您的试验？"

"这是我们课题组选育的'普冰'系列小麦品种，具有抗旱、抗寒、抗病和高产的优势，适合在阿拉木图旱地种植。"张正茂指着长势很旺的麦田继续说道，"从田间看，今年的试验种植效果不错，可以引种到阿拉木图观察情况。"

看完一站试验田后，张正茂陪着塔肯到曹新庄农场参观，这里正在进行染色体工程育种技术应用项目试验。站在田间的张正茂手指着麦子，像是一位意气风发的将军在沙场点兵，给塔肯展示着自己麾下的风貌。多年来，他尽心尽力照顾着田间的麦子，如今在客人面前介绍它们就像是介绍自己杰出的孩子一样，尽显自豪。

张正茂向塔肯非常详细地介绍了远缘杂交后代鉴定的情况："这些大穗、大粒、多花的品系都是远缘杂交获得的衍生系，创新了品种资源材料，拓宽了遗传基础。这片高个子倒伏的小麦是哈萨克斯坦的春小麦，个子高，易倒伏，抗病性差，但是品质好。我今年用这些材料做亲本，与中国小麦配制杂交组合，期望在保持哈萨克斯坦小麦品质的同时提高哈麦品种的抗逆性，降低株高，提高产量性状。"

"期待张教授的成果，哈萨克斯坦冬小麦的缺点就是个子高，我们那里常年风大，您这个杂交改良将中哈种子的优势结合，这个种子未来将会有很好的效果。"塔肯对张正茂的解说点头回应。

塔肯一边仔细观察这些麦子的长势，一边仔细听取张正茂介绍试验方案和试验过程，提问道："张老师的作物种子试验地有少亩？"

"西农的每个教授都有近 100 亩的试验地。西农的试验基地很多，遍布中国的大江南北，我的小麦种子的试验区域在陕西宝鸡、甘肃平凉和新疆，这样可以根据不同区域环境观察小麦种子的适应性。"塔肯对张正茂的试验非常欣赏并给予了高度的肯定："张教授的试验非常棒，试验站的情形令人喜悦。从我们两校的合作可以看出哈萨克斯坦与中国小麦的合作潜力巨大，中国小麦增产潜力大。如果用其改良哈萨克斯坦小麦，提高产量，就可以在哈萨克斯坦生产出更多的粮食，扩大哈萨克斯坦粮食的出口。"

对以研究粮食作物为对象，提质增产为使命的科学家来说，帮助全球 8.216 亿（据联合国 2018 年《世界粮食安全和营养》报告）处于饥饿中的人口摆脱饥饿是责任和使命，需要全球科学家共同协作。作物种子培育作为源头性问题，是改善饥饿人群生存环境的核心一环。

塔肯的胸怀亦是西农人的志向，西农成立联盟的目的就是通过联合“一带一路”沿线国家，用西农人的智慧和科技经验，帮助促进当地农业发展，共同解决粮食问题。

中哈合作以来，西农多次派出科研人员奔赴哈萨克斯坦，从种子到人员技术交流建立了一系列的合作，为双方的长远发展奠定了基础。塔肯作为合作伙伴来访是必要的，这为未来双方工作和沟通的进一步深化奠定了基础。张正茂也十分珍视双方的这份友谊。参观当晚，张正茂请塔肯、萨根柏一行品尝陕西特色的羊肉泡馍，喝中国名酒陕西西凤酒，以尽东道主之谊。热情好客的陕西人喜欢用本土特色招待宾客，让客人通过品尝当地的美食了解这里的水土和风俗习惯。考虑到塔肯和萨根柏等人有宗教信仰，张正茂认为羊肉泡馍再适合不过，并热情地向他们介绍陕西人的羊肉泡馍吃法：“吃羊肉泡馍最讲究的是要把饼子掰得碎如米粒，慢慢地掰，谁掰得小，厨师就会认为谁是吃羊肉泡馍的行家，给谁浇汤的时候也就会格外认真。掰馍的过程比较慢，这也是给吃饭的朋友创造的一个聊天时机，吃饭的意义不是喂饱我们的胃，而是喂饱我们的心。”塔肯一脸不解地笑道：“哈萨克人吃烤面包或者牛羊肉，就喜欢大块的肉、大列巴，以大为好，中国人吃羊肉泡的馍小如米粒，这真是非常不同的饮食喜好。”

第一次使用筷子吃饭，塔肯夹不上菜，便拿着筷子转动着将菜缠在筷子上吃。他无法驾驭中国的筷子，两手一摊，打趣道：“我以为我可以征服这两根小木棍，但它们和中国功夫一样厉害，把我征服了。我还是使用刀叉吧。”使筷子是中国人的传统绝活，这不长不短的两根竹筷令很多外宾一时半会儿难以驾驭。饭桌上大家热心地教塔肯怎么使用筷子，他耸耸肩膀说：“我回去好好练习一下中国人的筷子，下次就不用刀叉了。”

张正茂开玩笑地说：“我给您二位送工艺筷子做纪念，两双筷子，两个鸳鸯筷枕，筷子有两根，一头圆一头方，七寸六分长，寓意夫妻似鸳鸯成双成对，合二为一，天圆地方。人有七情六欲，食色，性也，这就是中国的饮食文化。”

饭桌上这段有关筷子的文化探讨引来阵阵笑语。张正茂曾在哈萨克斯坦同专家们一起用餐，领略过他们的饭桌礼仪和文化。今天，他将中国传统的接待礼仪和哈萨克斯坦的饭桌文化相结合，以尽地主之谊。他给所有人倒满酒，站起来端着酒杯致祝酒词：“中国有句老话，有朋自远方来，不亦乐乎。很高兴能在杨凌接待各位专家朋友，祝愿我们的合作和友谊天长地久。”张正茂给客人一一敬酒，塔肯站起来致辞回敬。

在一片欢声笑语中，一瓶西凤酒很快就喝完了，萨根柏不胜酒力，倒扣杯子示意不再饮酒。中国的酒，醇香清冽，后劲十足，如同中国人醇厚踏实的性情。塔肯酒意正酣，端着酒杯讲道：“我们哈萨克人，无肉不食，无酒不欢，酒在我们饭桌上，代表着对朋友的情意。结交张正茂教授，我非常开心，我提议为了友谊与合作，张教授，咱们来喝交杯酒。”

塔肯和张正茂一口气喝了三杯交杯酒，真挚的友谊和浓郁的酒香交织，两人紧紧拥抱在一起。这是友谊的美酒，是中哈合作的美酒，是致力解决饥饿问题的两个科学家的美酒……

2018 年 5 月 30 日，塔肯、萨根柏一行再次参观了农学院胡银岗教授的试验田。作为从事小麦抗旱节水及产量潜力的生物学基础、种质创新及遗传育种研究的专家，胡教授不仅负责国家重点实验室，还培育了“西农 901”“西农 389”和“西农 223”等小麦品种。从 20 世纪 90 年代至今，胡银岗一直从事小麦温敏雄性不育的分子基础及杂种优势利用和作物抗旱节水性的遗传改良研究，先后主持完成教育部重点科研项目“YS 型小麦温敏雄性不育的遗传基础研究”、教育部春晖计划启动项目“YS 型小麦温敏雄性不育育性转换的分子基础”、教育部国际合作重点项目“小麦抗旱性改良的生理生化分子基础”等项目。

5 月底的杨凌春意正浓，塔肯、萨根柏两位院士远道而来，恰逢西农赵洪璋院士诞生 100 周年纪念。在西农专家的陪同参观下，二位院士对西农的学术传承和科研实力有了大致的了解，并对西农的学校规模、科研水平和办学实力大为称赞。他们分别给西农的学生做了一场精彩的学术报告，其中萨根柏在报告《哈萨克斯坦共和国土地资源》中讲道："哈萨克斯坦国土面积 272.49 万平方千米，约占中亚地区土地的 70%，但人口密度为每平方千米 5.64 人，比中亚地区人口平均密度低近 60%。农牧业用地 210 万平方千米，人均约 0.12 平方千米，有的州高达 0.18 平方千米，具有优越条件发展农牧业。单就农业而言，耕地有 24.04 万公顷，种植棉花的面积占 1/3，产量为世界第 4 位。哈萨克斯坦有 4 个自然带，土壤与天然作物均不同，森林草原带的土壤主要为黑土，占全国土地面积的 9.5%，草原带和半荒漠带的土壤主要为栗钙土，占全国土地面积的 34.4%……"这些信息引得在场听讲的学生们十分好奇，结束后学生们纷纷提问："哈萨克斯坦今天还有大量的人放牧吗？""人均分配土地多少亩？哈萨克斯坦的农民很富裕吗？"萨根柏对每个问题都进行了简要的回答："哈萨克斯坦今天的畜牧业已经是规模化养殖，由于国家颁布了保护草原的法令，一些地区是禁止自由放牧的，当然还有一部分牧民从事着自由放牧。每一家农户耕种的土地面积在各州是不一样的，小型农户一般每年会种一两万亩庄稼，因为在哈萨克斯坦土地实行休耕政策，今年播种的耕地第二年不能再种，需要让土壤休息，以恢复营养。哈萨克人民的幸福指数比较高，无论是工作还是生活，哈萨克人相对都放松乐足。"

人们对与自己不同民族和国家的民众的生活状态都有一种好奇心，这种站在门口张望，想一探究竟并与自我比较的复杂心情，一直是人性中一种有趣的本能。

西农对塔肯、萨根柏的来访极为重视，在行程安排中专门留出了一天时间供他们在西安参观。在西农进修的哈国立农业大学的叶拉斯陪同二位院士和努尔孜依汗游览了世界第八大奇迹——兵马俑。努尔孜依汗此次是随两位院士出访的翻译，从哈国立农业大学毕业后，留校从事农学院土壤科学领域工作，是一位年轻有为的“85 后”。

从中国历史文化遗存到古城西安的现代都市建设，惊鸿一瞥之下，他们看见的或许只是光阴长河中的一滴水，但这就够了，借这一滴水，塔肯等人已可以勾画双方未来合作的蓝图，延展中哈双方未来在解决粮食问题方面的远景。

塔肯一行人在“六一”儿童节当日告别中国。杨凌暑气逐渐升腾，麦子也快要熟了。收获的季节年复一年，远道而来的哈萨克斯坦朋友和西农人之间的友情，在双方未来的亲密合作中将会更加深厚。

言必信，行必果

哈萨克斯坦的农场主拥有较大的耕地面积，土地极为平坦，耕种多使用大型机械，即功率 300 千瓦左右、宽度 10 米左右的播种机和旋耕机。中哈农业科技示范园的土地面积只有 75 亩，且被分割成很多作物区域，地块小，大型机械无法操作，但依靠手工和微型机械操作成本太高，让本来就缺乏经费的哈国立农业大学示范园项目更加捉襟见肘。签订合作协议时，哈国立农业大学是热忱的，然而在项目落地的时候，却缺乏经费支持。

第一年，项目负责人萨根柏院士出于对合作的热情，个人承担了所有试验经费，但这并不是长久之计。面对示范园的播种不合格、推进困难等问题，张正茂承诺回西农后向学校申请购置适合中哈农业科技示范园使用的拖拉机和播种机，解决试验地耕种上的困难。

2018 年 8 月，张正茂经过招标选择购置了功率约为 70 千瓦的播种机、旋耕机套机、拖拉机，通过长途汽车货运送到了哈国立农业大学。改善播种条件，推进合作力度，需要双方共同努力，互相体谅。

阿拉木图的 8 月，是一年中最美的时节，拂面的风舒适而惬意，这是艳阳照射下大自然的自我调节。虽然学校放暑假了，张正茂、郭东伟却惦记着当年播种的作物长势情形，于是搭飞机在 8 月 13 日晚上抵达阿拉木图。正好，西农的留学生马拉提、马哈提江假期回国，到机场迎接两位老师。第二天，萨根柏和两位留学生陪同张正茂和郭东伟到阿拉木图试验地考察小麦和玉米并且做了田间记录。

到试验地一看，郭东伟极为失落：今年玉米试验的失败可以预见了。去年试验成功的玉米种子，今年扩大了试验播种面积。如今已经8月中旬，临近成熟期，然而玉米地里的玉米苗高度不足一米，玉米不结籽。试验结果的反常让郭东伟哭笑不得，他在试验地里来来回回，仔细观察着田地里玉米的根、茎、叶和果实，希望能找出试验失败的原因。同一个品种，去年成功，今年失败，难道是播种期晚了？

为解决示范园试验耕地上的困难，西农捐赠农用机械设备并通过长途汽车运送到哈国立农业大学，双方共同努力推进合作

2017年和2018年的玉米播种，郭东伟都是亲自到田间的。他一边记录玉米的各种表现情况，一边问萨根柏："今年播种后，降水量如何？"萨根柏帮郭东伟扶着玉米秆，若有所思地回复道："今年播种后，降水量不足，尤其

是 6 月份。去年还可以。我认为这是玉米不结籽的主要原因。”不同于哈萨克斯坦中北部有众多小湖泊，降水量足，南部降水量不足，无霜期短。这种气候条件正是在哈萨克斯坦种植玉米的风险所在。

郭东伟继续记录着田间玉米的各种情况，他对两个截然不同的试验结果，已基本掌握其中缘由。2017 年玉米种植试验成功源于播种时降水量足，种子适时发芽。2018 年虽然播种比较准时，但因为前期降水量不足，种子发芽晚，生长期短，积温不够造成不结籽。肥水不足，特别是结籽期干旱、养分缺乏，也会造成不结籽。这种状况如同人需要怀胎十个月才足够，而到六七个月胎儿便停止发育了一样。面对这种不利的自然条件，解决试验存在的问题难上加难。

在阿拉木图的田间考察喜忧参半，试验地的小麦作物长势、出苗率、抗旱性都不错，而且麦穗大。一忧一喜，令张正茂和郭东伟更加急切地想知道赛福林农业技术大学试验地的情况如何。当天早晨，他们记载完哈国立农业大学试验地的情形后，马上让马哈提江直接送他们到阿拉木图机场，直飞阿斯塔纳。落地后，什维钦科、古丽、斯维特、马拉提、缇娜在机场接上他俩，便直接从机场去了试验田。在赛福林农业技术大学的试验田试验种植的小麦中，XN8、XN9、XN10 表现很好，令人欣慰。张正茂看着一片绿油油的麦田，麦穗甚为养眼，成穗率高而且穗大，抗旱性好，茎秆直立、秆强不倒，表现早熟，展现出令人喜出望外的特征。张正茂查勘完，胸有成竹地对什维钦科他们说：“这几个品种可以考虑直接应用推广了。”张正茂此时此刻的自信，还有待进一步确定。在卡拉干达州的铁米尔套试验站里，瑟瑞达试验种植的 XN8、XN9、XN10 种子情况如何，明天才能知晓。

张正茂、郭东伟和什维钦科、捷达耶夫以及留学生在收获赛福林试验地的成果后，一起奔赴卡拉干达州的铁米尔套试验站看小麦试验，求证 XN8、XN9、XN10 品种的适应性。在瑟瑞达的陪同下，大家来到铁米尔套试验地，小麦长势和赛福林试验地的情形别无二致。大家再次确定了 XN8、XN9、XN10 品种的上佳表现。张正茂建议合作伙伴可以扩大种植规模，为三年试验结束审定做准备。他看见了中哈农业科技示范园的希望曙光，这道光如同一颗种子，现已发芽，鼓舞、激励着他，让他更有干劲，不觉疲累。他蹲到地里，手揽过一丛小麦，对郭东伟说：“给我和我的麦子拍张照！”

8月17日，张正茂终于松了一口气，他决定休闲一天，到阿斯塔纳的“大帐篷”去逛一逛。他要自己奖励自己，这是他这个“农民”的收获仪式。“可汗之帐”的设计灵感来源于哈萨克人游牧时的家——毡房，其造型尽显哈萨克“游牧风”，内部仅凭几根倾斜的桅杆支撑着穹顶。

对常年奔走于乡间田野的张正茂而言，所见风景多是麦地，只是经纬和自然气候条件变化了而已。走进这顶闻名世界的“大帐篷”，他立刻被眼前别样奇特的景观吸引。“大帐篷”是哈萨克斯坦最知名的购物中心，里面非常

2018年的麦子长势喜人，张正茂终于露出了笑脸

华丽，吃喝玩乐一应俱全，还有各种精致的小帐篷、豪华的餐厅，能满足各类人群的不同层次的消费。一件土耳其男士羊皮皮衣 2000 元、一双男士牛皮皮鞋 700 元、一盒牛奶 3.5 元、一盒奶酪 20 元，超市里 1 千克花生米从 5 元打折至 3 元出售、土豆 1 千克 1.5 元、白糖 1 千克 5.2 元……

哈萨克斯坦路边的卖货小摊琳琅满目，极富生活趣味

要了解一座城市的民生，逛市场是最直接的途径。张正茂逛了一圈，基本掌握了当地的情况，啥也没买，就拎了一袋子认识或不认识的水果回到酒店，品尝酸酸甜甜的滋味。下午，他和赛福林农业技术大学农学院的老师以及捷达耶夫商定西农书记李兴旺来赛福林看试验田的准备工作，张正茂要求试验田除草、插牌。双方就承担项目的题目和目标交换意见之后便结束了在阿斯塔纳的作业。

张正茂、郭东伟飞往下一站北哈州首府彼得罗巴甫洛夫斯克市考察北哈州国立大学试验站的状况。这是西农在哈萨克斯坦高校合作中扩展的第三所目标高校，该校农学院院长奥尔顿接待了张正茂和郭东伟，并陪同他们去查戈里试验站看试验情况。查戈里试验站副站长阿列克将试验地作物的试验情况逐一做了介绍。北哈州位于北纬 52° 左右，这里的小麦正常播种期在每年的 5 月 15 日，晚播可以延至 6 月 10 日，收获在 8 月 20 日至 9 月 20 日，小麦的生产日期弹性大，要求不严格。哈萨克斯坦南北气候差异悬殊，这引起中哈专家的探讨，就南北试验做起了比较。张正茂提及和赛福林农业技术大学什维钦科教授曾经的讨论，阿列克激动地说："我是奥尔顿的学生，也是什维钦科的研究生！"大家从小麦地聊到向日葵地，一片迎着太阳盛开的金黄色向日葵露出笑脸欢迎初次到访的客人。

由南到北，从北到南，每一次出行，似乎都是前一次的再现，然而境况又微妙多变，情形既相近又不尽相同。大体状况始终如一，细节表现却次次不同。无论工作还是生活，人总会遇到各种各样的问题，正是这些问题推动着人不停地寻找答案。而寻找过程中的小收获、小肯定就像一双温柔的手，抚慰着前行路上的人。张正茂和郭东伟这一次的出行告一段落，他们带着收集的试验品种从阿斯塔纳飞往乌鲁木齐再转机飞回西安。

张正茂一回到学校，立马召集学生晚上 7 点到办公室商量确定在哈萨克斯坦的参试品种名单，尽快整理从哈萨克斯坦拿回来的小麦品种，出分析报告。他不能不着急，因为后面的日程排满了，9 月他还要出访吉尔吉斯斯坦国立农业大学，一系列事等着他去完成。

到塔肯家做客

2018 年 10 月 15 日上午 10 点，张正茂、郭东伟从杨凌出发到咸阳机场乘 12 点 30 分的飞机到乌鲁木齐，再转乘晚上 8 点 20 分的飞机到阿拉木图哈国立农业大学。他们这次到阿拉木图是因为时任中国教育部副部长的林蕙青访问哈萨克斯坦，要检查中哈农业科技示范园的工作情况。

在他们到达阿拉木图的第二天，当地下起了小雪，天气变冷了许多。当天上午，张正茂、郭东伟和努尔孜依汗一起找塔肯商量制作中哈农业科技示范园成果展览展板的支架。塔肯带着西农的两位专家一起找农学院新上任的主任康巴耶夫，说明他们这次的来意是配合接待林蕙青副部长一行的检查工作。

由于林副部长一行 10 月 18 日就将抵达阿拉木图，展板必须在 17 日制作完成。展板要求高 2.2 米、长 2 米，还要结实，但制作时间只有明天一天时间，这可愁坏了塔肯。怎么办呢？大家一起研究设计展板支架的草图，然后找人制作。塔肯中午没有吃饭便找来开公司的学生商量。他的学生爽快地说："用不锈钢制作成本高耗时长，我想办法用木料制作。老师您放心，此事交给我，我保证按时交付给您。"在塔肯的协调下，展板的事情得以落实，让张正茂、郭东伟紧绷的神经松弛了下来。

展板落实让塔肯放心了！他邀请张正茂和郭东伟到他家做客："上次说请你们到我家做客，今天晚上就去我家吃晚饭吧。今天我出门时已经和夫人说好，她早晨出门买肉准备欢迎客人的到来。"张正茂和郭东伟欣然应约。塔肯对张正茂说："今天我血压升到 180 毫米汞柱，头晕，但因为你们来了，我还是坚持到学校。今晚我还邀请了康巴耶夫院士和努尔孜依汗，我们一起欢迎你们的到来。"塔肯的真诚让张正茂、郭东伟甚为感动，他们从心底里感谢异国他乡的这位诚恳而真诚的朋友。

阿拉木图今天下雪。忙完工作，应塔肯邀请去他家共进晚餐。

院士的家并不大，两室两厅，干净整洁素雅，铺着地毯，老式家具和主人一样充满故事。房间布置简洁，其中餐厅大概 13 平方米，长方形的大餐桌，铺着花色的桌布，桌上已经摆满了水果、干果和糖果，明亮精致的餐具和刀叉可见主人对生活的热爱。餐桌的一端摆放着木制的酒柜，摆满了各式各样的酒杯，透露出塔肯的喜好——品味美酒！

为了欢迎张正茂、努尔孜依汗和我，塔肯夫人忙活了一下午，张罗了一桌丰盛美味的佳肴。我们按照主人的安排落座，在塔肯家享用了一顿讲究的晚饭，第一道菜是一碗汤；第二道是咸鱼、蔬菜沙拉、熏马肠；第三道才是主菜，一个哈萨克传统的雕花木制大盘，盛满由土豆、胡萝卜、马肉、洋葱炖成的正宗哈萨克美食，菜的下面是一层揪面片，羊肉在上边；此外还有传统羊肉抓饭和油炸的包尔萨克。最后是甜品和红茶，在喝茶的时候还有一些果干、果酱、糖果、饼干之类的食品。美酒贯穿席间，让这顿饭吃得欢快而温暖。

一顿有情谊有讲究的晚餐，彰显了生活的内涵。我们奔波得太久了，脚步停不下来，奔跑的状态已经让人忘了在家悠闲品尝佳肴的滋味。工作就像追在屁股后面的一只狼，让人难以放慢脚步，没法享受这样的慢时光，让美味在生活里这般惬意地静静流淌。哈萨克人的悠闲和知足，着实令人羡慕。

初次与塔肯相识，是在2017年5月9日，我和塔肯、萨根柏一起下地播种。当时我们四人一起办签证，结果其他三个同事由于资料有问题只能下一批出发，因为播期临近，我只好一个人单枪匹马先行到阿拉木图播种。第一次和塔肯合作共事，老院士个性很倔，说一不二，至今记忆犹新。塔肯在哈国的小麦种植上拥有一生积累的经验，在合作中提出的建议使我们少走了很多弯路。他做事极为认真，亲自下地丈量试验地，亲自播种。上次到阿拉木图，他感冒很严重，也依然和我们探讨合作的事。交往中，我慢慢发现他非常耿直、待人坦诚、对工作充满激情，是一位令我敬佩的老先生。

这个夜里大雪将黑夜映照得如同白昼，黝黑的天空下大地泛着白光，静谧而美好！感谢洁白的雪、醇香的美酒、丰富的美食，感谢可敬又热忱的塔肯夫妇。今夜的阿拉木图是我在哈萨克斯坦最美的邂逅。

2018年10月17日 高宗伟

哈萨克人吃饭颇为讲究，待客礼仪繁多。在游牧时期，哈萨克人家里来了尊贵的客人，一定要宰杀一只羊招待贵宾，以示对客人的尊敬和热情。而且在宰杀羊之前，必须要将羊牵到贵客面前，表示这是只活羊，之后才宰杀。饭桌上，要将羊头摆放到最尊贵的客人面前，客人割下右腮的肉，放在盘子里，表示接受主人的招待，再割下耳朵送给东道主家的老人或者小孩，以之喻意祝福安康。一系列流程结束，饭桌上的人这才开始吃饭。从游牧民族走来的哈萨克人，已经被城市文明所同化，却依然保持着接待贵客的礼仪。

塔肯是哈萨克族人，在他的身上，哈萨克人豪迈的特质格外突出。在家中宴请宾客岂能无酒？他拿出伏特加酒给每一位客人斟满："欢迎你们到我家中做客，我为我们拥有这样的友谊而感到荣幸。"然而因为塔肯说今天血压升高，张正茂担心塔肯不宜饮酒，很委婉地劝说他不要喝酒。塔肯却说："我们哈萨克人有个讲究，客人来了，一定要喝酒，我们第一次见面就算认识，第二次见面就是朋友，第三次见面就是自家人了。现在我们已经是一家人，你们就是我的家人，随时欢迎你们来我家做客，大门为你们敞开！"塔肯的一席话说得张正茂他们心里暖暖的，这种温暖让人找不到恰切的言语去表达。塔肯接着给自己倒满酒，端着酒杯站起来说："欢迎我的客人！欢迎我的中国朋友！"

张正茂倒满酒，站起来非常恳切地说："非常感谢您和夫人的热情招待，为我们精心准备丰盛的晚餐，感谢康巴耶夫院士和努尔孜依汗博士的友谊。尽管天气寒冷，但我们的心是热的，我非常感动，在此衷心祝愿各位身体健康、万事如意、家庭幸福，也祝愿我们未来的合作圆满成功。不管以后工作上的事情如何发展，你们都是我最亲爱的朋友，为我们未来的友谊和家人的健康干杯！"

客随主便、入乡随俗，郭东伟也端起酒杯站起来祝酒："非常荣幸能到塔肯院士家里做客，感谢您和夫人的盛情款待，感谢康巴耶夫院士和努尔孜依汗博士的作陪，这是我在哈萨克斯坦享用过的最美味的晚餐和获得的最真诚的异国友情。让我们一起为友谊和健康干杯！"

餐桌上的每一个人都表达了对彼此的美好祝愿。饭后，塔肯和夫人准备了干果和茶品，请大家到客厅边喝边聊。客厅的边柜上摆着照片，塔肯向张正茂和郭东伟介绍每一张照片中的人。“这是我的女儿和女婿，这是我年轻时的照片……”塔肯指着墙上挂着的照片说，“这是纳扎尔巴耶夫总统接见我的照片。”

张正茂甚是激动地问道：“塔肯院士真了不起！受到纳扎尔巴耶夫总统接见！这是什么场合？”塔肯回复道：“这是我获得国家授予‘哈萨克斯坦共和国大学最佳教师’称号时接见的。”张正茂内心深处的钦佩之情油然而生！他毫不吝惜对塔肯的赞许：“您这一生，在科研和教学方面的成绩得到国家的肯定，您是哈萨克族人的荣耀，我为拥有您这样出色的合作伙伴而骄傲！为我们一口气喝过三杯交杯酒的友谊而自豪！因为有您，阿拉木图的冬天在我心里只有洁白的雪，没有冰冷的风。”

天下无不散的筵席，张正茂取出带来的礼物送给塔肯：“这是我们带给你们夫妇俩的礼物，这瓶是中国的名酒西凤酒，是送给院士的，这条中国丝巾是送给夫人的。希望你们喜欢。”张正茂拆开包装盒，取出一条白底上印着粉红色牡丹的丝巾双手捧着送塔肯的夫人。她接过丝巾立刻系在脖子上，连声说：“哈拉寿！哈拉寿！（谢谢！谢谢！）”

迎接教育部的检查

张正茂和郭东伟在塔肯及哈国立农业大学的专家配合下，将接待教育部副部长林蕙青一行人检查的工作准备就绪。

这次检查工作是一个契机，西农的目的是促进中哈两校之间的合作再上一级台阶，争取哈国立农业大学校方对农业科技示范园工作的重视和支持。

2018 年 10 月 18 日，教育部副部长林蕙青一行抵达阿拉木图，林蕙青副部长在西农校长吴普特、国际合作处处长余劲、农学院院长单卫星的陪同下，首先前往中国驻阿拉木图总领馆，会见了总领事张伟、副总领事郭心桥、领事米桂雄。吴普特校长向张伟总领事汇报了西农在哈萨克斯坦开展农业教育科技合作的情况以及农业科技示范园工作，他讲道：“10月19日，我们将访问哈萨克斯坦国立农业大学并为丝绸之路农业教育科技创新联盟人才培养基地揭牌。中哈农业科技示范园合作执行了一年多，有一定成效，需要不断深化合作，在推进中需要领事馆的支持。”张伟总领事肯定了这一合作：“总领馆对西北农林科技大学在哈萨克斯坦的农业教育科技合作一定大力支持，一定做好服务工作。”

10月19日，在哈国立农业大学举行海外人才培训基地揭牌仪式。海外人才培训基地的成立，助力西农和哈国立农业大学在人才互动和培养方面更上一层楼；助力拓宽双方农业科技人才培养的渠道。中国每年对哈萨克斯坦输出紧缺的农业技术劳务人员，但只解决一时之需，不能保长久之效。授人以鱼不如授人以渔，西农联合哈国立农业大学培养哈萨克斯坦本土农业科技人才，同时也为中国在哈的涉农企业培养农业技术人才，以解决企业技术人才需求。

开弓没有回头箭，西农已经踏上了中哈合作的路，肩负的责任和期望，让西农的领导和专家必须在一次次的谋划中立足长远。任何事情都是人做出来的，而不断紧跟需要、更新人才，是他们从这两年合作过程中得到的重要结论。

林蕙青副部长在实地考察西农的中哈农业科技教育合作工作时，塔肯向林蕙青副部长汇报了双方合作以来的工作：“自丝绸之路农业教育科技创新联盟成立以来，西农的专家团队频繁派出人员到哈国立农业大学的示范园访问。西农的专家们认真负责，科研能力和技术水平高，是非常优秀的合作伙伴。”塔肯结合自身工作谈到了此次合作的感受：“我和示范园的所有专家都有接触往来以及工作上的探讨，我研究育种，希望在合作中能够研究出新品种，西农的专家和我目标一致，并且非常专业和努力，尽管奔波往返甚为辛苦，但他们始终坚定不移，每到试验的关键时间都会来阿拉木图。试验仅仅推行了一年多，我们还在彼此熟悉的过程中，有收获也有教训，但只要我们足够专业，足够配合，坚定合作，一定能取得丰收。”塔肯将示范园的规划和取得的阶段性成绩一一向林蕙青副部长做了介绍，塔肯站在合作伙伴的角度对西农的贡献和专家的付出以及所取得的成绩给予了肯定，表示他个人十分乐意和西农的专家合作共事。

在哈国立农业大学，林蕙青副部长一行与该校领导和相关专家进行了座谈交流，听取了哈国立农业大学校长叶斯波洛夫与西农校长吴普特关于两校在农业科技示范园建设、农作物育种、学生交流互换、冬夏令营等方面合作情况的介绍。这是一次官方的正式交流。

叶斯波洛夫说：“两校间的实质性农业科技教育合作取得显著成效，堪称中哈两国合作的典范，希望未来两校在丝绸之路农业教育科技创新联盟的框架下，把这种互惠共赢的农业科教合作推向更深更广的维度。”

吴普特在座谈会上谈道：“习近平总书记提出的‘一带一路’倡议和纳扎尔巴耶夫总统提出的‘光明之路’倡议，为两国全面加强农业科技教育合作提供了重大机遇。我校发起成立丝绸之路农业教育科技创新联盟就是为了积极响应两国政府倡议，搭建合作平台，实现资源共享、互惠互利、融通发展。西农将以中哈农业科技示范园为平台，进一步统筹资源，持续加强在人才培养、科学研究、技术推广等方面的深度合作，助力解决人类粮食安全问题。”

林蕙青副部长听取各方的发言后，对西农在哈萨克斯坦建立的农业科技教育合作模式给予了高度肯定并赞赏道：“西北农林科技大学是中国高校国际合作的先行者，与哈萨克斯坦国立农业大学的合作已走在了中哈两国农业高校的前列。希望两校进一步深度合作，取得更多实质性进展，为服务中国‘一带一路’倡议和哈萨克斯坦‘光明之路’倡议做出更大的贡献。”随后，林蕙青副部长考察了西农在中哈农业科技示范园的规划展，了解了项目落实的具体情况，对工作给予了肯定。

教育部检查工作结束了。对于西农而言，中哈合作项目的层次和内涵更加丰富了。教育的本职是培养人才，西农立足本土提高人才培养实力的同时，在阿拉木图建立海外人才培养基地，走出国门，扩大人才培养的规模，更能通过双方合力，共同培养出适应国际市场的技术人才。两校的合作已经开始了，然而教育是建立在务虚上的务实，不同于企业立刻有产品、有成果展示，教育合作是无为而又无所不为。尤其是两国之间的教育合作，隔着文化背景、学术差异，隔着思维模式和民族心理，在教育合作上要出成绩，山高水远，道阻且长。

第五篇

一座桥梁和一座“桥梁”

致力于中哈农业科技示范园的专家，默默地躬身劳作，用每一次的真诚合作与交流，搭建着一座农业科技文化衔接的“桥梁”，即使辛苦，也甘之如饴。

乌拉尔河西边是哈萨克斯坦的欧洲部分，河东边是亚洲部分，有些哈萨克人家住欧洲、上班在亚洲，只需通过一座横跨河面的桥，便能跨越欧亚两大洲。这是特殊地缘造就的独特的人文地理现象。中哈之间的合作也是一座桥，一座无形的桥。

桥的出现和存在，是为了跨越天然屏障实现彼此往来。国际间、民族间、人与人之间的合作畅通，你来我往，共荣共享共赢，却是一座看不见的“桥”。致力于中哈农业科技示范园的专家，默默地躬身构建着一座农业科技文化合作的“桥梁”。

“作为育种人，我们要做好长期规划，不能朝三暮四，东一榔头西一棒子。与中亚的示范园合作仅仅开了个头，我们要有长期的规划部署。种子的培育、人才的培养，是一场接力赛，作为跑第一棒的人，我们要有高屋建瓴的意识，起点即是布局，今天大家畅所欲言群策群力，要结合自身的体会和经验，商讨一个长久且可持续的、能落地、可操控的示范园项目规划。”张正茂语气极其沉稳且肯定。他刚从在哈萨克斯坦北哈州国立大学举行的海外人才培训基地揭牌仪式上回来，便联系西农国际处处长余劲，组织座谈会商讨中亚国际合作规划事宜。

合作是多元的，单线推进一项工作不仅吃力，也缺少直接或间接的外力助益，交流的形式应该更加多样。为了促进中哈教育友好交流合作，西农拟定派遣教师前往哈萨克斯坦授课。教学是学校最基本的工作，基础性业务是互通的，只有认识全面、了解全面，沟通合作起来才没有障碍。2018 年 11 月 21 日，张正茂写信推荐张猛教授赴北哈州国立大学授课一个月，通过教育交流增进人文交流。

张猛教授落地哈萨克斯坦的时候，正逢时任哈萨克斯坦农业部副部长的伊萨耶娃和时任西哈萨克斯坦农业技术大学校长的纳米托夫一行到访西农。11 月 24 日上午 9 点，西农校长吴普特会见了来访的客人。西农自丝绸之路农业教育科技创新联盟成立以来，围绕教师、学生和科研等各层面的交流与合作，与哈萨克斯坦的农业高校探讨并开拓实质性合作项目。伊萨耶娃副部长期望两国在贸易、投资、产能、农业、能源等各领域取得丰硕成果。她希望哈萨克斯坦能够和中国的农业大学在农业科技和教育领域深化合作。伊萨耶娃的见解与西农致力推动的事业正相吻合，通过两国高层及教育部、农业部相关领导的促进，西农正在践行落实中哈合作的美好愿景。

哈萨克斯坦农业部副部长伊萨耶娃（左三）一行到访西农，与吴普特校长（中）洽谈哈国农业高校与西农在农业科技教育领域的合作事宜

随行的纳米托夫校长此次访问西农的目的正是要和西农建立合作关系。他开门见山地赞扬西农是世界顶尖的涉农高校，在兽医、畜牧和食品安全等方面学科优势显著，同时提出希望两校能够制订合作框架，签署合作备忘录，在师生交流互换、联合科研、学术交流等层面开展合作，并在两国政府相关部门的支持下共建农产品质量与安全检测中心，以帮助哈萨克斯坦向中国出口更为

优质的农产品。西哈农业技术大学是哈萨克斯坦重点支持的农业高校，纳米托夫校长期待两校能够凝聚共识，合作共赢。

通过近几年的努力，西农和哈萨克斯坦几所农业科技大学以及研究机构建立了密切的合作关系，在哈萨克斯坦南部、中部和北部建成 3 个农业科技示范园，取得了阶段性成果。虽然只是向前走了一小步，但这一小步开启的后续道路不可估量。目前哈萨克斯坦在西农的留学生有 20 多人，吴普特校长非常诚恳地表态，今后将继续扩大对哈招生，希望今后能跟哈萨克斯坦农业部也建立密切的合作关系，共同促进两国人民的友谊和农业科技发展。

张正茂陪同伊萨耶娃副部长、纳米托夫校长参观并介绍西农农学院在作物遗传育种方面取得的成就时，也讲到西农与哈萨克斯坦开展小麦育种合作的进展。他说：“我在哈国有一次路过西哈州的首府乌拉尔市，途经横跨乌拉尔河的一座桥，翻译说河西边是哈萨克斯坦的欧洲部分，河东边是亚洲部分，他

张正茂（中）给伊萨耶娃副部长（左一）介绍小麦育种情况，一粒又一粒饱满的种子架起了中哈友好交流的桥梁

幽默地说有些哈萨克人家住欧洲，上班在亚洲，只需通过一座桥，便跨越欧亚两大洲。其实中哈之间的合作也是一座桥，一座无形的桥，无论是学校之间还是中哈两国之间，如果我们也架起一座快捷通畅的桥，在项目和交流的互通往来上一定事半功倍。”

当一个人把精力和时间都投入某项事业的时候，他对这项事业的期望值也会随之升高。而时间在四季的轮回中却经不起细数掂量，越用力就流逝得越快。年复一年，岁月无改而人却已老去，尤其对于奔波在中哈路上的专家，他们的人生已然迈上了争分夺秒的赛道。大半辈子以来，他们既要与农民一样面朝土背朝天，鏖战田间，又要甘于寂寞，泡在实验室里，针对不同的田间问题做不同的试验。一次次枯燥的试验磨砺着思想的棱角，布衣下跃动的灵魂在奋进拼搏。他们的心神常常驰骋在广袤无垠的田野，和风儿一起穿梭，庄稼的长势和表现是他们心情的晴雨表。培育出一个品种，被广泛地播撒到庄稼地，切实给农民带来增产增量，往往需要投入自己大半生的心血。

如今，种子撒到了远方的哈萨克斯坦，很多时候即使有力气也使不出，已然是鞭长莫及。国际间往返次数、时长都有限制，能亲力亲为的事情有限，试验课题的完成需要哈方配合。也许这正是合作的关键所在。既然是合作，互相之间的磨合在所难免，而共同的目标和期待是最好的黏合剂。

课题是媒介，真诚才是相互成就、彼此拥抱的“桥梁”

2018 年末，中哈农业科技示范园的工作并未进行到总结阶段，而是继续梳理，找问题，探讨如何进一步展开，专家组一起讨论两年试验中出现的问题。张正茂育种几十载，对“种子”的认识很深刻，从理论到现实都很有见地，但他对哈萨克斯坦地理和气候复杂程度以及哈国国情较为陌生，所以依然有很多困惑之处。他再次打开和哈萨克斯坦专家的往来电子信件，寻找蛛丝马迹，期待发现更多问题和问题背后的答案。

尊敬的张正茂教授：

我希望你已经阅读了我们关于小麦遗传育种研究的方案。我们预计不久将通过哈萨克斯坦共和国农业部宣布项目招标。为此，我们希望你的同事也准备具体的合作项目任务。以下是再次发送的合作项目提案。

项目介绍

1. 项目名称。在中国－哈萨克斯坦国际项目中培育适应哈萨克斯坦北部气候条件的高产抗旱春小麦品种。

2. 项目摘要。目前，从哈萨克斯坦北部引进的春小麦新品种来看，产量几乎没有显著提高。新品种的生产能力相当于20世纪小麦品种的生产能力。对选育品种历年的生长情况的分析表明，在给定区域，当创建初始材料时，和过去一样只使用种内杂交的方法。种间、属间杂交和其他扩展植物遗传变异的方法尚未推广。这导致遗传多样性的减少，也就是说，该地区在发展的现阶段的品种选择是遗传的僵局，只有基于其他方法的选择，才可能显著扩大遗传变异性。春小麦品种的选择缺乏遗传多样性，导致其产量的增长在很大程度上取决于天气条件。例如，在该区域，由于经常发生干旱等，小麦品种产量在大多数情况下受到限制。与此同时，在湿度高的年份，真菌病害对这种作物的产量影响特别大，其中最危险的是褐锈病和茎锈病。在哈萨克斯坦北部，依靠单一的种内杂交育种方法来解决这些问题变得越来越困难，而且半个多世纪以来的实践表明了这个方法是行不通的。在这方面，哈萨克斯坦北部早就需要彻底改变作物选择工作的管理规定了。本方案着重技术问题的解决，与类似方案有着根本的区别，能够在尽可能短的时间内促进哈萨克斯坦北部机构的育种选择从僵局中走出。

3. 项目的目标和任务。

目标：在经典选种和现代农业生物科技手段的基础上，为哈萨克斯坦北部的育种机构开发一个全新的科学平台，在此基础上开发广泛的转基因植物形式，在品种选择的过程中同步使用分子生物学和遗传学领域积累的可靠技术和手段。

任务：

（1）在哈萨克斯坦北部不同气候带开展中国春小麦品种和前景品系的生态和工业研究。

（2）在合作研究的基础上，交流哈萨克斯坦和中国基因库现有的资料。

（3）研究世界各地科研机构收集的培育小麦和野生小麦品种，以便获得可用于育种的捐助种子。

（4）在哈萨克斯坦北部选育的适当阶段研究中国选育的具备前景的春小麦品种和谱系。

（5）在有性杂交、植物组织培养（体细胞培养、胚胎培养、单倍体培养）、化学诱变的基础上，开发一种新的、具有高经济价值和生物属性及特性的材料，以便将哈萨克斯坦和中国的区域选择囊括进育种过程。

（6）以光培养为基础，改进选择方案和方法，在哈萨克斯坦和中国针对气候条件进行区域选择并培育春小麦品种，对这些不同的交叉品种的有效性进行评估。

（7）研究在哈萨克斯坦和中国的区域选择中采用得冬小麦转化（改造）为春小麦的方法的可能性。

（8）为哈萨克斯坦和中国的区域选择开发一项针对春小麦独特杂交组合离体培养（杂交组合库）的长期保存技术并加速繁殖。

（9）在合作研究的基础上，培育春小麦品系，将粮食增产与提高烘焙品质结合起来，并在哈萨克斯坦和中国相关气候区进行生产试验。

（10）开展小麦育种领域人员培训合作项目。

萨蒂亚瓦尔迪·捷达耶夫

2017年11月28日

一年过去了，中哈农业科技示范园的建设一直在推进中，专家们在摸索中互相配合，寻找契合点，争取合作的高度融通。张正茂及时将信件信息上报学校，经过讨论，西农同意出资 20%，助力合作伙伴赛福林农业技术大学争取哈萨克斯坦农业部的项目批准机会，通过配合赛福林农业技术大学主导的项目增加双方专家的合作默契度。

从成立丝绸之路农业教育科技创新联盟，准备走出去的那一天开始，西农要做的就是与合作院校及企业共同深耕农业科技示范项目。无论项目是由西农主导还是对方主导，共同参与、共同研究、优势互补是行事的基本原则。在西农的资金和科研人员的帮助下，赛福林农业技术大学的项目成功获得哈萨克斯坦农业部批准。

种子培育工作一旦铺开，不是一年半载就有结论的，一个课题往往需要三年五载甚至更长时间，可是人心里着急的时候总会窜出拔苗助长的念头。张正茂很清楚，人在望不见明显成效的时候，难免会心焦。每个人的一天都是 24 小时，时间在每个人面前都是平等的。而深入农业领域，时间更是公允，一年四季的周期性，很难使某个季节提前或者拉长，尽管设施农业可以人为改变作物生长的环境，但作物基本的生长周期却是固定的，田间大面积种植的小麦也是如此。

两年的科研试验，从长远来看，仅仅只是为中哈院校合作种下了一粒“种子”，需要双方的努力与呵护、精心关照才有可能发芽且破土而出。当前的尝试和探索，都是为将来成就一座宽阔、坚固、畅通、高效的合作之“桥”而努力。

中国的种子引种到哈萨克斯坦，由于环境差异太大，尤其是冬小麦种子，从温热地带到寒冷之地难以适应，何谈作物表现和收成良好？能否越冬是首要问题。而春小麦种子同样首先要适应哈萨克斯坦的地理气候环境。在探索适宜当地种子的路上，张正茂和哈国的小麦育种专家倾力合作，各自在不同环境下杂交育种，寻找最优的种子。而小麦在生长过程中遇到的各种病变，有些是环境造成的，更多的则是种子本身基因的问题，在遇到病变时，需要及时的人为预防和干预。采取措施保证小麦丰产，这是人力在小麦生长周期中的作用。

对于育种人来说，耗费时间投入大量精力的主要是试验。在日程安排上，张正茂集中在 12 月做试验，以解决田间反映的实际问题。另一方面，他想通过带领哈国留学生做试验，来增进师生之间的情谊，培养青年才俊。风物长宜放眼量，他认为虽当下困顿但未来可期。他先和马拉提以及赛福林农业技术大学的几个留学博士生商谈，准备试验材料和试验方案，做原料预处理，第二天便立刻进入试验操作，带着留学生做电镜、X 射线衍射和淀粉高压液相色谱分析测定淀粉相对分子质量分布，观察变性淀粉外观的变化，变性淀粉和外观的影响以及性质。

新年来临之际，很多外国留学生正忙着迎接圣诞节和新年。节日的欢乐氛围丝毫没有影响到张正茂和哈萨克斯坦的几位留学生，他们在实验室认真做着扫描电镜与 RVA（Rapid Visco-Andyzer，快速黏度分析）试验。小麦淀粉的糊化特性是衡量小麦品质的重要指标，通常都是以 RVA 特征参数衡量。利用 RVA 测试可以取代目前较为烦琐的蒸煮食用品质分析的方法，结果更准确，重复性更好，通过试验可初步判断面粉品质的高低。

小麦作为人们的主要口粮，随着人们生活水平不断提高，市场对其要求愈来愈高。制作烘焙食品对面粉的品质要求更高，市场在变化，种植条件也在变化，小麦育种方法必须跟随需求变化提升。无论在哈国还是中国市场，人们对高品质的面粉需求越来越大。张正茂对从哈萨克斯坦带回来的几十种小麦种子进行优选、杂交试验和穿梭育种，这是他这两年的工作重点，他想以这种穿梭育种方式解决哈萨克斯坦春小麦褐锈病和茎锈病以及真菌病害的问题。所谓穿梭育种，指的是在不同的生态地区间有计划地组织育种材料的交流、种植和选择的一种育种方法。他把从卡拉干达带来的小麦品种和西农的品种进行杂交，然后通过在两个地区不断地反复交替穿梭种植、选择、鉴定，最终选育出具有抗病、抗旱、耐冷、抗倒伏等特点的小麦良种。尽管目前的苗头令人欣慰，但是离张正茂的期望值还有较大的差距。

想要通过穿梭杂交育种彻底改良品种是不现实的，品种的改良优化还需从小麦种子的基因上着手。分子育种是当前较先进的育种方法，通过基因测序、分析样本，利用分子育种手段筛选出的新品种的优良性状都是可以遗传的，而利用基因工程技术进行中哈小麦品种改良，需要时间去潜心研究。

无论是穿梭育种还是分子育种，基本的育种方式都和传统育种相同。分子育种只是增加了“分子标记”作为工具，能够更快速、有针对性地对目标性状进行选择，特别是对小麦的品质、抗病性、抗旱性、耐热性、耐冷性等需要一定条件才能考察到相应性状的目标性状，能更精准、方便地进行选择，此外，它利用与目标基因有紧密连锁的 DNA 标记，对目标基因在保种过程中的分离和重组进行跟踪，通过有意识地选留加以保护，使其不因为漂变而丢失，只需要对基因进行相对精细的定位，就可以应用。而涉及的基因编辑技术，有点像做手术，最初阶段就是发现 DNA 分子上哪个地方发生了变异，就精准地切点 DNA 片段出来，让它变成育种专家期望的性状。在基因编辑过程中越往后越高级，这个“手术”也就变得更神奇，甚至可以帮“手术对象”——DNA 分子换个“零部件”，甚至还可以加点东西进去，高效地实现多基因的整合。对于选育育种专家来说，这是一个不错的辅助工具。

分子育种有两个特征，即可遗传性和可识别性。因此，生物有任何差异表型的基因突变型均可作为遗传标记。育种专家很清楚分子标记能反映生物个体或种群间基因组中某种差异特征的 DNA 片段，可以直接以 DNA 的形式表现，在生物体的各个组织、各个发育阶段均可检测到，不受季节、环境、基因表达的限制，但是数量极多，遍布整个基因组，可检测位点几乎无限，而且多态性高，自然界存在许多等位变异，无须人为创造。这种技术和研究的深入，注定需要花很长时间，对张正茂而言，分子育种可以点到为止，采取相对需要的技术手段分析是理性客观的选择。哈萨克斯坦的黑土地每年在播种的季节都等着适宜的优良种子，在现有基础上，循序渐进地提升育种方法是最重要的。

尽管西农在分子生物工程研究方面成就卓著，但不适用于当下的中哈小麦育种。分子育种工作需要放在一个长远的计划体系中，而目前的人力物力面对繁杂的检测技术和大量的DNA变异显得力不从心，因而很难将其用在大规模的育种实践中。每一种作物品种的专家在赴哈专家队伍中只有一两位，而张正茂是唯一的旱地小麦育种研究专家。他要在有限的时间里利用各种技术手段尽可能地推出成果，这既是西农的希望，也是合作方的期待。哈萨克斯坦期盼着西农的专家能够解决他们在小麦育种上的困扰，共同参与双方的项目，寻求解决的路径并且培育出中哈合作的优良小麦品种。

所有的合作框架和协议，只有落实执行才算生效。纸上谈兵或敷衍行事终究不能走远，只有真诚地为对方考虑，相互成就才是合作之道。自中哈建立农业科技示范园以来，西农多次派专家团赴哈，并邀请哈方专家到西农共谋合作，给赴哈专家在人力物力方面提供研究支持，最大限度地保障赴哈专家的合作项目顺利开展。张正茂利用分子育种技术的候选基因法，把带回来的哈国种子和西农的小麦品种杂交育种，利用DNA标记找出抗病性、抗旱性数量性状的遗传效应，筛选出对数量性状有影响的主基因和DNA标记，并估算它们对数量性状的效应值。当然，要挑选出合适的候选基因，不像在超市购物那么简单容易，除了分析单倍型，还要根据待扩增局部基因片段的序列信息设计用于扩增基因的引物序列，选择用于进行候选基因分析的群体，获取目标性状的表型资料，并对群体内每个个体进行基因型检测，分析候选基因多态性与生产性状变异的关系，证实所发现的候选基因与性状关系的真实性。

品种之于育种专家犹如孩子，每位专家都希望自己创造的品种健康、茁壮、免疫力强、表现优秀，满足社会对它的所有期许，这是理想。但正因有这样的理想隐没在心底，如同泉水一样默默地滋养着干瘪的现实，才有了一次又一次再出发的动力和勇气。品种的优劣是客观的，需要经过各种资源鉴定，方能扎稳脚跟，立于田地，头顶蓝天白云，接受风霜雨雪、烈日炙烤的考验。

这些年，张正茂的“普冰”系列小麦品种在中国的陕西、甘肃、河南、新疆等地接受各种种质资源鉴定，优缺点逐渐明晰。他在育种过程中择优改病，化短取长，经历了抗逆种质资源田间展示和鉴定，为中国西北地区增添小麦良种。甘肃、新疆地区降水量少，农田基本无水灌溉，而且有的农田盐碱化程度较高，完全依靠小麦自身抗旱、耐热、耐盐碱。另外，这些地区常年风沙较大，冬天寒冷。面对冻害和大风，“普冰”系列品种鉴定审定过关。小麦在生长发育期间一系列的适应性变化都会影响产量和品质，在自然环境恶劣的情况下，小麦会有出苗率低、死苗、枯叶等情况发生。因此，小麦种质资源的鉴定和品种筛选尤为重要。

针对中哈农业科技示范园的引种，张正茂在筛选小麦品种时，无论是从种质资源的鉴定还是从品种本身考量，都非常严格。他带过去的种子首先是根据哈萨克斯坦的实际条件来选择的。每一次赴哈，他都不放过任何一个调研观摩的机会，力求掌握当地的作物生长环境和作物特征特性，寻找适宜与西农小麦品种杂交的种子。他将带回来的哈国小麦品种和他的小麦品种杂交繁育，这是一项重大的挑战。杂交选育就是不断地试验和寻找最优组合，而生长环境的条件是对作物最大的制约。张正茂的试验田基本在陕西关中一带，处于北纬 34°，年降水量为 500 ～ 700 毫米，整体属大陆性季风气候，关中平原地区以暖温带半湿润大陆性季风气候为主，部分试验田分布在半干旱气候区，无霜期在 218 天左右。而哈萨克斯坦位于北纬 55° 26′ ～ 40° 56′，属典型的大陆性气候，冬季寒冷漫长，夏季干燥少雨，7 月平均气温 20.3℃，最高可达 40 ～ 50℃，年降水量为 335 毫米，无霜期 130 天左右，而且哈萨克斯坦的北部、中部、南部气候差异很大。

在自然环境面前，人的局限性显露无遗。张正茂在办公室挂了一张中亚五国的地图，一筹莫展时，他会面图思索，考虑如何解决现实中的问题。南种北引，首先要攻克的是品种对环境的适应问题。每次看着哈萨克斯坦北部星罗棋布的蓝色小湖泊，他的心情就像被这些小湖泊蒸腾而出的水蒸气滋润，变得温润起来。这些小湖泊基本保证了局部地区的降水量。当然还有一个重要因素决定了农作物的生长，那便是纬度的不同。从南到北，哈萨克斯坦的纬度跨度较大，因此这种地区性差异也是一个较大的疑难问题。

他在办公室踱着方步有一阵子了，事实上也只是看一眼地图兜个圈子。办公室只有十来平方米，一个书架、一张办公桌、助理刘玉秀和她的一张小办公桌。局促的空间和他焦虑的心情相互呼应。

“小刘，如果你是哈萨克斯坦的专家，会质疑我们的真诚吗？”

“不会。我觉得您太累了，最近一直在做试验，太多虑了。”

“试验只是日常工作，我把和哈国专家来往的邮件重新看了看。当然，从邮件来看，他们不是质疑我的真诚，而是对我们的期待值很高。也许因为身负厚望，我担心对方觉得我不够尽心尽力。”

“老师，您在中哈这个项目上的付出完全超出了一个专家的职责。科研上竭尽所能是您的职责所在，另外您还拓展了项目，关怀中亚留学生，组织活动……您真的已经是无微不至了。”

“育种是一个天长地久的事儿，何况中亚离我太过遥远。我还是太在乎啦！真是在乎啊！”

刘玉秀博士毕业后留校，担任张正茂的助理，她对中哈农业科技示范园工作十分熟悉，完全了解其中的难点。她起身煮了一壶陈年熟普洱茶，给张老师和自己一人斟上一杯，又接着做手头的工作，似乎刚刚的聊天只是一个哈欠，瞬间便归于静默。

焦虑、自我质疑，这是谁都有过的心理状态。对于科研人员而言，虽然有着种种数据和样本，以及各种可选择的试验方法，但在难以抑制的情感面前，却很难坚守逻辑和理性。

张正茂的真诚是毋庸置疑的，然而，坐在电脑面前，翻阅邮件和报告，在一方天地里不自觉地放大自我想象，似乎这是人们常会犯的毛病。

总结，年轮里的印痕

张正茂一如往常，端坐在电脑前，他要对比 2017 年的试验结果，还要写一份 2018 年中哈农业科技示范园的总结报告，2019 年 1 月中旬就要上交国际处。他和郭东伟商量，一人写两个示范园的总结，他写阿拉木图和吉尔吉斯斯坦的，郭东伟写阿斯塔纳和北哈州的农业科技示范园。

郭东伟在中哈合作项目上的核心关注点是玉米引种，每逢播种时节，他都和其他专家一起到哈国播种。第一年试验成功，但紧随其后的便是失败，2018 年的大田玉米试验比较糟糕。在新旧年交替之际，郭东伟收到吉尔吉斯斯坦田园牧业公司董事长何国栋的来信，信中提到其公司的大田玉米歉收，他按照规定扣发了技术人员的工资，导致技术员辞职，而郭东伟在该公司存录的数据也由于技术员的离职而丢失。这种变故让郭东伟呆住了，完全措手不及。他和何国栋沟通，让其尽可能提供一些数据，以便查看玉米品种的表现。

他翻阅 2018 年 8 月到哈萨克斯坦田间调查时的记录。降水偏少，灌溉条件差，玉米在开花吐丝期受干旱影响，春玉米植株矮、茎秆细、叶片枯黄，玉米普遍受到卡脖旱影响，由于无法抽穗而形成空秆，并造成抽雄吐丝期推迟，加上受当地高温叠加、日照强、云量少、多风沙的影响，出现花期不遇、授粉质量差的问题。看来，是干旱导致的试验失败。干旱的威胁是哈萨克斯坦玉米种植最大的风险，要攻克自然条件这一关，对玉米品种选育有很高的要求。尽管育种方面的科技水平不断提升，但在严酷的自然灾害面前依然微不足道。科技改变了社会的发展业态，使现代人过上富足且便利的生活。农业科技同样发生了前人无法想象的发展，但面对自然灾害，耕种依然有巨大的困难。尤其在哈萨克斯坦这种地广人稀的国家，农业生产似乎要看老天的脸色。中哈农业科技示范园的试验自然也不能例外。

项目持续的第二年到第三年，在农业试验时间轴上是十分重要的窗口期。一个经过上万次组合、上千次试验审定过的作物品种，在不同地域的推广过程中，要面临各种自然条件的检验，也需要时间适应。赴哈的专家对走出国门的西农种子保有自信，是源于这些种子在中国有着广适、抗病、优质和高产的性状，但到了异国他乡，情况则又不同。

总结报告只是一份冷冰冰的成绩单，难以述说科研人员的心血，合作双方的殷切希望自始至终激励着他们各自前行。长期奔走于科研之路，内心的苦闷会在“长风破浪会有时，直挂云帆济沧海”的宏阔中消解。然而科学家内心苦涩的滋味是自己的，令人瞩目的向来属于公众。

从事科研的人，似乎与生俱来就带有一种别人没有的宁静，这才能终其一生坚守自己的选择和热爱。正因目的明确，才能自主自愿地奉献，聆听时代的需求和自己的心声，和所有人一样默默地耕耘着人生的一亩三分地，把收获交给历史的长河。

每一次伫立田间，仰望蓝天白云，俯首抚摸田间作物，空旷辽阔中便多出一股力量和信念感，抚慰着这群育种人。他们生命中的朝阳和落日大多来自田野，大自然的诗歌自成韵调，滋养着泥土里不凡的灵魂。在林立的高楼间匆忙奔逐的上班族中，很多人无暇细观日出日落。对于经常下地的育种人，欣赏日出、沐浴晚霞仿佛是大自然额外的打赏。人的心理和精神世界是极其奇妙的，一整天的疲累和难以忍受的环境被大自然的壮美轻轻扫去，人在这种四两拨千斤的助力下，足以干出重逾千钧的事业。人生代代无穷已，江月年年望相似。先行者孤勇的气魄足以抵消日常的微末和一时的挫折。

张正茂面对电脑，面对一份份邮件、一个个数据，思忖着怎么写这份报告。他还没有开始下笔，郭东伟的电话就来了：“张老师，您的报告写了没有？”

“还没有写，你写完啦？”

“我一筹莫展。没有成绩，没有亮眼的数据，怎么写呀？”

“人生来两只脚，一只理想的脚，一只现实的脚，只有一只脚，那是瘸子，理想和现实并行，才能走路。怎么写？理想要写，现实也要写。”

“我懂了！现实大于理想！”

年终总结报告对标上一年陈述今年各个品种的结果，只是工作的归档，而推进的过程永远处在变化之中，确定下一年的目标才是关键。2018 年 2 月 5 日—11 日、5 月 13 日—18 日、9 月 3 日—17 日，西农的专家三次赴吉尔吉斯斯坦开展中吉农业示范园建设工作，对在吉尔吉斯斯坦楚河州莫斯科区建立的以苹果、玉米、大豆为主的农业科技示范园项目进行生产建园指导、科技培训和冬季苹果园防寒措施布置。中吉农业示范园是西农与吉尔吉斯斯坦田园牧业有限公司、杨凌乐达生物科技有限公司合作共建的。苹果示范园是学校在吉尔吉斯斯坦将要建立的农业示范园的一部分，位于首都比什凯克以西 50 千米的楚河州莫斯科区别沃克镇的“中吉现代农业示范园区”内，距离别沃克镇 2 千米，交通便利。农业示范园一期示范面积 10 公顷，在 2018 年分别示范种植了从西农引进的 7 个苹果新优品种。同时丝绸之路农业教育科技创新联盟成员单位给示范园提供了 42 个玉米新品种。

吉尔吉斯斯坦 6 ～ 9 月份干旱少雨，新建果园必须确保水分供应。为了省工，西农建议合作方立即铺设滴灌系统，有条件便使用黑色地布覆盖地面，防草保墒。由于当地人种植农作物都是粗放式经营，所以果园尽量要用机械作业，减少人力操作，这与我国有很大的不同。新模式果园立架很有必要。吉尔吉斯斯坦的果园主要以企业出资为主，结合银行担保投入苗木、架材，指导农民生产苹果，回收产品，实行订单农业。西农在陕西及全国推广的苹果矮砧栽培“千阳模式”，结果早、产量高、不套袋，特别适合在吉尔吉斯斯坦以企业为引领的果品生产中推广。

中吉农业示范园的建立，是西农在丝绸之路沿线国家的开拓性尝试。

随着西农和爱菊集团的合作力度加大，张正茂的工作重心逐渐转移到了北哈州。北哈州是哈萨克斯坦的著名粮仓，也是中亚通往欧洲的交通要道，在过去属兵家必争之地，具有十分重要的战略意义。西农在北哈州的示范园位于彼得罗巴甫洛夫斯克市郊区，位于北纬 54° 8′ 55.62″，东经

69° 30′ 28.01″，十分具有代表性。

2018 年北哈州国立大学农业科技示范园参试 12 大类 49 个试验品种，其中春小麦 13 种、春油菜 6 种、糜子 2 种、甜荞 2 种、苦荞 2 种、豌豆 5 种、绿豆 4 种、大豆 1 种、谷子 1 种、小黑豆 2 种、蚕豆 1 种、马铃薯 10 种。在 8 月中旬，张正茂、郭东伟、胡银岗、冯佰利等专家深入田间，和北哈州国立大学专家一起调查作物农艺性状。有 3 个马铃薯品种、2 个春油菜品种、2 个春小麦品种表现良好。其余品种则不太适宜在北哈州种植。

其中备受哈国专家关注的春小麦品种因种植地区不同，试验结果不一。这些小麦分别种于阿斯塔纳南部的卡拉干达试验站和阿斯塔纳北部的查戈里试验站，两地属于不同的生态类型区，相对来说卡拉干达地区与阿斯塔纳气候条件类似，为典型的干旱区，土壤盐渍化比较普遍，农业生产条件相对较差。小麦的试验数据显示，在卡拉干达地区，西农引种的小麦品种总体表现早熟，籽粒千粒重也较当地品种高，穗短、小穗密，部分品种穗粒数低于对照品种。尽管几个旱地品种 XN06、XN12、XN03 表现增产，但增产幅度较小，说明引种品种的种性在当地干旱的气候条件下未能充分发挥，也说明西农品种的抗旱性仍有待进一步提高；其他品种则表现出一定幅度的减产，但减产幅度也不大。

卡拉干达试验站的小麦育种专家瑟瑞达认为，参试的品种都有个别性状较为突出，可作为杂交育种的亲本加以利用，如 XN08、XN10、XN11，抗旱、抗寒和抗病性强，株高适中、抗倒伏，大穗大粒，明显优于当地品种“阿斯塔纳”；XN09 抗旱、抗寒和抗病性强，株高适中、抗倒伏，大穗大粒，整齐度不好，有分离，建议选单株播种；XN02 和 XN12 株高偏低，但结实性好，有利用价值。瑟瑞达用当地品种与西农的 XN02、XN08、XN09、XN10、XN12 为亲本配制杂交组合，在种子研究培育方面和张正茂多次沟通进行比照。

查戈里试验站位于哈萨克斯坦北部，气候相对湿润，是哈萨克斯坦主要的小麦种植区。参试的西农品种较当地对照品种早熟 2 ～ 8 天，早熟性明显，有 5 个品种表现增产，且增产幅度较大，XN09 表现最为突出，每公顷增产超过 6000 千克，引种品种的亩穗数、穗粒数和小穗数均高于对照品种，但基本苗低于对照品种，说明西农系列品种分蘖能力普遍较高。

在阿斯塔纳园区的试验结果显示：XN06、XN09、XN11、XN13 比当地品种生育期晚 4 ～ 6 天，其余品种与对照品种相当或比对照品种早熟。其中 XN09、XN11、XN13 在查戈里、阿斯塔纳表现突出，在小穗数、穗粒数和千粒重三项指标上显著优于当地对照品种“阿斯塔纳”，其中 XN13 的千粒重较对照品种重 5.93 克，最终产量分别达到 1680、1827、1954 千克 / 公顷，较对照品种增产 384、530、658 千克 / 公顷。

每一个作物品种生长的最终目的是结出喜人的果实，一次次往返于中哈两国的专家们以自身的艰辛构建彼此互通的“桥”，使得中哈项目合作深入化。在 2018 年的访问期间，西农的专家们每一次都要实地考察示范园的基础设施，以及土壤、地形地貌、气候和水资源情况。他们与赛福林农业技术大学副校长伊斯梅尔以及负责小麦引种试验的教授、国际合作交流处处长桑塔纳、农学院院长嘎尼等就小麦、马铃薯、油菜、小杂粮品种的适应性试验进行了仔细讨论，还与赛福林农业技术大学小麦专家联合组建了中哈春小麦科研协作攻关团队，共同申请哈国农业部春小麦育种项目。如今，项目已经正式启动，双方交换春小麦、冬小麦、大麦等作物种质资源 51 份，联合撰写论文，在合作上多头并进。

任何工作的开展，顶层设计和沟通都相当关键，校级部门的决心在一定程度上会影响执行人的态度，合作方对示范园项目的认识和重视态度对试验的成效或多或少会产生影响。俗语有云，开弓没有回头箭，既然走出去了，一定要瞄准目标，竭尽全力，完成任务。当然，这是国际合作，首先是在国家战略下的合作，学校和企业只是国家政策下的千军万马中的一小支。肩负使命的专家们，在细致具体的工作中开荒成田，注定了一开始举步维艰且成效甚微。西农的专家把毕生的精力和心血都灌注到农业领域的研究中，中哈农业科技示范园的功课相对他们的人生大课而言，完全是可以承受的工作。无论是什么样的难题，在工作框架下，解决它们都只是时间问题，时间里蕴含着成果。一个新的品种，要经历上万次分离组合，上千次试验，经过田间各种资源鉴定，才能走到农民的庄稼地，最后成为人们饭桌上的美味。

写报告的差事交了，张正茂并没有感觉到一丝轻松，相反却愈发觉得沉重。他坐在电脑前，一边无意识地翻阅着来往邮件，一边端起水杯小口啜饮着。电脑主机微微的“嗞嗞”声和喝水声，使安静的空气里散发出一种莫名的凝重感。在路上和田间的颠簸流动与坐在办公室里的寂静停滞完全不一样，动起来没有时间思量东、考虑西，而静下来，内心的潮水便一浪接着一浪，各种想法让他难以抑制。

一贯沉稳的他在紧迫的时间面前，时不时冒出焦虑的苗头。他太渴望见到成效，渴望与海外的专家一起培育出中哈合作的新小麦种子。老天留给他的时间并不多，然而“一带一路”农业科技示范园这个项目才刚刚开启。他试图去理解中亚各国人民的民族情感、做事方式、合作诉求，露出一丝坚定的微笑：他觉得自己是那个构造桥梁的人。

问题之下产生的是创造力，并非阻碍

尊敬的张正茂教授：

非常感谢您的来信和合作建议。

我代表白俄罗斯国家科学院耕地农业研究和实践中心给您回复，这是白俄罗斯共和国最大的研究中心，在植物育种、植物保护和种子生产领域开展基础和应用研究。在我们中心，研究对象以小麦、黑麦、小黑麦、大麦、燕麦、油菜、荞麦、饲料作物和其他作物为主，研究的主要目的是培育高产品种和杂交作物，研究作物的遗传多样性。

耕地农业研究和实践中心拥有最大的农作物收集库。收集管理工作包括了植物遗传资源的研究、保存、鉴定和利用。

鉴于此，我们非常有兴趣与贵组织在我国的农作物品种育种、品种交流和共同试验等领域建立联系和合作。此外，我们也愿意在植物遗传资源的收集、研究、保护、利用和交流等领域与贵国开展合作。

我个人支持你关于与其他国家的专家建立合作联盟的想法。相信我们会顺利合作，交流知识和科学技术研究的进展，造福不同国家的农业。

斯坦尼斯拉夫教授

白俄罗斯科学院耕地农业研究和实践中心

2018 年 10 月 30 日

项目名称：

国外冬小麦品种遗传资源耐热、抗旱、抗寒、抗病性的鉴选研究。

立项的现实意义：

所有育种策略都基于广泛使用的基因库，热门和非热门的基因控制着地球上所有生命的性状和特征。在选育过程中，抗旱性、抗病性、抗寒性是基本的，也是非常重要的性状，以及另外一些性状在选育具有综合价值的品种时也发挥着特殊的作用。在不同的生态区就同一杂交种群进行平行测试的遗传分析，能最大限度地提高选择效率，特别是维持生态上的稳定性。

因此，需要培育新的更高产、适应性更强、对生物和非生物环境因素更具抗性的小麦品种。

研究目的：

在阿拉木图地区山麓条件下，对国外冬小麦品种的适应性和耐受性进行比较研究。

研究任务：

1. 研究国外冬小麦品种在经济价值方面的性状，并评估其抗旱性、抗寒性和抗病性。

2. 利用当地品种，与在哈萨克斯坦东南部非灌溉地（旱地）条件下通过综合性状评估的最佳品种进行杂交。

3. 研究国外冬小麦品种的适应性和可塑性，根据农民需要用于生产。

科学创新性：

将选育的高产、优质、抗逆性强的冬小麦品种转交给农场和育种中心，以便将其纳入基因研究的育种过程中，从而创造符合现代要求的新品种。

亲爱的同仁，你的意见我已收到，在我看来，应该把研究重点放在细胞育种上，即在基因水平上，邀请一位遗传学专家。

祝好！

努斯加谢诺夫教授

2018年11月1日

当前的问题需要将来再一一回答，国别不同但发展科研的理念相同，科技的创新能力没有上限。和中亚国家的农业高校合作建立示范园，是西农践行“一带一路”倡议的使命使然，赴哈专家责无旁贷，这既是历史机遇也是时代的选择。一个好的种子品种走向世界，必须经过环境的测试、生产的测试，增加环境和生产研究。而努斯加谢诺夫提到的小麦遗传学，在西农的校史上早已成绩卓著。20 世纪 80 年代西农植物研究所所长李振声院士，在小麦与偃麦草远缘杂交育种及小麦染色体工程研究方面取得了令人瞩目的科学成就，被誉为“中国小麦远缘杂交之父”。

在小麦远缘杂交育种过程中，他克服了远缘杂交不亲和、杂种后代不育、疯狂分离的三大困难，探索出一整套科学的远缘杂交育种程序，成功地将偃麦草的染色体组、染色体、染色体片段导入小麦，育成了小偃麦八倍体、异附加系、异代换系、易位系以及“小偃”4 号、5 号、6 号等高产、抗病、优质良种小麦。其中“小偃”6 号于 1981 年通过审定，至今累计推广面积已近 1 亿亩，增产小麦 30 亿千克，1985 年获国家科学发明一等奖，1988 年获陈嘉庚农业科学奖，1992 年被评为国家级优质面包小麦。由于“小偃”系列抗病性强、产量高、品质好，在黄淮流域冬麦区广泛种植，一时间，“要吃面，种小偃”的口头禅广为流传。

自 1978 年起，他又拓宽研究领域，开展了小麦染色体工程研究工作，育成了以胚乳糊粉层细胞蓝色色素为遗传标记的蓝粒小麦和自花结实的缺体小麦系统，建立了一种快速选育异代换系的新方法——缺体回交法，开创了染色体工程育种的可能性。在首届国际植物染色体工程会议上，该成果受到 15 个国家 100 多位中外专家的充分肯定，专家们认为这项研究处于世界领先水平。

20 世纪 90 年代初，李振声院士又开展了高效利用土壤元素的小麦遗传和育种研究，与中国科学院生态环境研究中心生态工程室土壤化学组合作，鉴定并筛选出一些能够通过根系向土壤中分泌较多根酸，从而活化并高效利用土壤中难溶性磷的小麦种质资源，为高效利用土壤元素的小麦遗传与育种研究提供了新途径。在中国科学院任副院长期间，他组织领导了中国科学院在黄淮海地区的中低产田治理和农业综合开发项目，为我国粮食生产的持续稳定增长提供了经验。（摘自西北农林科技大学官网）

2010年第六届全国小麦遗传育种学术研讨会在江苏扬州召开，图为李振声院士（右）和张正茂教授（左）会后合影

张正茂面对合作伙伴在邮件中提出的课题方向，并未回避，而是站在前辈的肩膀上，运用细胞遗传学方法，将小麦近缘或异源种属的一些有益性状进行分析，并回复了努斯加谢诺夫教授。小麦的遗传多样性是小麦品种改良的基础，评估具有普遍适应性的主要种质资源的遗传多样性，正是他选育中哈两国小麦品种杂交后代的主攻点。不同课题最终的目的都是为了成功繁育出良种，育种的手段，在学科上的分门别类，决定了路径和方式方法，但从育种的终极目的来看，选择技术水平领先且有开拓创新力的路径，彰显科技含量并解决现实问题是科学家的科研追求。囿于象牙塔的科研，不能成为生产力，在成果转化应用方面不见成效，只有理论、不能实践的研究引领不了科学的发展。

张正茂从事小麦育种选育工作以来，主要研究的是旱地冬小麦品种的培育。基于长期育种的经验，他认为，哈萨克斯坦是今后育种的目标源地，要组配出适合目标源地需求的基因新组合，杂交的后代应采取中哈两地交替穿梭选择的方法，依托“普冰”品种和“哈麦”的遗传突破，把常规育种方法与生物分子技术、细胞遗传学密切结合，在继承与综合中创新开拓，培育出中哈合作的新良种。方向非常明确。

至于合作方的课题科研诉求，对示范园项目合作是有益的。作为中哈项目合作的主导方，西农的主要任务是有条不紊地按照规划逐步展开部署工作。

在目标清晰、路径明确的情况下，张正茂很少瞻前顾后，回望来路，正是这股子直追目标的干劲，一步一步支撑着他的执着。这个时候，他人老了，但劲头尚在。人很多时候，凭借的正是一股气，只要不泄气，哪怕是在错误中摸索，砥砺前行，也能触碰到渴望的目标。况且在“一带一路”的大道上，学校安排了老中青搭配的专家组合进行协调与接力。身为老教授，他正以“甘为孺子牛”的精神躬身铺路搭桥。

当然，“老骥伏枥”的壮志，让他有所期待。他应时代的召唤而来，手握着这样的机遇，岂能错过。作为年龄最大的专家，他深知自己的时间有多少，屡赴海外记录种植数据、拍摄现场照片、寻求海外种子、拜访专家、参观基地、留心合作方的诉求和状况……他试图从各种信息中获取所需资料。

没有问题意味着不够深入，任何事情，只要深入其本质，就会有若干问题出现。科研，不是只待在实验室里就可以完成的。

他通过邮件与合作专家建立友谊，询问他们的意愿。知悉对方的要求，能让推进工作有的放矢，这也是他的工作方法。

人才是最难培育的“种子”

各个行业、各个领域的竞争，归根结底是人才的竞争。顶尖的人才是最稀有的资源，更是最难培育的“种子”，特殊人才不可复制，在传承中有时难以为继，甚至会出现断代。江山代有才人出，站上时代浪头的青年才俊，超越前辈独领风骚者亦有之。高校作为人才培养的高地，办学思想和教育方略决定了其地位。

西农在全球化思想影响下，坚持走出去，开拓国际化办学，在丝绸之路沿线国家合作建设了若干农业科技示范园，分享中国改革开放成果，开展农业科学研究试验示范和推广工作，把中国的先进成果推广到丝绸之路沿线国家，引进国际高端人才。

年轻的科研人才无论在哈萨克斯坦高校还是在西农都极为紧缺，在中哈农业科技示范园项目上，双方的主要科研人员基本上都以老教授为主，年轻专家少，这是一个不得不正视的现实状况。重视人才培养已然是国际共识。尽管每年有大量的大学生毕业，然而高级技术型人才、高级管理型人才、研发创新人才等依然是企业紧缺的招聘对象。校企合作的最大好处便是学校可以有针对性地为企业员工设置课程进行短期培训，对企业发展起到画龙点睛

校企合作共建培训班既能将高校的科技成果转变为生产力，又能为企业提供科技支撑，实现理论与实践的有效结合

的作用。

2019 年 3 月 5 日，西农农学院与合作企业联合举办了“丝绸之路粮油企业国际投资与贸易培训班”第二期培训，来自河北金沙河面业集团有限责任公司、西安爱菊粮油工业集团、陕西西瑞面粉有限公司等全国 24 家粮油企业的 80 余位企业高管和技术骨干参加了培训。在开班仪式上，西农农学院与西安爱菊集团签订了“粮油作物良种选育、生产、加工合作协议”。

西农举办培训班的目的是利用学校自身建立起来的国际友好关系和技术基础，帮助中国粮油企业走出国门，更好地在“一带一路”沿线国家进行投资与粮油贸易。同时为企业的中流砥柱“充足电”，让他们从工作岗位回到校园升级知识和技能。术业有专攻，专家一生穷究一个领域，所拥有的能力和视野，绝非一日之功，而善于迅速吸取知识精华，是今天跨界复合型人才的必备技能。

为期一周的培训班去繁就简，有针对性地向企业学员剖析农业企业“走出去”的相关国家政策、哈萨克斯坦国际粮油合作务实细则、中哈国际贸易与政策、粮食加工进展以及西农在中哈农业科技示范园的建设与运作等情况。

校企合作对于学校而言，是科技成果转变为生产力的途径，对于企业而言，则是发展中的科技支撑。西农和西安爱菊集团在选育、新品种试验示范、生产收购加工等方面的合作，将有效推动农业教育科研国际化，携手开创“一带一路”倡议下校企合作的新模式，服务中哈两国农业发展，对保障国家粮食安全、食品安全意义非凡。成功的校企合作是应社会所需，与市场接轨，真正实现实践和理论相结合的全新理念。

“一沐三握发，一饭三吐哺，起以待士，犹恐失天下之贤人”，这是周公对人才的礼遇和尊重，是古往今来善待人才的样板。今天，人才的竞争是企业竞争的核心一环，为了招揽人才，企业不惜许以重金高位。在人才角逐中，有的企业通过猎头公司挖人，虽说在市场竞争环境下无可厚非，但对同行业的其他企业却构成了威胁。

大气的企业在发展战略上有意识地对人才进行培养，有计划地储备干部人才，源源不断为企业输血，使人才发挥中流砥柱的作用。校企联手，互相助力，企业通过高校先进的科技和理论资源，对急需上岗的人进行培训，而高校则通过企业将科研成果逐步转化落地。企业的优势是可以投入资金和人力进而迅速系统、规模化地将科研转化为生产力，推广应用，造福百姓。

与爱菊集团合作以来，西农在哈萨克斯坦北部的科克舍套农业科技示范园进展迅速，示范规模有了很大的提升。而在西哈州工业园区，爱菊集团首先在“订单农业”方面取得了突破。西农在阿拉木图、阿斯塔纳最先试验且表现良好的种子，给爱菊集团在当地“订单农业”项目的大面积铺开提供了有力支持。张正茂的 XN10 比本土种子增产 20% 以上，增产刺激了当地众多农场主与爱菊集团签约。西农在爱菊集团西哈州工业园区成立海外培训基地，在当地培养农业科技人才，同时为哈萨克斯坦合作院校研究生提供实习实践机会，多方位的合作加深了校企合作的广度和深度。

高校承载着为国家培养一流人才的社会重任，要服务于国家人才战略。尤其是一些关键领域，科技发展和人才培养都存在瓶颈。西农是中国“双一流”大学，肩负着中国农业科技发展与创新型人才培养的责任。面向国内，要站在前辈的肩膀上推陈出新；面向海外，引进高端人才，是国际办学之需。从教育本身出发，人才培养亦如培育一粒种子，而人才培育需要提供鼓励、创新和独立思考的环境，培养高远的理想和敏锐的洞察力，激发坚韧的意志、严谨缜密的思维能力，融知识、素质和能力为一体，真正培养出务实创新的尖端人才。

近几年西农招收了“一带一路”沿线国家的一些硕博留学生，重点培养了一批致力国际合作的高端人才；着眼中哈农业科技示范园，有目标、有计划、有针对性地吸引当地青年教师来华进修提升，把他们培养成为示范园建设的后备力量，这将是西农在“一带一路”上建立推广示范园、取得高效发展的最佳途径。示范园建站以来，西农在交流工作中重点吸引了一批年轻人来华学习，并逐步将他们培养成阿拉木图园区的接班人。在来西农之前，他们本就在单位从事中哈农业科技示范园项目的工作，后来又有了进一步深造的机会，对西农、对中国有了切身的认识和感受，对将来的合作方向和目标更有了清晰的认识。他们全方位激活了农业科技示范园的潜能，将示范园变成一个国际交流的平台和技术推广的基地。

短期培训是针对工作中的实际问题举办的人才培养活动，而高校作为孕育专业高水平人才的基地，要在教学中不断优化结构，关注社会需求，培养出更符合时代需求的嵌入式人才。短期培训班显然只是针对具体问题而办的，然而对企业而言，这不仅是学习机会，也是难得的与同行交流的机会，正所谓它山之石可以攻玉。企业家经历了呕心沥血的创业阶段，无论是否在博取尘世的虚名浮利，都实实在在地为社会做出了贡献。“一带一路”倡议是这个时代的一面旗帜，是嗅觉灵敏的企业家借东风的大好机会。最先走出去的人，没有模式可借鉴，面前只有无数种未知的可能性，路得自己一步一步探索。

培训班中有来自 24 家粮油企业的高管和技术骨干，都是来取经的。张正茂作为赴哈的育种专家，是不能缺席的。他准备了幻灯片，给参加培训的学员授课。他分享了示范园的推广经验以及与爱菊集团的合作方案，在课堂结束时幽默地说道：“说句私心话，我希望在座的都能够走出去，去播下我们的种子，然后把粮食拉回来，既享受国家政策的红利壮大企业，又能福泽百姓。但所有的事都需要人去做，而且必须是综合型的人才。老话说‘十年树人’，事实是何止十年，和我培育一个小麦品种一样需要几十年。但在座的已经走过了才干塑型的阶段，现在是寻求才能释放的窗口。西农是农业院校，你们是农企，我们都是与农相依的一家人，我们要联起手来，互帮互助，共同致力中国农业的发展。”

对于人才这类特殊的“种子”，成才固然重要，但更要看成长过程。当我们急切地渴望成长的时候，必定要经历挣扎和疼痛，因为心里的预期和现实发展之间存在一道鸿沟。人才的培育是一个漫长的旅程，它不是判断题，没有标准答案，但会产生长久的影响，它的光芒能够触及人类生活的方方面面。一代杰出人才的出现，不仅仅是从技术的角度推动了社会生活，其带来的精神影响远远高于物质层面的现实意义。人类在发展生产力的过程中，总会受制于时代的局限性，总要面对难以破解的难题，有些人总能够战胜困难，以自身的智慧与魄力影响他人。

常胜将军的奥秘，不在于百战百胜的谋略，而是在于他培养的训练有素、能征善战的将士。“一带一路”上的事业是百年之业，一切才刚刚开始，人才梯队的搭建正有序进行！

第六篇

一粒种子的远亲近邻

一粒种子改变了人类的生产和生活方式，在今天，种子的故事庞杂而深邃，聚集的能量如大海最深处的流水，不动声色，川流不息……既然选择了一粒种子来承载自己的一生，生命之重便是一粒种子之重。

一粒种子深埋土里的时候是寂寞的，没有人在意它在土里的状态和心情，更没人关注一粒种子对蓝天白云的期待。当种子在土壤里积蓄力量时，隐藏着对生命的渴望，它自身就是一个小宇宙。当植株生长摇曳在风里时，或许有人会关照和留意，会赞美它的身姿和果实。人们往往忽略日常，对司空见惯的重复熟视无睹，消解了事物本有的价值。当一粒种子摇身变为餐桌上的一日三餐，带来口腹的愉悦感，更多的认知和情感只凝结于当下，有谁会对一粒种子浮想联翩，深究它的由来？

人类却因为一粒种子从猎食走向了稼穑，从原始过渡到文明。种子改变了人类的生产和生活方式，在今天，种子的故事庞杂而深邃，聚集的能量如大海最深处的流水，不动声色，无波无澜，又川流不息。人们深谙这种平静的爆发力，不起浪则已，一旦涌起浪头，直逼生命最脆弱处。经历过 20 世纪 60 年代的中国人，对饥饿的记忆虽已褪色但并未消失，今天非洲饥饿的难民，是镜头里的影像，也是现实的存在，说明人类生存的基本问题依然没有解决。

致力种子培育的科学家们，犹如田间的老黄牛，注定要穷尽一生把汗水和心血洒在泥土里、浇在作物上。既然选择了一粒种子来承载自己的一生，生命之重便是一粒种子之重。

小麦种子在繁育进化的路上，和动物一样经历了远缘近亲的杂交。在研究小麦品种演化的路上，被生存所迫的人类不曾停下脚步。在古代的神话传说中小麦本是单株九穗的，产下的粮食，多得吃不完，所以人们极度浪费，吃得少扔得多，糟蹋得十分厉害。这件事被天上的玉皇大帝听说后，派了一位神仙下凡视察情况，发现果然人类浪费厉害。玉皇大帝恼怒，下令将小麦从九穗变一穗。从此，粮食产量少了，人们逐渐知道了珍惜，但总有人吃不饱。从民间传说可以窥探人类对于食物的渴望，培育新物种、改良旧物种、利用杂种优势提高小麦产量，提升面粉质量……在小麦品种的选育过程中科研人的努力从未间断。

尊敬的张教授：

我写这封信是为了回应您在小麦增产和抗旱性评估方面进行合作的建议。我们也收到了什维钦科教授的邀请，同意与中国、俄罗斯、哈萨克斯坦、乌克兰和白俄罗斯的专家组成合作联盟。在特定的环境条件下培育一些杂交和选择性的小麦材料，并在所有参与国之间进行材料交换，这似乎是国际育种的一个有前途的方向。墨西哥的 CIMMYT（国际玉米小麦改良中心）可以作为一个榜样。这项工作也许可以以奖助金资助的形式来组织，尽管如此，资助和提议的细节仍需进一步讨论。

鲁金·谢尔盖教授

国家有机肥料和泥炭研究所

2018 年 10 月 23 日

尊敬的阿纳托利·泰斯连科教授和鲁金·谢尔盖教授：

我是来自中国杨凌西北农林科技大学的张正茂教授。冒昧来信，我从弗拉基米尔·什维钦科教授那里了解到了你的信息。我在小麦育种（特别是旱地小麦）、种质资源采集与鉴定、谷物品质分析与处理等方面具有一定的专长。

我是偶然结识什维钦科教授的。去年开始，我与教授已有工作上的接触，还参加了由他主持的项目，合作很愉快。

我对小麦育种、抗旱性评价等提高小麦产量的研究一直很感兴趣。我还想将一些优良的小麦品种或小麦种质引入中国，如果可以的话，我想通过两个组织的合作和交流，把一些小麦基因型发给你们。此外，什维钦科教授还建议我们联合中国、俄罗斯、白俄罗斯、乌克兰、哈萨克斯坦等国家的专家建立合作联盟，就提高小麦产量进行合作和交流。

我想知道你们是否有兴趣？如果有，我们可以进一步讨论这个方案的细节。另外，我会联系其他国家的专家。

如果有任何疑问，欢迎联系我。

张正茂教授

西北农林科技大学

2018 年 10 月 23 日

小麦育种根植于张正茂生命中，融入了他生活的方方面面，自从参与了学校的“一带一路”农业科技示范园项目，他对这项工作倾注了一切的心血。在他眼里这不仅是小麦育种在地域上的延展，还让可分析的小麦品种更丰富多样化，而真正吸引他的是“登攀”的魅力。他热情真诚地和相识的每一位国外育种专家沟通，谦和细致地和他们商讨如何推进小麦育种，寻找各种可以合作的途径。他就像一粒种子一样，借着风飞到远方。面对陌生的环境，他没有叫苦叫累，反而还有些兴奋。人，是一种奇怪复杂的动物。同样的事，不同的人结不同的果，不像作物，在相同的环境中，结果基本一样。

张正茂这粒种子的生命张力和弹性有些惊人，在别人眼里越是不可能的事，他做得越带劲。语文课本中《种子的力量》一文中，一粒种子发芽撑破了生物学家和解剖学家也无法完整分开的头盖骨，迸发出神奇而惊人的力量。张正茂就像一粒生长的种子，向四面八方发芽延伸，寻找生长的机会和缝隙，他主动联系专家，寻找各种共通点，促使小麦品种培育技术再上一层楼。

小麦种子和人一样需要结交远亲近邻，张正茂犹如一阵风，把哈萨克斯坦的种子带到了中国，把中国的种子带到了中亚。一粒种子的故事就这样出现了转折和起伏，有了曲折动人的细节，这样富含魅力的过程往往被结果的高光所遮掩。

“张老师，和您约个时间，新华社、陕西日报等几家媒体的记者要对我校‘一带一路’农业科技示范园项目的进程和成果进行采访，您抽个时间做个准备。”还没有等张正茂答话，时任西农宣传部副部长的郭建东在电话里笑着又说道：“我已经和农学院领导先沟通过了，院里认为您接受采访比较合适，您来往的次数最多，而且在小麦方面，试验的小麦品种数量多，成效显著，您比较清楚和熟悉。”

“给我一两天时间，我得捋一捋，您让记者直接联系我就可以。”张正茂非常爽快地应承下来。

一半是春天，一半是冬天

西农经过三四年的积极推进，通过校领导和赴哈专家的努力，逐渐取得了阶段性成果。从战略规划上，他们要在“一带一路”沿线国家继续推广建立农业科技示范园。校领导已经率团在吉尔吉斯斯坦、乌兹别克斯坦、白俄罗斯考察并建立合作关系。

2019 年 3 月 21 日，白俄罗斯国立农业科学院的专家学者访问西农。张正茂和国际处处长余劲以及王亚平陪同客人到西农的三原试验站、陕西省农垦集团参观。他们在农垦集团大荔农场参观了油脂机械厂、省级现代农业园区，在朝邑农场参观了设施冬枣示范园、农机大院，在沙苑农场参观了设施蔬菜温室大棚、中垦乳业华山牧场。

农垦农业示范园、设施农业以及现代牧场的建设让白俄罗斯的客人频频称赞。陕西省农垦集团仅仅是展示陕西农业水平的一个窗口，对来访的客人而言，见微知著也是一种沟通与理解的机会。西农希望陕西省农垦集团也能加入“一带一路”建设，为进一步合作创造机会。走出国门，积极开展对外合作是农业企业在新时期的时代使命。

陕西省农垦集团总经理马青奇为到访的专家热忱介绍农垦集团在“走出去”及校企合作方面所做的努力和成果，并说道：“这次考察调研交流，对农垦集团意义很大，农垦集团有走出去的愿望，农场有走出去的决心，希望能够依靠西农的技术支持。陕西农垦一定积极参与、布局，力争尽早融入‘一带一路’对外科技示范园的建设，加强与西农的合作，将农垦集团作为西农的学生实习试验基地和科研基地。陕西农垦真诚希望能同各方联手合作，共同开辟农业对外合作新领域。”

闭门造车的年代早已远去，今天这个开放和多元的世界令人目不暇接。社会分工的精细化让企业之间你中有我我中有你，同行方能致远。白俄罗斯是丝绸之路上的重要国家，西农一直将白俄罗斯的农业高校视为合作对象。2018 年 12 月 20 日，西农与白俄罗斯国立农业科学院签署合作协议，在水产养殖、农业科技示范园建设、成立孔子学院、留学生培养等方面开展合作，两校约定携手并进，共同推动两国科技、教育及农业发展。

2019 年春天，白俄罗斯国立农业科学院到中国考察，踏着春的节奏，呼吸着春的气息，来到了古老的丝绸之路起点——长安（今西安）。西农近些年接待的来自“一带一路”沿线国家的考察团不计其数，仿佛千年之前丝绸之路上的熙熙攘攘在今天重现。

丝绸之路上发生的故事很多，涉及许多行业、团体和个人，在时代机遇的窗口期，各路人马纷拥而至，激扬起时代的飞尘。当尘埃落定，如同大浪淘沙，走马观花的人退去了，只留下坚守始终的人。

西农经历 80 多个春秋的积淀，在悉心研读领悟了“一带一路”倡议后，探索建立农业科技示范园，这是一个有效、可行、引领性的体系建设。要出成果，需要时间，这是执行者最为纠结的事情。负责在“一带一路”沿线国家推广建设农业科技示范园的西农专家整体年龄偏大，他们对自己的年纪和成果，以及自己培育的品种之间的关系有着很深的思虑。在人生本身的周期和选育品种的生命周期中，充满了不确定性，这种不确定性会生出灰暗的阴影。在不确定的环境面前，人没有选择放弃或者退出的权利，只能不断拼搏。

送走白俄罗斯考察团的时候，正值四月天，张正茂和他的助理刘玉秀到三原、永寿、乾县试验区看小麦长势。三原几乎绝收，乾县也很干旱，只有永寿还可以入眼。对于早已白头的人来说，每当看到田间小麦试验状况糟糕的时候，要命的窒息感几乎可以将他击倒。都说天地有大美而不言，然而面对大自然残酷的一面，人类却只显得渺小而无助。针对田间状况，张正茂安排文杰、宗昊两个研究生在抗旱棚测试小麦叶绿素，做光合实验。

要育成一个品种，即使顺风顺水也得 8 年。从选择两个亲本开始，就像养育一个孩子一样，必须付出巨大的心血。杂交生出一代、二代、三代……直到稳定，就像一个孩子终于呱呱落地了，没有胎死腹中。然而成长的路上，夭折的可能性依然存在，要培育一颗优秀的种子，必须得经过烈日严寒和风霜雨雪的历练，参加比较试验、审定试验、生产试验，待审定委员会审定通过了，才是一个正式品种。

育种专家的事业路，是一首布满风雨痕迹的叙事诗。经历风吹雨打之后，有人看到了彩虹，有人依旧黯淡如常，不一样的悲喜，不一样的浮沉。选育一个品种，不仅要付出艰辛的努力，还需要天时地利的配合，于上万亲本中的选择，一代又一代的攻坚战打磨着育种专家的意志。2019 年，张正茂在三原、乾县的试验在最美的春季却遭旱灾摧残。这是上天的考验，人不能泄气，该干什么还要干什么。第二天，他和助理刘玉秀继续给一站东区的试验田挂标示牌。

刘玉秀博士在进行田间记录，育种事业的接力棒正代代相传，育种的希望从未泯灭

农作物在不同地理环境中有不同的命运。一个区域一个情形，尤其是中国地大物博，气候不一，地理情况更是东西南北各有不同。张正茂带着助理到渭南市合阳县、宝鸡市陇县，三门峡、洛阳、南阳观摩调查小麦情形，结果喜忧参半。面对自然环境，只能依靠种子的品性，这是农作物的天然命运。强化品种抵御自然灾害能力的种子基因，是一代代育种专家永不停息的追求。

一路勘察下来，张正茂略显疲惫，但已是见怪不怪了。他和学生亦师亦友。他挑起一根蘸水面感慨道：“这么一根面两块钱，女生两根就吃饱了，一瓶矿泉水都卖三四块钱，衬托得这面真不值钱。反过来看，说明小麦增产的成果惊人，泉水都能卖成钱，吃饱人的小麦一斤只卖一块二三。这说明我们这些育种人还是很能干的，解决了粮食紧缺的问题，你们一定要坚持，不能半途而废，更不能做逃兵。”

“我们的试验和科研与大自然的关系太紧密了，这个局限性很难突破。已经走上了这条路，整个青春都耗进去了，如果没有特殊情况，肯定会坚持走到底。”助理刘玉秀回应道。

“师姐说得是！”“是啊！也没别的选择，也不会干其他的。”几个研究生你一言我一句地议论着。

在这个消费主义时代，物欲的诱惑刺激着每一个人的感官，谁又能免俗？世人功利主义的态度始终在干扰你，就像身后有一双眼睛在偷窥着你，当你留心注意到的那一瞬间，你会浑身不自在。无论是和解还是疏离，能一点点排除这些外在因素，可以不受杂草的侵扰，坚守住自我本有的质素，何其难得！不是仅凭勇气和情怀便可办到的。

年轻的学生正崭露锋芒，既要有坚定的自信，更要有犹如庄稼一般谦逊勤恳的素养。农业科研的路上更需心怀天下，要将热烈的生命藏于俗常。

在哈萨克斯坦遇见克明面业

人类历史在四季轮回中循环往复，每代人都必须抓住转瞬即逝的时光，实现历史使命。

一条路走得久了，有的人便会懂得慢下来欣赏，更从容地把握每一天遇到的人、事、物，有的人则会厌倦疲沓甚至麻木，有的人则始于平凡终于平常。命运由选择决定。2019 年 4 月 16 日，时任西农副校长的钱永华率团赴哈萨克斯坦西哈州农业技术大学、赛福林农业技术大学访问。

张正茂随团出访，他们此行的任务是洽谈落地一所孔子学院，要事先了解合作的基础和意向。在赛福林农业技术大学，他们提到互派留学生且为学生互免学费及住宿费的事宜。在西哈州农业技术大学，他们参观了校方的水产养殖和生物技术中心。水产养殖业在西哈州是主要产业，市场份额约占哈萨克斯坦全国的 75%，西哈州农业技术大学在水产养殖方面投入的科研经费较高。与鱼饲料、动物疫苗相关的研究领域是西哈州的重点，而且中国哈尔滨的一家研究所早已与西哈州合作。西农的专家自然更热衷于了解谷物类方面的情况，他们不仅参观了哈萨克斯坦的粮库，也参观了中国克明面业有限公司在哈萨克斯坦的粮库。

克明面业哈萨克斯坦公司总经理麦克，是陈克明董事长亲自引进的人才，负责专业分析和研究哈萨克斯坦小麦市场，并确保克明面业在哈萨克斯坦开展的各项业务能够如期、安全、有效地开展。麦克是出生在中国的哈萨克族人，毕业于北京大学，拥有多年的外企工作经验，对哈萨克斯坦市场的形势和其中蕴含的机遇多有研究。

麦克对西农考察团的到来尤为欣喜，他把克明面业的整体情况对考察团成员进行了详尽的解说，克明面业股份有限公司创始人陈克明从 1984 年开始从事挂面生产，经过 30 多年的奋力拼搏，现已将克明面业发展成为国内挂面行业领先的民营食品高科技企业。

麦克知道西农的专家想听的是克明面业在哈萨克斯坦的发展情况。作为一名来自哈萨克族的高级人才，麦克在研究运作哈萨克斯坦市场时，与生俱来的天然优势是既可以站在中国人的角度去思考和研究哈萨克斯坦，也可以站在哈萨克斯坦人的角度去考虑和分析中国企业家们的想法和计划，能够很从容地促成双方企业家在价值观上达成一致。基于职业素养，他认为需要首先讲清楚克明面业是一家什么样的企业。

虽然克明面业已经在哈萨克斯坦组建了很成熟的专业团队，其中有优秀的采购和物流专业人士，也有专业的财务人士。依靠这样的专业团队，克明面业顺利地出资近 600 万美元收购了大容量仓库，为企业在哈萨克斯坦开展各项业务打下了坚固的基石，近 5 万吨小麦的采购和出口发运量也跟这个专业团队有条有理的努力工作分不开。但麦克依然觉得需要来自五湖四海的中国友人的支持和帮助。在哈萨克斯坦打拼这些年，克明面业在农业领域也结识了很多良友及合作伙伴，其中包括大型农场公司，也包括圈内知名的农产品贸易公司。这支哈萨克团队正在努力争取让克明面业哈萨克斯坦公司挤进哈国农产品行业名企的前列。

哈国作为与中国山水相连的邻居，其物美价廉的农产品与中国巨大的消费市场形成了天然的优势资源互补，哈萨克斯坦小麦的主要生产商和贸易商将眼光投向了中国市场，而中国的粮油加工企业也开始关注这个优势明显的原材料来源地。麦克讲到，源于“一带一路”倡议和哈萨克斯坦的资源，克明面业从 2015 年就开始了在哈萨克斯坦的小麦收购工作，正式进入哈萨克斯坦小麦市场；2017 年开始准备收购粮库（粮库作为重要中转站，是大批量小麦贸易的中转枢纽、重要环节）；2018 年年末完成了对位于阿克莫拉州布拉拜区 6 万吨容量的粮库收购工作，同时在 2018 年采购了 3.2 万吨小麦，开始了往国内工厂提供源源不断的哈萨克斯坦小麦；2019 年春季，在哈萨克斯坦与两个当地合伙人合作收购了两个农场，即安东农场和 DK 农场，双线开展订单种植业务，尽管遇到了干旱天气，但是基本完成了订单种植初步目标。

麦克身为哈萨克族人，对哈萨克斯坦的地理人文风俗相对熟悉，他懂得如何和哈萨克族人社交，在两国往来中相较其他中国人确实更胜一筹。他和安东农场、DK 农场的两个农场主相处甚欢。两个农场主提出，今年若安东农场种植，那么次年就休耕，转由 DK 农场种植，让田地休养生息，一方面符合国家政策，另一方面也体现了两个农场的手足情谊。麦克欣然采纳建议，为农场提供中国种子和中国种植技术，让农场主只考虑劳作事宜便好。

经过多年的努力，克明面业在哈萨克斯坦境内开展了采购、仓储、种植和研发等多个环节的多项业务，为国内工厂提供了 5 万多吨优质哈麦，同时也在为提高哈萨克斯坦农田小麦质量和产量做着不懈的努力。陈克明董事长在克明面业哈萨克斯坦公司的一次动员会中说，哈萨克斯坦与中国作为近邻，应该互相学习，共同寻求进步，尤其是在农业种植和农产品贸易领域，两国应增进技术和资源的交流，互惠互利，实现双赢。中国方面可以实现技术和资金的出口，产能的转移；哈萨克斯坦方面则可以在引进高端种植技术和优质种子的基础上，改进自己的种植技术，最终提高农作物的单位面积产量。

哈萨克斯坦小麦虽然种植面积很大，但是单位面积产量太低，每公顷平均只能产出 1 ～ 2 吨小麦。而中国境内小麦单位面积产量最高可达每公顷 5 ～ 6 吨，平均产量是哈萨克斯坦的 2 ～ 3 倍。出现如此大的差异的原因在于种植技术，更在于采用的种子。

哈萨克斯坦目前所用的小麦种子种类虽多，但品种陈旧，大部分还是苏联时代培育的。加上国家及企业对于品种研发工作的投入不足，从事相关工作的科研机构以及单位也不是很多。缺乏资金和技术的支持，成了实现增产的最大阻碍。

因此，为了发挥中国种子品种和质量上的优势，改善哈萨克斯坦产量过低的现状，2019 年年初，克明面业董事长陈克明提出了“用中国国内栽培的优质种子在哈萨克斯坦境内试种”这一构想，并组建专业团队，开始了种子出口申请备案以及运至哈萨克斯坦境内的各项事宜。

后来克明面业哈萨克斯坦公司根据陈克明董事长的规划，为试种基地选址时，选在了哈国主要的两个产麦州，即阿克莫拉州和北哈州的交界地带的农场。因为该农场处于平原地带，土壤水分含量相对较高，很适合试种中国种子。陈克明以个人名义与哈萨克斯坦境内的合伙人一并收购了该农业种植公司。该试种基地是陈克明董事长在哈萨克斯坦出资合作收购的农业种植公司所拥有的土地的一部分。

经多方努力，历时 5 个月，种子终于被送到了两国边境。在总经理麦克的领导下，克明面业哈萨克斯坦公司团队，非常重视这批种子的引进工作。物流部门主管专门前往霍尔果斯口岸，亲自完成种子清关和入境哈萨克斯坦的程序，随后随从种子运输车辆，行驶 1200 千米送到安东农场试种基地。第一批种子总量 45 吨，含有 4 个品种，试种面积为 200 公顷。

哈萨克斯坦多采取大型以及中型农业公司模式，中型农业公司平均拥有 2000 公顷以上的土地，而最大的大型种植公司甚至拥有 40 万公顷种植土地。种植和收割工作多靠大型农业机械，基本没有人工灌溉环节，全靠天然降雨。

2019 年，在哈萨克斯坦北部小麦种植地区出现了罕见的干旱天气，严重影响了作物的收成。但是秋收记录表明，在安东农场试种的中国种子的单位面积收成为 1.125 吨 / 公顷，比在同样的田地里种植的当地品种的单位面积收成高出了 1.5 倍。

因为哈萨克斯坦种植业的农药和化肥使用量很少，所以哈萨克斯坦土壤的各类元素含量与中国传统种植土地里的含量有所不同。在种植过程中，克明面业团队还发现，从中国运来的 4 个品种的种子对水分要求均比当地种子要高一些。根据土壤成分以及水分等其他自然条件，针对在哈萨克斯坦境内种植的中国种子，需要制作出专项种植方案。不能生搬硬套中国的种植方案。

合作之初，中国种子没有得到当地农民的认可，没有人相信中国种子能在哈萨克斯坦闯出一片天地。但是 2019 年的收成结果显示，中国种子的生命力要比当地品种的种子高出很多。其中只有一个俄罗斯新研制的品种“留巴娃”能与中国品种一较高下。这毕竟是经过多年种植栽培的种子，对土壤和天气的适应能力比中国种子强一些，因此收成也很可观。

克明面业进入哈萨克斯坦市场以来，一直与当地的农业科研机构保持着良好的关系。尤其是与同样坐落于阿克莫拉州的“巴拉耶娃”农业科技研究院关系一直很密切，在种子引进工作初期就已经与该科研机构取得了联系，咨询哈国农业专家们的建议。

第一批种子种出来以后，克明面业将部分种子样品送到了该研究机构，开始了共同研究中国种子的合作事宜。2020 年春天，“巴拉耶娃”农科院正式与克明面业哈萨克斯坦公司签署了合作协议，在该机构的试验田里开始对照种植的试验。克明面业哈萨克斯坦公司提供了 4 个品种的中国种子，农科院则采取哈萨克斯坦最常用的 3 种种子品种，试种了共 7 个品种。当地 3 个品种作为对照组，对中国 4 个品种的种子各项参数和指标作出全面研究和检测，最终会提出最适合中国种子在哈萨克斯坦境内种植的种植方案。

西农作为中国农业科技“走出去”的领头羊，积极开展与哈萨克斯坦相关机构的合作和交流工作。而克明面业作为中国粮油企业，在哈萨克斯坦开展的各项工作自然引起西农专家的关注，同时，西农举办的海外农业科技培训班也是克明面业的高管们的“充电站”。当然，校企之间的合作和互助还包含了更深远的谋划。

沿着丝绸之路让中国味道飘向海外

小麦衍生出的加工品不胜其数，其中作为主食的挂面是中国人餐桌上最常见的粮食之一。克明面业股份有限公司是一家以挂面为主业的企业，生产的高端系列产品“华夏一面”是中国百姓家喻户晓的品牌挂面。而“华夏一面”的原料就是来自哈萨克斯坦的小麦。让更多的中国人通过挂面品尝到来自中亚大草原的麦香，是克明面业哈萨克斯坦公司员工的愿景。

位于乌鲁木齐三坪农场边上的乌鲁木齐综合保税区，是继阿拉山口和喀什之后，新疆建设的第三个综合保税区，也是目前新疆建设速度最快、起点最高的综合保税区。坐落于此的新疆克明面业有限公司，将进口小麦加工成挂面，销往中国各地市场。作为首批入驻乌鲁木齐综合保税区的企业之一，新疆克明面业有限公司在园区内投资建设了 2.2 万平方米的挂面厂和日产量 300 吨的面粉厂。在新疆克明面业有限公司负责人的办公室，前来洽谈合作的国外商人络绎不绝，来自哈萨克斯坦、吉尔吉斯斯坦和俄罗斯等国的商人尤其多见，他们前来推荐自家农场播种的小麦。由于克明工厂年消耗数十万吨小麦，这样的采购量让周边国家的商人都对这门生意充满了兴趣。

2017 年 12 月，新疆克明面业有限公司开始从哈萨克斯坦引进面粉生产挂面，2018 年 11 月，新疆克明面业有限公司建设的面粉厂正式投产。从此，克明面业开始进口哈萨克斯坦小麦，用于生产制作挂面所需的面粉。克明面业在哈萨克斯坦加速布局，带动自身成为乌鲁木齐综合保税区最大的进出口贸易加工企业，仅 2018 年一年的出口贸易额便达 1.63 亿元人民币。

入驻乌鲁木齐综合保税区后，新疆克明面业有限公司可将小麦原料通过班列运至三坪集装箱或者是多式联运中心，就近实现转运通关，依托丝绸之路经济带核心区的建设，在原料进口加工方面拥有了成本优势。

2019 年 2 月 25 日，新疆克明面业有限公司通过中欧班列，将 2200 吨哈萨克斯坦小麦经阿拉山口铁路口岸进口到中国。通过这一趟测试班列，克明面业了解到小麦从汽运改为班列运输后，时间成本从 40 天减少到 10 天，而这期间倒装次数有所减少，也降低了运输过程中的原料损耗。未来中欧班列运输粮食若能实现常态化，将会大幅度地降低企业的生产成本，让小麦及时得到供应，满足下游产品的原料需求。

2019 年 1 月，中国发布《国务院关于促进综合保税区高水平开放高质量发展的若干意见》，明确了综合保税区发展的 21 项任务，成为综合保税区转型升级的最大政策红利。新疆克明面业有限公司借助新政的落地，不仅让“华夏一面”在国内畅销，还能通过综合保税区的平台优势实现“走出去”的目标。

要百尺竿头更进一步，是十分困难的。无论是个人还是企业，发展都会遇到瓶颈和天花板。惯用的方式在面对瓶颈时常会失效，如同毛毛虫要蜕变成为蝴蝶一样，必须由匍匐前进改为展翅飞翔，路径和姿态完全变了。人生和企业一样，从毛毛虫到蝴蝶的阶段，是一个飞跃、变化的阶段。克明面业显然找到了百尺竿头更进一步的路径，乘着“一带一路”的东风，顺势进入哈萨克斯坦，打开了连通海外的窗口。在哈萨克斯坦，克明面业已走出了第一步，接下来还得一步接着一步，向前迈进。

企业家和企业之间，就像一首诗的内容和形式，企业的发展形式可以模仿和照搬，然而不同的企业家，抒写的胸臆和内容却迥然不同。在“一带一路”上，得风气之先的企业家与其引领的企业在撰写着他们奋进的诗篇。

追寻之路总是曲折坎坷

行走在岁月深处的人，无论是俯首还是仰望，都多了一丝寂寥。

奋斗的人每一次出发都是精神抖擞、神采奕奕，充满“竹杖芒鞋轻胜马，谁怕？一蓑烟雨任平生”的豪情，但责任和使命压在肩头，叫人轻快不得。在中哈农业科技示范园项目上，西农的专家已尽了最大的努力，但毕竟这是两国两校的合作，专家们的作为是有限的。西农的农业科技示范园，无论是国内还是国外的基地，都不仅仅是种子育种试验基地，还是技术创新的中心，更是培养人才的摇篮、将技术推向世界的基地、国际专家交流的平台。让种种的附加值得以最大化实现，才称得上全方位综合的示范园基地。

那些上下求索的生命，在岁月的波澜壮阔中有着恒久不变的渴望，坚守初心，让流年丰富充实而不是只有一片荒芜。一次次奔波，不过是为了拉近与希望的距离，哪怕有时是徒劳，但内心却是坦然的，因为已尽最大的努力。

2019 年 7 月 15 日，张正茂、郭东伟、韩清芳搭乘凌晨 2 点的班机从乌鲁木齐飞往阿拉木图。每一次差旅，奔波和疲累是常态，没有人会习惯这样的生活节奏，但置身其中，唯有学会安然应对。张正茂欣赏着夜空，在夜色的包裹下，人心容易静下来，沉沉的黑暗遮盖了视觉所能辨识的轮廓与色彩，闪烁的星光在明灭中展露着一腔倔强的激情。飞机上的绝大多数人都在打盹，或许也有人和张正茂一样，心情如同星光一般在闪烁，心底的呼喊，可穿越黑色苍穹。他越东奔西跑，瞌睡就越少，尤其是在飞机上，他向来睡不着。他喜欢在旅途的时间缝隙里和自己说说话。在这种特殊的时机，人特别容易静下来，只有静下来才能找到自己，发现别样的境界。

他在思忖几位哈国教授在信件中释放的信息。校级合作是框架性的，而执行项目的专家和研究小麦的科研人员在合作中成了惺惺相惜的知己。虽然彼此之间有语言障碍，但他们志同道合，那种共同的对培育一个新品种的迫切希望，无须语言便能相互感知。合作推动彼此的科研项目，推进育种事业的愿景，无须过多的表达便能直通心底。相对于心灵而言，语言只是一种不够精确的工具，话语不能言尽内心，更多的时候只能描出心中的草图，能透露出一部分信息就已非常了不起。

飞机上的张正茂在想着什维钦科最近的来信，尤其是附件中卡拉干达地区的试验数据……

尊敬的张正茂教授：

感谢来信！

我们一切顺利，正在准备种植。什维钦科教授有点不舒服，但已经加入队伍，领导着他的研究团队。

我把卡拉干达地区的数据发给你，其余的资料准备好后也将发送过去。

在休耕土地上种植软春小麦是卡拉干达地区获得高产的基础。休耕地是指从春天到秋天都不种植任何东西的土地，这块地不能有杂草。休耕对小麦产量的影响与土壤水分积累有关，然而，这种影响主要表现在休耕后的第一茬作物上。休耕后的第一批栽培植物充分利用了储备的水分。休耕的效果在随后的栽培中表现为减少了对作物的污染。在头两三次种植中，它在控制杂草方面起到重要作用，所以小麦种植会安排在休耕两三年后的地里进行，并在接下来的几年里播种饲料谷物。卡拉干达地区干旱条件下最合理的作物轮作方式如下。

4号休耕田：休耕（第一年，免播田）—春小麦（第二年）—大麦（第三年）—多年生草本植物（第四年）。

5号休耕田：休耕（第一年，免播田）—春小麦（第二年）—春小麦（第三年）—春小麦（第四年）—大麦（第五年）。

粮食作物的种子只埋入深6～8厘米的湿润土层中，其上方至少有2～3厘米的湿润土壤。播种深度可根据天气条件和土壤湿度，在推荐的范围内调整1～2厘米。最经济可行的谷物、小麦和大麦最佳播种量为每公顷200万～250万粒，燕麦的最佳播种量为每公顷150万～200万粒。

在春季气候持续时间长的年份里，对休耕地进行早期处理是不切实际的，播种完成后才能开始。休耕地后续处理的时机与该地主要杂草的生物学特性有关。在卡拉干达地区的大部分农场中，最难除的杂草是攀缘根，可通过拔除来控制。杂草会在耕作后10～15天出现，杂草中有主导的向上流动的营养物质。因此，20～25天的反复治理，对其抑制效果会更好。春季至秋季，在休耕地上，根据保湿条件，需要对杂草进行3～4次处理。

当使用宽柄平刀耕作器等工具对休耕地进行修整时，深度控制在 10 ～ 12 厘米。

秋耕在采收后进行，主要是为了更好地积累秋冬降水带来的水分。对卡拉干达地区粮食作物栽培特性与农田的对比研究表明，秋季耕作方式存在差异。如果秋天干燥，即在上方半米层中含有的生产性水分少于 18 ～ 20 毫米，最好从秋天开始用切割器处理土壤，作业深度为 35 厘米。春小麦播种的最佳时间是 5 月 15 日—25 日。

卡拉干达地区没有种植集约型春小麦的品种。在该地区，开展春小麦集约型品种的培育工作是很有必要的。集约品种需要高剂量的矿质肥料，在这方面，需要研究不同剂量的矿质肥料对小麦产量的影响，需要对小麦品种单位面积播种时间和播种率等问题进行研究。此外，还需要在该地区研究培育集约型早熟春小麦品种。所有这些问题都需要纳入中哈合作研究项目。

什维钦科

2019 年 4 月 11 日

黑夜中的他很明了，自己正是夜幕里的夜行人，他的努力和行走就像夜空中的萤火，光芒微弱。尤其是面对伙伴对一些具体性事项的询问，他仅仅是一名教授，许多问题已超出他的职责范围，他无从应答，力不从心的浪潮瞬间就可将美好化为寂灭。

什维钦科的每一封信，他不知道翻阅了多少遍，什维钦科的育种能力和劲头他非常欣赏且赞叹。隔着电脑屏幕他都能感知他的热情和活力，然而似乎最适合他们俩的方式是做好自己力量可以抵达的事。又要飞往哈萨克斯坦，很多事情依旧是问题，他没法回信。

尊敬的张正茂教授：

谢谢你的留言。我们将联系您推荐的文章作者。

亲爱的张教授，你没有答复上封信的主要问题。你是否想继续在哈萨克斯坦进行育种品种的环境测试？这个问题也没有答案——你是否愿意在哈萨克斯坦北部的不同地点对你的品种进行生产测试（例如，你可以自行决定 1 ～ 3 个最好的品种）？生产测试可在面积为 0.25、0.5 或 1.0 公顷或更大的范围以及在哈萨克斯坦北部和中部的几个农场进行。一切都取决于你所提供的种子的数量。

对于中国育种品种的生态学研究，我们有种子——这是 2018 年所收获的。但是，为了确保我有保险资金，我从每个等级中额外抽取 5 千克送去做环境测试。此外，如果我为我的项目找到更多的资金支持，那么环境测试可以扩展到哈萨克斯坦北部和中部的其他位置。这也意味着需要一定数量的种子。

至于你们所说的合作计划，已经完成了，我之前收到过这份文件，但请你再次发送到这个邮箱。因为我找不到原文件了，这确实是我的错，或者说，是我的英语不好造成的。亲爱的张教授，我们没有太多的时间讨论这个或那个问题，我们需要就共同合作作出具体决策，越快越好。也就是说，我们需要一个合作育种计划，在这个计划中我们可以增加环境和生产研究。此外，这个项目还必须得到贵校管理层和我们机构管理层的批准。我们将在这份计划的基础上在春小麦育种领域更有效地开展合作研究。

什维钦科

2018 年 12 月 18 日

飞机划过苍茫的夜空，张正茂、郭东伟、韩清芳三人在半夜落地阿斯塔纳，短暂休息之后，便开始了这一次的出行任务。

早上，他们和赛福林农业技术大学农学院院长嘎尼、副院长阿丽亚、捷达耶夫教授、古尔丹（Gulden）教授座谈了解示范园试验工作的各个作物播种、生长情况。自建立合作关系以来，专家们已经相互熟识，往来的总体目的已经明确，只是每一次具体任务有别而已。基扬陪同他们参观了分子生物学实验室，这里让人眼前一亮，新添了气相色谱仪、液相色谱仪等一些大型设备，条件的改善非常明显，看到这样的气象，专家们浑身都感觉有了劲头。下午 3 点，农业机械学院的古丽教授陪同他们参观了自己新组建的食品实验室和学院的食品加工实验室。古丽的实验室设备已经全部订购了，只是现在设备还没到位，他对他的实验室充满了期待！当然古丽的期待也是这些科研路上的同行人的心愿。学院的食品加工实验室是按单元建的，分为肉制品、乳制品、焙烤、油脂加工四个单元。

作为出访的专家，张正茂一行肩负重任。下午他们和赛福林农业技术大学国际处处长桑塔纳在学校主楼三楼会议室座谈。西农的专家首先说明了此次来访的四项主要任务：一、落实西农示范园专家在阿斯塔纳期间的办公和居住场所；二、商议双方研究生互派的实习安排，确定人数和住所；三、讨论园区建设事宜：他们提出建议，希望将示范园园区面积由原来的 5 公顷扩大为 20 公顷，并且确定园区功能分区和道路，安装太阳能驱动灌溉系统、气象和病虫观测设备、小麦精量宽幅沟播机；四、协商建设联合实验室，这主要包括两部分，一部分是分子生物学实验室，一部分是农产品加工实验室。这两个实验室计划中方每年投入 60 万元，建设周期为 2 ～ 3 年，按仪器设备赠予处理。

桑塔纳处长在座谈会上了解了西农专家们来访的目的后，安排他们第二天和主管领导伊斯梅尔副校长座谈确定合作事项。第二天的座谈会上，伊斯梅尔针对桑塔纳的汇报立刻回答道：“首先，中方需要解决赛福林农业技术大学专家们的经费，因为没有经费，学校很难安排他们的工作。在一年半前，我们达成协议，积极推动示范园的工作。我们的科研、教学、项目经费是分开的，而学校没有为项目准备科研经费。虽然我是科研外事副校长，但不能挪用别人的经费，而且这也是违法的。什维钦科教授还会陪你们看各项试验的情况，希望你们能评估并解决一下专家们的各种费用。查戈里农场主不是赛福林农业技术大学的职工，我们的专家们使用土地和农业机械都要给农场主付费，只有解决相关费用才能调动他们的积极性，因为费用问题今年的播种差点误了播期。我们国际处处长桑塔纳详细汇报了你们的要求，我可以很肯定地回复你们，赛福林农业技术大学不会与任何一个单位合作另外开设中心，你们可以用现成的中哈汉语交流中心。我们很支持建立联合实验室，你们参观过基扬的实验室了，他那里现在不断引进遗传育种方面的实验设备，之后还需要引进一些必要的设备，他们会给你们提交一份设备清单。你们是中国领先的专家，我们从基础到应用研究都可以合作，希望能多发一些高水平文章。设备是研究的基础，希望我们也能达成协议，在分子研究和遗传育种上得到支持。我们的专家向你们提交清单，希望能尽量争取经费，要含税的经费。启动‘2+2’或‘3+1’交换生项目现在还不具备条件，需要做好前期的工作。哈国政府不会给留学生任何费用，对留学生的资助也反映多次，但还是没有解决。如果你们的学生来我们学校只能自费，我们的学生去你们那里支持经费也不多，这是实际情况。我们可以先对教学计划进行调整，我们的教学计划方案有许多不足之处，毕业生的实验课题就遇到许多麻烦。西农学生到我们这里可能会不适应，这也是我们很为难的事情，我们要对学生的前途负责，需要做好充分准备再开展这项工作。”

伊斯梅尔一上来滔滔不绝地回复，让张正茂大跌眼镜，因为离上次西农副校长钱永华率团到访时间仅仅有三个月，张正茂当时是访问成员之一，对洽谈的内容和情况一清二楚，但今天完全变天了，之前达成的共识伊斯梅尔几乎全部否定了。伊斯梅尔继续有针对性地回复道：“关于示范园从 5 公顷扩大到 20 公顷的问题，我们现在的农场是 246 公顷，其中 90 公顷是牧场，这个不能耕种，每片土地都有使用权和用途，不能变更。我们还有美国德邦、中国科学院、希森公司等合作伙伴，希望你们能理解我们的难处，示范园工作刚刚起步，你们在北哈查戈里的试验我们是能够保障的。关于资金转账可以尝试多种渠道，你们可以借鉴中国其他合作单位的做法，希望我们加强合作。”

每一次出访哈萨克斯坦，出行都像急行军，风里来雨里去。4 月 20 日离开的时候，阿斯塔纳居然下了一场雪，在春天大雪里的他们告别了阿斯塔纳。天气的变化捉摸不定，事态的发展也是如此。在哈国时间有限，此行得到的答复他们三人无能为力，只能继续行程，邀请捷达耶夫、尤尼教授一起前往北哈的查戈里试验站。

从阿斯塔纳到查戈里大约 260 千米，途经阿克莫拉州首府科克舍套市，该市大约有 15 万人口。到达查戈里试验站，和试验站副站长阿列克·奥克廖夫、什维钦科、尤瑞一起座谈今年的试验情况，到田间实地看了试验情形。阿列克·奥克廖夫介绍道：“在哈国每一个区都有一个这样的推广试验站，这是北哈唯一的试验站，设站目的是进行农作物适应性试验。这里冬天天气太冷，种冬小麦有冻死的风险，只种耐盐碱的春小麦品种。”

查戈里试验站副站长阿列克·奥克廖夫（右）与张正茂（左）一同查看试验情形并介绍试验站情况

在什维钦科的带领下，大家参观了当地的牛羊宰杀生产车间和冷冻仓库。什维钦科和张正茂经常有电子书信往来，两人可谓相视一笑，莫逆于心。“这里不仅生产粮食和油料，牛肉也相对便宜，宰杀好的牛肉 800 坚戈 / 千克（约合人民币 16 元 / 千克），还有羊、鸭、鸡、猪等畜产品，我们能不能合作把这些优质农产品卖到中国去？现在哈萨克斯坦实施‘北部大豆行动’计划，北部未来 5 年大豆种植面积将达到 150 万公顷，产量达 200 千克 / 公顷，其实只要瞄准潜力巨大的中国市场，我们这些教授也不会输给贸易商。”什维钦科豪爽地笑道。

人生是一场逆旅，在旅途中总有志同道合的人结伴同行，让人生充满了欢快和温情。什维钦科、尤瑞陪同张正茂他们三人考察完查戈里试验站，已经是晚上 10 点，不得不分别。什维钦科他们返回阿斯塔纳，张正茂他们赶往北哈州国立大学。什维钦科年事已高，本可以颐养天年，无须舟车劳顿受奔波疲累之苦，却放不下自己一生的热爱，义无反顾地将精力和心血都投入小麦育种研究上。他的热情不亚于 7 月的气温，是炽热的、火辣辣的，可以说毫无保留，他尽自己所能帮助张正茂在哈萨克斯坦获取各种需要的信息。

彼得罗巴甫洛夫斯克的早晨，天空蔚蓝，空气清爽，天高地远，空旷辽阔里风声在回荡嘶鸣。粗看哈萨克斯坦的风景大致相同，细细观察南北面貌还是相差很大。北哈州国立大学农学院院长奥尔顿和因娜老师接西农的三位专家到现场考察中国小麦示范推广情况，中国小麦由彼得罗巴甫洛夫斯克的一家公司种植。奥尔顿非常详细地向张正茂他们介绍道：“中国小麦 5 月 17 日播种，播量 135 千克 / 公顷，对照品种是俄罗斯小麦，播量 165 千克 / 公顷，该公司共有 3 万公顷土地，播种胡麻 3200 公顷，产量 600 千克 / 公顷，油菜用的是美国杂交种，产量 1250 千克 / 公顷。在这个农场播种了中国的 13 个小麦品种，有 3 个表现较好。与俄罗斯品种相比，中国品种开花晚，株高低，抗倒伏，但分蘖少，一般是 1.2 个，俄罗斯品种的是 1.5 个，我估计是因为俄罗斯品种春性更强，生长发育快，分蘖期提前，分蘖就更多吧！”奥尔顿对试验情况了如指掌，她特别提道："中国品种负责试验的人是乌特贝·鲁斯兰，是我的学生，毕业后在这个公司工作，他为人非常诚实，工作也很认真。"

在彼得罗巴甫洛夫斯克看到中国小麦品种试验相对顺利，张正茂松了一口气，无论是对试验情况还是将来的合作，都有了期待。

西农三位教授受邀参加由北哈州国立大学承办的国际研讨会后，7 月 20 日奔赴本次出访的最后一站——爱菊集团在哈萨克斯坦的工业园区。

爱菊的员工巴哈提前往酒店接张正茂一行人，经过两个多小时的车程抵达爱菊工业园区。一路上年轻开朗的巴哈提幽默地说："我们都是柯达伊。"巴哈提是 1972 年生人，来哈萨克斯坦 19 年，是 5 个孩子的父亲。他的父母从中国退休，而且他父亲是共产党员，担任党校校长。尽管在哈萨克斯坦定居 19 年了，当地人仍然称呼他们这些移民为"柯达伊"，意思就是"中国人"。祖国对于移民来说既是根，也是对生命本身的深究，纵使远隔千山万水，分隔多年，血管里流淌的依旧是中国人的血液。

爱菊的产业园区，对于张正茂他们来说格外亲切，不仅仅是熟悉，更是勾起了他们的家国情怀。离爱菊集团七八千米处是爱菊员工意尔江私人的地，一共 6000 公顷，杂草丛生，但可作为示范园的试验用地，按需使用。在爱菊集团哈萨克斯坦项目经理方龙飞和意尔江的陪同下，大家察看了土地情况，非常平整，一眼望不到边，如果要作为示范园，就要马上深翻熟化。在这个地方建立示范基地，有天然的交通优势，爱菊粮油产业园区离科克舍套约 70 千米，交通比较方便。

方龙飞兴致勃勃地对张正茂说："和爱菊集团合作的一位农场主名字很有特点，叫哈萨克斯坦，和他的国家同名，让人只需听一次便可永远记住。当然他经营的农场也很有规模，有土地 3.7 万公顷，播种 3.2 万公顷，其中德国油菜 1.8 万公顷，小麦播种日期为 5 月 22 日—25 日，不施化肥产量 2000 千克 / 公顷，用化肥产量 4000 千克 / 公顷，化肥用量 120 千克 / 公顷，小麦 1500 千克 / 公顷，胡麻和小麦一样。无论是产量还是土地的规模都比较大，

意尔江私人用地的条件很好，土地平整且交通便利，但在划为示范园用地前疏于耕种，杂草丛生

原本荒芜的土地在示范园区的整体规划下一改旧态，耕种后一派欣欣向荣，充满生机

建议专家可以把他的播种情况作为示范，记录下来研究一下。今年小麦 6 月 1 日播种，插种面积为 35 公顷，播量 100 千克 / 公顷。”

张正茂对方龙飞竖起大拇指：“有眼光，会管理还有科研的判断力，收集记录数据能力也是一流。”

张正茂他们下一站就转战到了克明面业在科克舍套的分公司。克明面业在科克舍套西北处租赁 1.1 万公顷土地，种了 5000 公顷阿斯塔纳小麦，对面的基地种了 4 个来自中国的小麦品种。克明面业科克舍套分公司的负责人王辉接待了西农的专家们。张正茂在搜集整理中国小麦品种在哈萨克斯坦种植的情况和数据，克明面业的小麦播量是 120 千克 / 公顷，从目前来看长势还算不错，就看后期开花灌浆的情况如何了。王辉向张正茂非常详细地讲解道：“这里还种着俄罗斯的冬小麦，建议专家们一起看看。俄罗斯小麦离基地不远，约 20 千米，虽然是冬小麦，但不像我们国内的冬小麦，还是稀稀拉拉的，不过穗子

克明面业在哈国引进中国的春麦，适应性较好，整体长势不错

和结实性都挺好的，估计产量会比春小麦高一些。”张正茂一听到这里种冬小麦，条件反射地问道：“为什么这么冷的地方还要种冬小麦呢？”“当地人以前种过，因为有风险，慢慢地种得就少了。风险在于冬季少雪，麦苗上覆盖层太薄，容易冻死。这里一般是 9 月 10 日开始播种，到 10 月中旬大雪来临之前就已经是 5 ～ 6 叶期，有 1 ～ 3 个分蘖，抗冻性增强，大雪为麦苗盖上厚厚的雪‘被子’，让它们安全越冬，有时积雪厚达 1.5 ～ 2 米，小麦一点也不冷。等到 4 月中旬积雪融化，顺便给冬小麦来一次春灌，促进分蘖和幼穗分化，有利于形成多穗多粒，提高产量。”

一路寻访下来，天地之大，无论是一粒小麦种子，还是一个人，都会遇见属于自己生长的天地，同样也会遭遇种种艰难险阻，但只要在路上，就有希望。

克明面业在科克舍套还种植了俄罗斯冬麦，虽然冬季寒冷，但可合理安排播期，利用积雪让小麦安全越冬

第七篇

日月耕心，静待开花结果

育种专家播撒下一粒粒种子，习惯了各种境遇。春去秋来，四季轮回，每一年每一季的播种和收割，依然孕育着无限希望，让人心生期待。

《维摩经》中有这样一段对话，维摩诘问文殊菩萨："何等为如来种？"（什么是如来的种子？）文殊菩萨回答道："有身为种，无明、有爱为种，贪、恚、痴为种，四颠倒为种，五盖为种，六人为种，七识处为种，八邪法为种，九恼处为种，十不善道为种。以要言之，六十二见及一切烦恼、皆是佛种。"

文殊菩萨进一步解释："是故当知，一切烦恼，为如来种。譬如不下巨海，不能得无价宝珠，如是不入烦恼大海，则不能得一切智宝。""譬如高原陆地，不生莲华，卑湿淤泥，乃生此华。"

著名作家林清玄在《如来的种子》一文中，摘录了这一段问答，且谈到他的观点："在这里，文殊菩萨肯定了人世间烦恼的意义，因为有一个多情多欲的身体，有愚昧，有情爱，有烦恼才能生出佛法来，才能生出如来的种子，也就是"若有缚，则有解，若本无缚，其谁求解？"把佛经里讲受、想、行、识诸空的理论往人世推进了一大步，渺小的人突然可以变得巨大，有变化的弹性。

这是生命在生活中的具体呈现，不同的人在同一时空中，姿态百千，活法各异。不同的人生哲学导向最终划出了行走的每一条路，无论身处何处似乎都在追寻穷究一生的理想。滚滚红尘中人面对困境的突围意志和努力程度，在某种意义上形成了人生局限性。亦如文殊菩萨和维摩诘的问答，有的人从中得到治愈的力量以及心神的疗愈和抚慰。而对于一些处于现实困顿中的人，获得的除短暂的精神慰藉外，更是对事理的明晰，对艰难困苦的认知，还有坚定的力量，而非以空落去抵消生活的困苦。

奔走于中哈两国的西农的专家们，最初只是执行学校安排的任务，但遭遇的挫折和困境却不断激发出他们心中的斗志和攻坚的决心。在一次又一次的往返中，交流的深入和项目本身的推进，就像落地的作物种子，经阳光雨露逐渐露出了可喜的苗。

一生二，二生三的征途

2019 年的开学季和往年一样，校园里的树叶绿中泛黄，偶尔从空中飘落，暗示着一年已过大半。张正茂对现实处境的感怀也让他对自我愈发苛刻，因为人世间唯时间、生命、爱不可挽留，唯有珍惜。惶惑不定的世事是大奔流，他不想在浪涛里做一个随波逐流的人，他想追波逐浪，掌握主动权。9 月 4 日，他和冯佰利、胡银岗、李建明一行搭乘班机从北京飞往白俄罗斯，要将白俄罗斯农业科学院打造成西农在白俄罗斯的科研示范中心，在经济特区奥尔沙建设农产品展示中心，并在明斯克设立常驻办事处。同时调研白俄罗斯适宜种植的品种，筛选当地优质品种，在白俄罗斯考察可保证一个专列物流量的农作物，核心品种以大豆和小麦为主，以及当地的加工烘干设备、仓储、运输条件等。

要充分了解白俄罗斯的粮食贸易体系，农业机械情况、自然环境条件、税收、相关法律政策、当地市场情况等都是非常仔细的功课。有目标就有奔头，他们分工负责，有的放矢，首先考察了沃基考斯农场。

沃基考斯农场地处维捷布斯克州，农场面积 1.25 万公顷，是白俄罗斯的国有农场。白俄罗斯对国有农场实行计划经济，由国家订单生产，以小麦、玉米、马铃薯等作物为主，小麦产量 6 吨 / 公顷，大多数谷物做饲料。2019 年沃基考斯农场有 1300 公顷国家订单玉米，其余做青储饲料，所用品种一部分来自白俄罗斯，一部分来自摩尔多瓦。这里的冬小麦 8 月底播种，春小麦 4 月底之前播种。2019 年白俄罗斯软小麦市场收购价 200 美元 / 吨。散落的信息就像珠子一样，需要专家们一个一个从沙砾中捡起来穿成串。

尽管每次出访工作环节大同小异，然而信息的回馈和收集不尽然一样。这一次的出行依然任务繁杂，张正茂他们一行人，考察完沃基考斯农场，又参观了农业机械服务站。这是国有农机服务站，拥有生产必备的大型农机设备，当地农场主或农户可以申请农业机械服务站的农机服务。一次次的调研，一次次工作事项的研讨，寻求最佳的合作路径让纸上方案成为切实可行的规划项目，既需要绞尽脑汁，又需要眼观八路耳听六方的经验。

差旅中的劳顿在紧迫的任务面前不值一提，专家们俨然如铁轨上行驶的列车，呼啸而过的疾风将所有的杂念一扫而光，铆足劲一路向前奔。带着收集的信息，张正茂他们和时任白俄罗斯农业科学院副校长尤里及学院专家一起座谈，听取了白俄罗斯农业科学院硬质小麦育种、土地规划管理、蔬菜、品质分析等专业学科的专家意见，并了解到白俄罗斯农业科学院和我国兰州大学、南京大学在牧草方面有合作。张正茂的关注点是小麦，他留心到同一时节戈尔基与杨凌的温度相差 10℃左右，所以这里 8 月底就开始播种冬小麦。这个发现让他极为感兴趣，适宜的自然条件是最难把握的。

在市场面前，优胜劣汰是经久不衰的法则，有选择就有竞争。西农在选择走出去的合作伙伴的同时，对方也在进行选择。事实上，走出国门的中国高校和企业不胜枚举，西农要在激烈的竞争中胜出且持续发展，不仅是对学校科研团队实力的考验，更是对科研工作者毅力的考量，唯有坚守初衷才能凝聚力量，行稳致远。

第二天，张正茂他们一行人行驶 124 千米抵达维捷布斯克市，与在维捷布斯克州政府访问的陕西省侨联访团、陕西农垦访团会合，捷维布克斯州州长接见了三个中国代表团的成员。陕西省侨联访白团团长是省侨联副主席高俊峰，陕西农垦访白团团长是总经理马青奇，他们对西北农林科技大学专家们的到来分外激动，不同力量的组合，使他们对达成出行的目的更加自信。捷维布克斯州州长向中国代表团分别介绍了白俄罗斯开展国际合作的情况，以及维捷布斯克州的基本情形和国际合作的优惠政策，欢迎中国企业到维捷布斯克投资产业。

任何一个民族的人都有家国情怀，维捷布斯克州州长也不例外。他向中国代表团讲解自己的祖国，犹如讲自身的故事一样轻车熟路，滔滔不绝。白俄罗斯位于欧洲，是一个内陆国家，处于东欧平原西部，东邻俄罗斯，北、西北与拉脱维亚和立陶宛相邻，西与波兰毗邻，南与乌克兰接壤。国土面积达

207600 平方千米，人口约 950 万（截至 2017 年），大部分居民居住在首都明斯克等大城市，约 80% 人口是白俄罗斯人。白俄罗斯水资源丰富，拥有大小河流 2 万多条，湖泊 1 万多个，有“万湖之国”的美誉。独立前的白俄罗斯农业发展水平高，是苏联谷物、肉、奶、土豆、亚麻等农产品的主要产地，其中亚麻和土豆是白俄罗斯两大传统农作物。独立前，白俄罗斯主要农产品自给有余，可向其他国家提供。独立后的白俄罗斯农业生产结构特点是畜牧业所占比重大，畜牧业也是白俄罗斯重点发展的领域。畜牧业为农业主产业，但其产值低于种植业。农业进出口商品以钾肥、拖拉机、农用载重卡车等和亚麻、肉奶制品等传统优势产品为主。

愉快的会见之后，三个访团继续访问奥尔沙市政府。奥尔沙市农业用地总面积超过 8.1 万公顷，其中耕地面积超过 6.05 万公顷。奥尔沙市交通便利，是通往欧洲的重要交通枢纽。奥尔沙市有自贸区，有投资优惠政策，且与我国青岛市有密切合作，已结成友好城市。

浩荡的中国访团队伍搜罗着各种所需信息，考察了白俄罗斯最大的物流公司，当下全球物流业的发展带动了世界各地的产品流通，使得对外贸易锦上添花。

9 月 6 日下午，他们来到了中白工业园参观。中白工业园开发股份有限公司副总经理任飞热情接待了访团。在参观中，访团知悉中白工业园全称是中国 – 白俄罗斯工业园，是白俄罗斯与中国目前最大的合资项目，合作时间长达 10 年，白俄罗斯总统还为它起名为“巨石”。中白工业园具有独特的战略地位，园区位于欧洲的地理中心，是新丝绸之路经济带的关键节点，而且“巨石”是白俄罗斯领土单位，园区受益于特殊经济区地位和经济活动特殊制度，区位优势突出，临近明斯克国际机场（列入工业园管辖范围）、铁路、M1/E30 和 M14 洲际公路、白俄罗斯首都。中白工业园的目的是发展商业和高技术。中白工业园的吸引力是税收优惠，包括俄罗斯和哈萨克斯坦在内的欧亚经济联盟国家的自由海关制度为超过 1.83 亿消费者打开了进入市场的通道。

正如设想的那样，中白工业园将成为一个真正的生态之城，它汇集具有持续创新能力和高出口潜力的产品，并且园区独特的法律制度为商业活动提供了便利和保障。园区占地 112 平方千米，规划有生产和居住区、配套基础设施、办公和商贸娱乐综合体、金融和科研中心。

调研和考察之所以能够高效地进行，事实上在学校层面已经做了很多铺垫，专家做过很多功课，而实地访问是进一步推进意向，让彼此磨合至最佳状态。张正茂对冯佰利和胡银岗开玩笑说："我们几个人的出行，像不像流水线上的操作工序，赶时赶点地赶场子。""你这个比喻好，过程上很贴切，就是把人的心给漏了。流水线上操的是体力和灵活性的兵娃子心，咱们操的是先遣部队营帐内军师的心！"冯佰利笑着接话道。

他们一行人在"流水线"上，时不时找点乐子自娱自乐，纾缓一下旅途的疲惫。

这次行程的最后一站是明京快乐农业有限公司。这是中国留学生开办的一家农场，占地面积约 1000 亩，位于明斯克小河旁，风景秀丽，主营设施蔬菜种植与营销，目前只有 4 个大棚，但影响力很大。因为在明斯克还没有设施园艺方面的公司，特别是冬季蔬菜紧张，黄瓜、西红柿、西蓝花卖到 60 ～ 70 元 / 斤，依然供不应求。明京快乐农业有限公司总经理对西农专家的到来喜出望外，他希望和西农一起合作开展设施园艺项目。只要在路上总能遇见志同道合的人，碰撞出可喜的火花。

在考察中，西农的专家遇见了中国驻白俄罗斯大使馆新闻参赞陈参赞和机要秘书，华人相聚总有说不完的中国故事。"这里已成为华人聚会的一个窗口，离中白工业园比较近，交通方便。近年来走出国门的企业和个人很多，尤其是在'一带一路'倡议影响下，越来越多中国人在海外寻求发展机会。西农在白俄罗斯开展国际合作，是踩着时代的脉搏而来的，一定会大有作为。"陈参赞的一番话，让舟车劳顿的专家们甚是宽慰。

人生是一场逆旅，每个人都是行者，雁过无痕但有声，船过水无痕但能够抵达彼岸，每一次的付出和行走都为将来播撒下一粒有可能实现愿望的种子。

果实是从泥土里长出来的

身为一名育种专家，张正茂播撒下一粒粒种子，习惯了各种境遇。春去秋来，四季轮回，每一年每一季的播种和收割，孕育着无限希望，让人心生期待。在工业社会，农业人于繁华中清宁自守，在奔赴中坚强笃定，心随作物在流年里盛放结实。

张正茂在出访中结识了几位志同道合的国外育种专家，经常通过邮件沟通。他将所有心血倾注于小麦育种研究，负责学校丝绸之路农业科技示范园项目以来，他的精力有所转移。然而从个人角度来说，他愿意付出时间和精力将科研的触角伸得更远，把中国的种子推广到天涯海角。但是，国际合作，首先是国家之间的合作，其次是学校之间的合作，然后才是专家之间的共事。作为个人，他所有的努力和意向都必须在国家和学校的方针政策大框架下进行，因此，面对什维钦科的邮件，他只能沉默。

尊敬的张正茂教授：

见信好。感谢您的来信，我已收到。我很高兴你们这次访问哈萨克斯坦取得了丰硕成果。现将北哈萨克斯坦春软麦品种参数发给您。它们的面粉和烘烤质量为千粒重 33 ～ 34 克，湿面筋含量为 28.0% ～ 33.2%，蛋白质含量为 15.4% ～ 17.0%，物理指标和面粉烘焙品质都很高。我还未评估中国小麦的质量，打算今年做这件事。来自北哈萨克斯坦地区的阿基姆（他是北哈萨克斯坦地区的领导）和其他许多领导都去过我的基地。那里也有许多农场主，他们喜欢中国选育的小麦品种。他们当中有许多人想与你合作，但必须先拟定一个计划。目前，我们顺利与来自新西伯利亚、鄂木斯克和弗拉基米尔的俄罗斯育种专家达成合作，研究了 30 多个俄罗斯小麦品种。我现在和你一起工作并不是出于任何项目，更多是兴趣所至，这意味着我们不用承担重任，但也可能会拉低我们合作研究的效率。我给你同步发送了我在基地开展研究的照片。

我认为瑟瑞达那里的中国小麦品种会有不好的结果，因为卡拉干达地区缺少充足的降雨。

什维钦科

2019 年 8 月 20 日

在事情面前，没有耐心只会跳脚是没有用的。张正茂静静地继续着自己的各项工作。作为一名农业专家，他对讨论本身就有怀疑，这让他有一种深深的孤独感，因为孤独感是生命对生命本身采取怀疑的态度。一粒作物种子的诞生，凝聚着一个育种专家无尽的心血。

2019 年是哈萨克斯坦北哈州国立大学示范园引种试验第二年，春小麦长势良好，粒重、穗粒数等优势明显。中国的小麦品种平均穗长较当地对照品种长 0.3 厘米，穗粒数平均多 2 粒，千粒重增加 7.7 克，但容重较当地对照品种低 42 克 / 升，仅相当于当地 2 ～ 3 级麦的收购标准。总体上，引种小麦的丰产潜力高于对照，但品质低于对照品种。品种间差异较大，XN1803、XN1801、XN1808 产量潜力最高，与当地大面积种植的小麦品种“阿斯塔纳”2 号相比增产显著。总体试验结果与阿斯塔纳园区一致，但两地品种不同，也反映出小麦品种具有较强的区域适应性。

这是北哈州春小麦收割后试验反馈的数据信息，就是这样的一串串数字，让张正茂觉得他的努力和付出是有价值的，生命是有意义的。存在的姿态，决定了一个人的人生质感。电影《黄土地》里，那群生活在荒凉土地上，像土一样黯淡，甚至一辈子连名字都没有的人，他们努力地活着，并且相信土地能给他们的生命带来另一种形式的意义。粮食意味着生命的延续，是生命得以存在的倚仗。经过几千年的发展，人类越过了温饱线，越过了威胁生命的红线。然而，并不是所有人都解决了维系生命的吃饭问题。

致力小麦育种的科学家，潜心科研，心系百姓，奔走一生的命题不言而喻——培育良种，消灭饥饿。

风调雨顺的年景，是农业的幸运年。2019 年引种至北哈州的 6 个春播油菜品种表现良好，成熟一致，全部比当地对照品种大幅度增产。尤以 Ht3（760 千克 / 公顷）和 Ht5（504 千克 / 公顷）表现最为突出，分别比对照品种每公顷增产 641 千克和 382 千克，耐密植、籽粒大，籽粒颜色比当地对照品种浅，成熟期一致，较当地对照品种早熟 1 ～ 2 天，抗菌核病，适于机械收割。

2019 年引种至北哈州和阿斯塔纳的 10 个马铃薯品种中，“陇薯”9 号、“天薯”11 号、“宁薯”16 号在当地异常干旱的条件下长势良好，表现出优良的抗旱性，但生育期普遍较当地对照品种晚两周以上，尽管试验年份未发生早霜危害，但未来可能存在生产风险。由于当年种植的种薯为脱毒原种，产出的马铃薯主要用于下一年的生产用种，因此，引种的马铃薯产量与当地品种在产量潜力上不具有可比性。总体而言，引种的马铃薯适应性强，表现出抗旱高产的特征。

遇上丰收年，试验很成功，产量高低不同，但结果还算喜人。2019 年引种至北哈州的玉米品种“陕科”6 号、“陕科”9 号表现出非常好的抗旱性，在北哈州异常干旱的情况下，“陕科”6 号大喇叭口期的生物量约是当地对照品种的 4 ～ 6 倍，可作为青储玉米在当地示范推广。西农的玉米品种在试验中表现出抗旱、生物量大、晚熟的特点，适于青储。在引种的杂粮作物中，“西豌”2号豌豆品种、“西绿”1号绿豆品种、“西农9976”荞麦品种能够适应当地气候条件正常生长。

当各类品种在丰收年尽显优势、各领风骚时，还是有一些品类铩羽而归，糜子、大豆、绿豆等在北哈地区，由于当地无霜期短，积温不足而未能正常结实或成熟，试验失败。

彼得罗巴甫洛夫斯克示范园的“西农1806”小麦，来自中国的种子正在哈萨克斯坦茁壮成长

西农的专家们经过三年的努力，透过厚厚的泥土窥探到了一粒种子已经生根发芽，尽管还有待茁壮成长，然而这只是时间的问题，他们已经走过了最初的荒芜和开垦的艰难境地，但依然四处奔忙，不断开疆拓土。

2019年9月20日，张正茂、郭东伟、张正新三人前往吉尔吉斯斯坦首都比什凯克，北京时间10点到达伏龙芝国际机场，吉尔吉斯斯坦田园牧业公司总经理何国栋接机。安排好住宿，稍作洗漱后，他们立即赶往位于比什凯克以西40千米的莫斯科区别洛沃斯克镇的西农比什凯克农业科技示范园。园区面积4000多亩，目前栽种苹果50亩，种植大麦、小麦共20多亩。

张正茂、张正新、郭东伟抵达吉尔吉斯斯坦的第二天，西农的校长吴普特率团抵达吉尔吉斯斯坦，前往比什凯克访问。时任吉尔吉斯斯坦国立农业大学校长努尔噶孜耶夫·雷斯别克、三位副校长以及院系负责人与西农代表团进行了座谈。两校领导就联合申请共建孔子学院，共建农业科技示范园，共同申请加入上海合作组织大学（现代农业方向），选派留学生以及加强园艺、设施农业、小麦、玉米等学科方向的合作达成一致意见。

中国是一个农业大国，长期以来农业是我国经济发展的核心基础，从传统农耕到现代化农业，我国农业有了飞跃式的发展。从横向视角来看，中国与国际接轨，融合共享的程度也越来越高。走出国门的中国企业和科研院校，在海外获得发展机会的同时也推动了国际友好合作。西农承担着支撑和引领中国干旱半干旱地区农业发展的责任和使命，而丝绸之路沿线的大部分国家处于干旱半干旱地带，与我国西北地区气候条件近似。为加强同丝绸之路沿线国家的农业科教合作，推动解决全球饥饿、贫困、食品安全等问题，西农 2016 年发起成立了丝绸之路农业教育科技创新联盟，并已在学生培养、人员培训、科学研究、示范园区建设等方面取得显著成果。吉尔吉斯斯坦国立农业大学是首批丝绸之路农业教育科技创新联盟的成员单位之一，未来双方可在联盟框架下开展全方位合作，共同推进中吉两国农业科教合作。

吉尔吉斯斯坦国立农业大学对西农专家代表团的访问非常重视，并就科研、人才培养和孔子学院建设方面的合作举行双边会谈，双方在比什凯克农业科技示范园建设方面也达成共识。

2018 年比什凯克农业科技示范园建立，建设标准完全参照中国，并实施标准化管理，目前初见成效。两校的专家因地制宜开展育种栽培工作，在园区推广栽培了中国苹果树，引进的中国栽培技术备受合作伙伴欢迎。同时配套推广节水灌溉技术和水肥一体化技术，为节约水资源作出了示范。

流水不息，时光不返，留下累累硕果

岁月奔流不息，人在岁月中行走何尝不是，片刻的驻足亦是对岁月深情的回眸。人一生能做一件事，把这件事钻研到极致并非易事。在一件事上有稍许成就的人，一定没有给自己设限，没有画地为牢，若让任务成为自我发展的天花板，何谈拓展与成就。

张正茂投身于中哈农业科技示范园项目以来，并没有把自己囿于学校下派的具体事务中，而是积极和国际育种专家多方沟通建立友谊。所谓他山之石可以攻玉，这是一个契机，了解他国的小麦育种动态和专家的课题和目标，既是走出国门的西农人需要掌握的信息，也是立足中国农业放眼全球的窗口。

无论是出访国外还是身居国内的西农校园，这两三年来，张正茂的心一直被丝绸之路上的事牵引着。从白俄罗斯、吉尔吉斯斯坦访问回国，他发出的邮件得到了国际专家逐一回复。

亲爱的张教授：

按照你的要求，我把什维钦科博士的演讲标题和摘要发给你。希望你今天能收到。

利用分子标记和“基因编辑”技术，整合国际种质资源和野生物种，提高哈萨克斯坦面包专用小麦的耐旱、耐盐能力

摘要

哈萨克斯坦国立农业技术大学目前的国际研究项目旨在提高面包专用小麦对非生物胁迫（主要是干旱和盐度）的耐受性，预计通过三个同样重要的综合方向来实现，即 MMT（材料、方法和技术）。制备小麦育种材料的第一步是通过整合来自澳大利亚的国际小麦种质资源的基因型并对野生山羊草（*Aegilops*）和普通小麦（*Triticum*）杂交育种来富集小麦的基因池。分子标记方法的应用代表了我们项目的第二步，利用扩增 SNP（单核苷酸多态性）分析鉴定了小麦中几个响应干旱和盐度的关键基因。转录因子 TaDREB5、tanfyc-a7 和 TaDr1 被研究并通过基因表达验证为小麦植株对干旱和盐度响应的调控基因。最后一个技术步骤涉及现代基因编辑，使用 CRISPR/Cas9 技术在已识别的“目标基因”中制造突变。

我们的项目使用农杆菌介导和生物转化，在哈萨克斯坦和中国小麦品种的春化基因 TaVrn1 和 TaVrn2 中传递一个 CRISPR/Cas9 基因盒。通过对已经生产出来的再生小麦植株进行测序，很快就能得到预期的突变。成熟的 CRISPR/Cas8 技术将作为产生早期识别的关键基因定向突变的基础，从而获得耐干旱和耐盐碱的小麦新品种育种材料。

捷达耶夫

2019 年 10 月 17 日

哈萨克斯坦北部和中部中国春季软小麦育种品种的生态试验

目前分布在哈萨克斯坦北部和中部的春软小麦品种不能完全满足现代农业生产的要求。产量相对较低，并受到病虫害的影响，有些年份还会受到霜冻的破坏，最终导致产量和品质下降。这些变种属于粗放型，在农业背景较薄弱的情况下，它们能够生产相对较好的作物。由于遗传特征，即使在高农业技术背景下，它们也不能实现相应的增产。主客观原因相结合，目前为止，在哈萨克斯坦北部和中部的育种实践中，集约型品种的选择没有得到应有的重视。目前，一些国家在集约型春小麦的开发方面取得了喜人的成果。随着集约型品种选育方案的成熟，哈萨克斯坦北部和中部应重视引进国外最好的品种。

2018 年，哈萨克斯坦北部和中部开展了中国春软小麦品种选择的生态研究。研究涉及对自然环境的勘探，主要目的是研究这些品种在哈萨克斯坦北部和中部的土壤和气候条件下的适应能力，得出一份针对产量、环境稳定性和可塑性的综合评价，同时确保最优异的小麦品种进入农业生产环节。在研究中，试验地区以以下地理点为代表：卡拉干达地区（卡拉干达农业试验站）和北哈萨克斯坦地区（北哈萨克斯坦农业试验站）。在2018年的气候条件下，环境试验结果表明，中国选育的某些春软小麦品种在产量上比作为本试验标准选育的哈国品种具有明显优势。例如，在哈萨克斯坦北部地区，中国选育的以下品种的产量超过了标准春软小麦品种“阿斯塔纳”：XN09（比对照品种增产500千克/公顷）；XN11（比对照品种增产440千克/公顷）；XN12（比对照品种增产310千克/公顷）；XN13（比对照品种增产260千克/公顷）；XN10（比对照品种增产260千克/公顷）；XN02（比对照品种增产10千克/公顷）。在卡拉干达地区，中国选育的品种的产量超过了哈萨克斯坦春软小麦标准品种“卡拉干达22”：XN09（比对照品种增产500千克/公顷）；XN11（比对照品种增产440千克/公顷）；XN12（比对照品种增产310千克/公顷）；XN13（比对照品种增产260千克/公顷）；XN10（比对照品种增产260千克/公顷）；XN02（比对照品种增产10千克/公顷）。在哈萨克斯坦北部地区，在2019年的气候条件下，以下品种在产量上明显优于标准品种“阿斯塔纳”：XN09（比对照品种增产610千克/公顷）；XN05（比对照品种增产40千克/公顷）；XN12（比对照品种增产290千克/公顷）；XN06（比对照品种增产240千克/公顷）。在2019年卡拉干达地区的气候条件下，无法通过产量分析挑选出超过标准“卡拉干达22”的品种，大多数中国品种的产量与标准品种持平。

对中国选育的春小麦品种进行分析，其籽粒中的谷蛋白含量分别为：34.9%（XN08）、32.9%（XN06）、31.2%（XN05）、30.9%（XN10）。标准春软小麦品种“阿斯塔纳”的表现为33.4%。中国品种籽粒蛋白质含量为：15.59%（XN03）、15.14%（XN08）、14.52%（XN06）、14.42%（XN05）。标准品种“阿斯塔纳”这一指标的数值为14.3%。

结论：对中国在哈萨克斯坦北部和中部选育的春软小麦进行生态学研究，初步结果显示，这些品种代表国内一个全新的生态类型育种，以重要的经济和生物指标为特征，即高产、早熟、高千粒重和短茎。然而，在这些品种的培育过程中还需要进一步推进农业技术领域的研究（主要针对播种时间和播种密度）。在引进大量矿物质肥料的情况下，将这些品种置于高农业技术背景下研究显得尤其重要。作为中哈合作项目的一部分，这些问题计划在 2020 年至 2024 年间得到解决。

什维钦科

2019 年 10 月 17 日

积极接触，有问有答有碰撞有探讨才有进益，这或许是独自攀登科研高峰的科学家们彼此取暖的时刻。山高不碍白云飞，心量的广阔和接纳，是自我不断成长的必然。

张正茂是出访中哈农业科技示范园的的专家里年龄最长的教授，和同事们出行，他每次都留心信息采集，寻找机会加深与合作伙伴之间的友谊。

任何一个领域要出成果，都需要一个漫长的过程，列出的事项是直线的，而看不见的细节才是事情真正的纹理，需要悉心周详。科研路上都要经历一番孤冷，应对千头万绪。在海外农业科技示范推广工作中，张正茂思考过也迷茫过，但他依然选择加入先行者队伍，为后来人修好路。尽管长途差旅十分辛苦，前期磨合没有定数，且费心劳神，但他以豁达的心态迎接所有可能性。在他这把年纪，致虚守静有所为是人生的豁然姿态。正因如此，无论是在和国际友人的往来中，还是学校层面的互动中，张正茂都奋力争取，而西农在丝绸之路上的农业科技示范推广也渐有成效。

在乌兹别克斯坦再建示范园

2019 年 10 月，西农与乌兹别克斯坦塔什干水利与农业机械工程大学签订了《丝路联盟乌兹别克斯坦节水农业示范园建设协议》，节水灌溉技术与装备团队迅速与乌兹别克斯坦科研团队完成对接。

乌兹别克斯坦塔什干水利与农业机械工程大学是西农 2019 年新的合作伙伴，在为乌兹别克斯坦可持续发展提供人才和技术支持、解决水资源短缺和生态脆弱等问题上，两校的目标一致。

2019 年 12 月 3 日，戚鹏、朱德兰、张正茂、魏凤、许景辉、葛茂生赴乌兹别克斯坦首都塔什干访问，实地考察园区用地，并与乌方共同初拟园区规划，确定示范园建设的时间节点等。

从乌鲁木齐地窝堡国际机场出发飞往塔什干，这是张正茂第一次出访乌兹别克斯坦。一个新的目的地，让人精神振奋。清晨的天空与大地格外清爽，飞机快要抵达塔什干时，从空中俯瞰大地，只见崇山峻岭在大地上蜿蜒起伏，茫茫戈壁一片寂寥。

难以想象塔什干如何在茫茫沙漠的包围中存续下来，也许神话里的故事在这里可以放飞，真是奇迹般的存在。张正茂一行人于当地时间下午 1 点到达塔什干，街道上行人不多，挺干净，建筑物不高，很简朴，四处可见富有民族特色的建筑。塔什干是中亚地区第一大城市和重要的经济和文化中心，同时也是乌兹别克斯坦的政治、经济、文化、交通中心。塔什干地处乌兹别克斯坦东部、恰特卡尔山脉西面、锡尔河右岸支流奇尔奇克河谷地的绿洲中心，是古丝绸之路上重要的商业枢纽之一。我国古代的张骞、法显、玄奘都曾在这里留下过足迹。西农的专家们带着新时代的使命，在塔什干开拓“一带一路”倡议下的事业。

一座完全陌生的城市总是让人充满了想象和想了解的欲望，在和接机人员的闲聊中，西农的专家发现塔什干的交通发达，首条地铁线路于 1977 年开始运行，是中亚首座开通城市轨道交通系统的城市。而且塔什干拥有中亚唯一的高速铁路，时速高达 250 千米 / 小时，运行于塔什干—撒马尔罕—卡尔希之间。塔什干俨然是乌兹别克斯坦主要的经济和贸易城市，当然也是与中国贸易往来的主要城市。

从塔什干“太阳城”的别称便可知当地的气候状况，享受充足日照的同时，夏季的炎热、干旱以及降水稀少制约了塔什干的农业发展。西农和塔什干农业与机械工程大学合作的目的正是要共同突破当地农业在节水灌溉技术上的瓶颈，达到节约水资源的目的。

塔什干水利与农业机械工程大学的科研副校长和阿利姆迎接西农专家，并陪同他们到学校参观水工实验室。干旱缺水是塔什干特殊的地理气候条件，而人和大自然的斗争从来都没有停息，现实困境激发了人类智慧。塔什干水利与农业机械工程大学的水工实验室正是针对当地的情况建立的。阿利姆向西农专家介绍了水工实验室的科研成果，并且邀请西农专家在他的办公室座谈交流，讨论丝路联盟乌兹别克斯坦节水农业示范园的建设方案和时间节点。

阿利姆对中乌合作兴趣浓厚，他在西农专家到访之前，已经将合作建设方案写好，在会谈中向西农专家介绍了他的规划和想法以及未来的合作事项。良好的交流过后，西农专家第二天早晨到塔什干水利与农业机械工程大学试验站查看示范园土地。学校的试验站留给西农的示范园用地约 70 亩，比原计划增加了 20 亩，全部用于西农节水灌溉装备的展示和示范。塔什干的黑土地土质很好，有机质含量比较高，在乌兹别克斯坦这个缺水的国度，发展节水灌溉对提升农业生产水平意义重大，而且节水灌溉设备的推广应用前景广阔。经过实地考察，朱德兰和乌方专家在示范园一起商讨确定了蓄水池、泵房建设的具体地点。

中乌专家合作兴趣浓厚，共同讨论示范园建设方案

阿利姆报告示范园规划

在塔什干的最后一天，塔什干水利与农业机械工程大学为西农专家举办了专场学术报告会，这也是中国专家介绍自己研究成果的宝贵机会。在这场学术的交流和碰撞中，西农专家既传递了西农在科研领域的研究进展和成果，同时也获得了同行在专业领域内的前沿见解。一次学术交流既是学识和才能的互

在乌兹别克斯坦这个缺水的国度发展节水灌溉对农业生产意义重大，西农专家与阿利姆（左三）现场勘察节水灌溉示范园选址

补，又是智慧和创造力的递增。塔什干水利与农业机械工程大学水利、农业机械、土壤等方面的专家教授和研究生、留学生 80 多人参加了报告会，朱德兰、张正茂、魏凤、许景辉、葛茂生分别做了学术报告，并且和与会专家就学术报告中的问题展开讨论。西农专家代表团的团长戚鹏代表访问团在学术报告会上介绍了西农的概况和这次访问的目的，并且诚挚邀请塔什干水利与农业机械工程大学的各位专家到西农参观访问，进行学术交流，欢迎乌兹别克斯坦的学生报考西农。

时任塔什干水利与农业机械工程大学校长乌克塔姆·乌穆尔扎科夫在西农专家的访问即将结束时接见了访问团成员，针对示范园建设传递了学校层面的意见。

西农访问团与报告会参会专家合影

西农专家访问团在塔什干水利与农业机械工程大学完成访问后，利用最后半天时间前往塔什干国立农业大学，参观该校的农业推广中心。时任塔什干国立农业大学校长苏莱曼诺夫·巴图尔江对西农访问团的到来十分热情，在座谈中表达合作意向。高校和高校就科研和人才培养实现国际合作，对双方都是加分项，今天的高校发展更加开放且多元，闭门造车的模式显然已经不合时宜。中乌是睦邻友好的邻国，而西农在农业科教领域是中国高校的翘楚，尤其在干旱半干旱农业研究方面成就卓著，而干旱半干旱恰好是乌兹别克斯坦农业的突出条件。从现实条件和学术科研来看，乌兹别克斯坦与中国的合作契合双方需求，能够实现互惠共赢。

三年时间，在时代的江河中，短暂如白驹过隙。然而对于即将退休的张正茂而言，在工作生涯中仅剩的几个年头里，三年时光无比沉重。因为有太多

张正茂（左一）、魏凤（左二）访问乌兹别克斯坦塔什干国立农业大学，努力推动两校科研和人才培养的合作

的计划、太多的愿望、太多想完成的事，然而时间让他只能择其一，并且专心致志地去做一件事。在西农成立丝绸之路农业教育科技创新联盟以来，他几乎把所有的精力都投入与中亚国家合作建立和发展农业科技示范园上。在学校政策和规划下，在专家学者的齐心协力和校领导的引领和支持下，西农在中亚国家的农业科技示范园逐步建立。张正茂作为最初走出去的老专家，在示范园建设和项目开展方面积累了丰富的合作经验，工作上初见成效的喜悦冲淡了几年来的辛苦。

付出就会有回报，努力之后的收获是最好的犒赏。张正茂从一开始工作，就着眼大局不辞辛苦，国外和外方专家紧密联系，国内和企业加强合作关系。他就像一匹不知疲倦的马儿，奔跑起来就忘了歇脚。

中国人的故事向来是横看成岭侧成峰，或许可以通过西安爱菊粮油工业集团窥见张正茂的另一面。

第八篇

搭乘“长安号”，驶上新粮道

驼铃远去，“长安号”安全快捷地运载着琳琅满目的商品在这片大地上飞驰，“呜——”汽笛声划破长空，鸣奏着新时代的贸易乐章。

哈萨克斯坦的草原，绿油油的草地与蔚蓝的天空相接，空旷辽阔，穷尽天际。在这片广阔的天地驾驶汽车，给人一种飞翔的快感。从西安来的方龙飞刚刚踏上这片土地，就被眼前的景致所震撼：目光所及皆是平坦的大地，绿草坪和黑土地相交延伸，望不到尽头。

2016 年 3 月 24 日，方龙飞首次越过中哈边境来到哈萨克斯坦阿斯塔纳，主要目的是了解当地农产品的品质、价格等信息，采购油脂、小麦、面粉等，完成首趟“长安号”专列满载油脂（菜籽油和葵花籽油）回程的工作。

彼时虽然已是 3 月末，但哈萨克斯坦还未从凛冽的寒冬中苏醒，气温为 –20 ～ –30℃，把他冻得够呛。好在，西安爱菊粮油工业集团的首次采购得到了中铁集团参与，也得到了中哈两国政府的大力支持，他的工作顺利完成。那次，爱菊集团从哈萨克斯坦进口了 2300 吨无污染、非转基因的高品质油脂，首次由“长安号”专列运输回程。列车从多斯特克出发，于 2016 年 3

满载而归的中欧班列为中国带回哈萨克斯坦的优质农产品，促成了中哈两国贸易真正意义上的互联互通

月 26 日顺利抵达西安。这是自“一带一路”倡议发起以来，陕西与中亚地区铁路贸易首次实现“有来有往”，为中国内陆地区与中亚、欧洲开展贸易往来，特别是为通过铁路进口大宗货物探索了一条道路，打响了我国农业企业“走出去”的第一炮。

受需求不均衡等因素影响，以往“长安号”将货物运至丝绸之路经济带沿线国家后，回程时基本空载，影响了铁路货运效率及效益。事实上，中亚地区的小麦、食用油、棉花、蜂蜜、矿产等优质产品具有极大的价格和市场优势，若通过“长安号”班列运至中国，将实现两国贸易真正意义上的互联互通。在中哈两国铁路部门的大力支持下，经过 8 个月的筹划，首次回程班列终得以成行。

方龙飞在 2016—2017 年先后在国外采购小麦、面粉 3 万多吨，通过“长安号”运回西安，为国内源源不断地提供优质的粮油原料。因为签证原因，他最初需每个月出境一次，经常往返阿斯塔纳—乌鲁木齐—西安，单程5000千米。方龙飞的工作，经常是在路上——在“一带一路”上。

半年建成加工厂

2016 年 5 月 3 日，我来到爱菊园区一期油脂厂所在地——北哈州伊里契夫卡村。基地现场一片荒芜，一眼望去只有蓝天、白云、绿草地。这就是我未来的工作地，看上去除了荒芜就是荒芜，等着我们来建设。

5 月 31 日，油脂厂要破土动工，基地现场中方人员不足，集团正式把我从采购部调入哈国项目工程部担任总经理一职。一切都是新的开始，困难可想而知：我不懂哈语，能听懂汉语的哈国人也是寥寥无几。依靠翻译、手机软件、肢体语言与人沟通，这将是在这里工作的常态。集团要求今年年底之前完成年加工量

30 万吨的油脂厂的建设工作，建成之后这个厂将是哈萨克斯坦最大的油脂加工厂。

任重而道远！很明显接下来是一场苦战，唯有撸起袖子加油干！

2016年5月3日　方龙飞

在哈萨克斯坦北哈州建一座年加工量达 30 万吨的油脂加工厂是爱菊集团在 2015 年贯彻落实“一带一路”倡议，对“走出去”开展国际合作进行的探索。爱菊集团计划依托“一带一路”中欧货运班列，构建“北哈州—阿拉山口—西安”三点一线、三位一体的“关节枢纽体系”，打造中亚海外粮仓，探索“国内休、国外耕”的土地休耕模式，保障我国粮食供应安全，促进我国土地休耕。

在爱菊集团的发展规划下，方龙飞将调往北哈州伊里契夫卡村建设爱菊油脂加工厂。他是负责人，内协外调，晚上开会，白天开工，要保证工厂在冬季最冷的时候竣工。时间紧迫，事务繁杂，他的手机就像热线，一直响个不停。

爱菊油脂加工厂之所以选址在北哈州，是因为北哈州位于哈萨克斯坦和俄罗斯谷物种植区的中心，是哈萨克斯坦粮食生产主产区之一，该地区肥沃的土壤及春夏秋季良好的自然条件能够保障春播粮食高产。北哈地区每年生产的农作物占哈萨克斯坦种植作物总量的 30% 以上，大豆种植面积有 400 多万公顷，谷物类作物产量在全国总产量中的占比高达 30%，油籽占 26%，牛奶占 10%，蛋类占 12%。与此同时，北哈州每年向不同国家出口粮食 150 万吨、油籽 20 万吨、面粉 30 万吨，每年生产牛奶 54.6 万吨、肉类 5.5 万吨（毛重约 9.2 万吨）。

伊希姆河从南向北流过整个北哈州，河上建有谢尔盖耶夫卡水库，保证了哈萨克斯坦大部分区域的生活和工业农业用水。北哈州南部为高原地区，最高处为科克舍套山区，是哈萨克斯坦风景最优美的地区之一，有着“哈萨克斯坦的小瑞士”之美誉，距离首都阿斯塔纳约 150 千米。

当时正值而立之年的方龙飞，为了完成工作经常加班加点，每天的休息时间不超过 5 个小时。当地人告诉他，每年北哈州的冬季来得特别早，10 月 5 日左右会降下第一场大雪，11 月温度就会下降到 –30℃，常年大风。时间就像头顶悬着的一把刀，前面进度赶不上来，到了冬天想赶也赶不动了。

在中国，正常建设一个油脂厂最少需要 1 年时间，包括烘干塔、清理塔、原料库、钢板仓、压榨车间、饼库、精炼车间、油罐区及过磅发油等配套设施的建设。在建设压榨车间时，正值北哈州多雨的夏季，工作受到很大影响，但没有一个爱菊员工因为天气原因停止工作，他们加班加点，披着雨衣，穿着雨鞋，脚下踩着泥泞的土地，安装钢构、上螺丝、吊装钢梁……分不清楚脸上是汗水还是雨水。凭着这样一股劲，压榨车间及其他车间在短短 4 个月内就完成了建设。

建设油罐时，哈萨克斯坦的工人从来没有接触过这么大型的油罐，更别谈设计了。从挖地基到搭建上层钢构，从混凝土的用量到钢构的吨位数，设计院设计的基础混凝土厚度达 2 米，这样一来，混凝土的造价高出了好几倍。经过中哈双方的友好协商，将混凝土的厚度降为 1 米。可这样一来施工又比较麻烦，在哈萨克斯坦没有 50 米的混凝土泵送车，只能靠吊车一斗一斗地运送，往往先浇筑的混凝土已经凝固了，后面的还未施工，导致工期严重滞后。最后只能 3 个班连续作业，以保证此项工程按期完工。

在设备安装期间，工人遭遇北哈州有史以来最为寒冷的天气，室外油管道、室外电缆铺设都要在 –40℃的严寒下进行。在安装油管道时，工人包裹得像粽子一样站在架子上焊接管子，做保温处理。在组装 1500 吨钢板仓时，需要上螺丝，工人戴上手套后笨重得上不去，需要摘下手套操作。放在旁边的火炉根本起不了保暖作用，工人的手都冻僵了，脚也冻疼了，有的工人还冻哭了。但为了同一个目标——12 月 6 日出油，没有一个人退缩。下班后，他们常常冻得手脚都没了知觉，只能躲在房间里揉脚、揉手。

在室外电缆施工时，冻土层厚度已经达到了 2 米，挖机作业很困难，根本挖不动，冻土的硬度比钢筋混凝土还高。施工人员强行开挖，结果将大挖机的挖齿都给弄裂了。他们又心生一计，架火烤地面，但烤了几个小时也没有起作用。眼看投产的日子一天天临近，工地上的人急得像热锅上的蚂蚁。最后，施工人员采用了切地机，将沟槽切三道，然后再用挖机作业。刚刚切开沟槽，可是严寒让机器设备都无法发动，大家在室外什么活也干不了，只好停工一周，待天气稍微暖和才将电缆铺设完毕。

所有的员工，顶着压力加班加点。建设期间，方龙飞在北哈州的政府沟通事务时，他们的工作人员听到半年内完工的计划后瞪大了眼睛，认为是开玩笑。因为同样规模的项目，一般在当地最少需要 2 年施工时间，何况爱菊油脂加工厂的工期中还有几个月处于寒冬。所有的人扛着来自各方面的压力，艰难地推进每一天的建设进度。

不负众望，在参建各方的共同努力下，在短短 6 个月时间内，爱菊创造了一个奇迹——12 月 6 日爱菊油脂加工厂试投产。哈萨克斯坦总统纳扎尔巴耶夫见证了这一奇迹，这是爱菊人的骄傲，也是中国人的骄傲!

这半年工作充满艰辛，尤其是后面恶劣的天气给施工带来了重重困难。也正是在这样的考验下，所有爱菊员工坚定意志，苦战严寒、不畏困难，把中华民族优秀的品格展现得淋漓尽致。方龙飞在这次任务中付出了很多，同样也收获了很多。这样的锤炼奠定了他工作中最扎实的基石，工作的成就感鼓舞着他，也令他更加坚定在这里继续奋斗下去的决心。

拥有 5 万吨仓容的粮库和 4 条铁路专用线的哈萨克斯坦爱菊农产品物流加工园区为“境外前沿产地枢纽”，是中哈贸易的重要物流枢纽节点，也是“一带一路”中欧货运班列的关键节点，“内”可辐射北哈州乃至周边数百千米范围内的其他州，“外”可连接西西伯利亚平原优质农产品产地，进口俄罗斯、乌克兰等周边国家的优质小麦、油菜籽等原料。

工厂竣工，方龙飞半年多来绷紧的神经终于可以放松，他最想做的事就是吃一顿有绿叶蔬菜的中餐。他很久没有吃绿叶蔬菜了，在哈萨克斯坦的每顿饭都是以肉为主，再就是土豆和面。借庆祝元旦迎接新年的机会，他决定去菜市场采购食材，包一顿饺子，炒几个素菜，犒劳一下自己和几位工程师、机械师。由于哈萨克人普遍有宗教信仰，中国人入乡随俗也只能吃牛羊肉。市场上，一斤生羊肉 13 元，一斤生牛肉 15 元，一斤白菜 8 元，一根从乌鲁木齐进口的大葱 50 元，而且想吃的蔬菜还买不到。羊肉和葱的价格，让他的心情犹如坐过山车一般跌宕起伏。这里的人以吃肉为主，而素食主义在这里显然是一种奢侈。

冬去春来，新的工作接踵而来。爱菊工业园区依然在不断完善中，方龙飞的工作更加繁杂了。集团要求当地两天发运一个班列，每个班列运输量要达到 2100 吨小麦的标准。中哈双方人员共同努力改良创新机械设备，使粮库成为哈萨克斯坦首个允许进行集装箱班列散装散运的库房，正式收购仓容量 2.5 万吨的粮库，完成公司下达的指标。

做有责任心的中国企业

爱菊工业园区基地的农场主种植区域位于科克舍套山区，工业园距离科克舍套市 70 千米。在基地建设中，由于当地物资匮乏，安装设备用的配件只能到大城市买，哪怕缺一颗螺丝钉都会影响整个工程的施工进度，所以方龙飞驱车 200 千米为工地采购物资是常有的事。

从没有感受过这么冷的冬天，穿着最厚的羽绒服站在外面跟没穿衣服一样，只能感受到呼啸的冷风和刺入骨髓的凛冽。

早晨，工程师交给我一张写着急需零件的纸，需要我去城里采购。采购次数多了，也摸清了北哈州的五金商城，很快就把东西购买齐全了。

返程走在半道上，一路高速行驶没有留意路面，车胎扎进了半个酒瓶，差点出事故。还好有备胎和工具，第一次换轮胎，感觉自己笨拙得像熊，怎么都装不好。在手机搜索了一个视频，打算依照指示操作。下午1点多，天气依然很冷，手脚都冻得生疼。

因为信号不好，手机搜索视频的速度很慢，几乎路过的每一辆车都停下来问我是否需要帮助。一次生活中糟糕的体验，因为哈萨克人的友善变得格外温暖和感动。

一辆车逆向开了过来，停在了我的车子边，司机下车问我："Do you need any help？"（需要帮忙吗？）一名个子高高、四十多岁的中年男子，居然用英语询问，估计是看着我长得不像哈萨克人。我非常友好地说了声"Thank you！ I can do this."（谢谢你！我自己可以搞定。）我们互相报以微笑，挥手告别。

这是我人生第一次换轮胎，也是第一次在大冷天被无数的陌生人关心，内心的暖意快要将我融化。他们有的人说了很多话，我虽然只听得懂一句"需要帮助吗？"但这种友好的情感无须翻译便能直抵心间。

这里的冬天特别寒冷，这里的人却很温暖！

2016年11月16日　方龙飞

方龙飞回到基地，想起当天的不幸和感动，感慨万千。他对翻译阿孜古丽讲述了当天的遭遇。阿孜古丽很平静地说："抛锚在半路，远离市区，这里的气温在晚上会降到 –40℃，若没有人救援，车子一直修不好会冻死人的。所以在这里车出了状况，路过的司机施以援手是常识和共识。汽车的问题解决不了，路过的司机也一定会把你捎走。"

哈萨克人的友善，像冬天的火炉一样，温暖着在这里长期工作的方龙飞。

万事开头难，建设初期，他们面临的困难是最多的。在北哈州爱菊工业园区基地，中方员工只有8个人，其余100多个工人都是公司雇佣的哈萨克人。

民族习俗和文化背景的不同，给方龙飞在管理方面带来不少考验。哈萨克斯坦民族是马背上的民族，崇尚自由，时间观念不强。有些员工习惯上班迟到、早退，想要统一管理是件难事。园区工厂刚开始生产的阶段，哈萨克人的时间观念常让方龙飞哭笑不得。好多次与哈国员工约定早晨见面，他等到下午也不见对方人影，无奈打电话询问具体到达时间，得到的回答往往是："马上到。"因为这一句"马上到"，他只好等，有时候会浪费一整天或者大半天的时间，这让他苦恼至极又无可奈何。见面后对方还振振有词："有快马，有慢马，今天我来的时候乘的是慢马。"这让他无言以对。不断接触了解各方需求之后，方龙飞搬来了国内工厂的管理经验，制定了时间管理制度，并要求工人带牌进场，统一服装管理，实行全勤奖等措施。适度增加工人工资，增加各式各样的奖励，如出勤奖励，及时发放日常工资和当天发放加班工资。几个月下来，迟到早退的现象少了很多。

在生产运营期间，培养车间熟练工成了园区管理上的大难题，当地人员流动性太大，好不容易培养出几个熟练工，却又离职。为此，公司特别关心员工的生活状况，时不时为员工举行生日宴会，帮助员工的孩子上学，捐助学习用品，为学校赞助体育器材，让公司的员工感受到爱菊这个大家庭的温暖。在每月的考核中，评比先进个人进行奖励，提高大家的工作积极性。在爱菊集团完善的人员晋升体系中，中方高级工程师带队培养哈国人才，使哈方人员能够学到很多知识，从而提高自身的含金量。哈国员工工资也比其他工厂高25%，保障了他们的生活品质。

一系列措施实施下来，如春风细雨般润物细无声，管理层一方面尊重当地人的生活方式和文化习俗，一方面在相互融合的过程中慢慢渗透爱菊集团的文化理念，使哈萨克斯坦的员工逐渐理解了企业和个人之间的职责与责任，双方建立了默契。

耶尔肯别克大学毕业后就来到爱菊工业园区工作。此前他家一直靠他父亲一人种地维持生活，除了秋收时节卖粮，基本没有其他收入来源。遇到粮食丰收的年头，收入反而因为粮食收购价格低而减少，开销也更加紧张。耶尔肯别克和他父亲到园区上班后，每月都能拿到丰厚的工资，他们再也不用在农闲时跑到城里打零工，不用再为收入发愁了。他们父子俩已经在园区工作三年，家里住房条件和生活水平都有了很大改善。如耶尔肯别克一样的哈萨克人，在爱菊工业园区上班后，工作稳定了，收入得到了保障，他们逐渐开始理解自己在工作上的职责，懂得企业和员工之间相互成就的关系。

方龙飞一方面把爱菊集团的文化理念和管理制度融入北哈州工业园区的管理中，一方面让自己积极融入哈萨克人的生活，和当地人做朋友。

几天前就收到油脂加工厂的员工萨尔依结婚的喜帖，我很高兴，真心祝福。想着除了能体验别具风情的民族婚礼，这还是体现公司关怀和增进员工感情的一个机会，我组织了公司的部门领导参加婚礼。哈萨克人的婚礼在晚上举行，刚好不影响工作。

我们7点赶到新郎萨尔依的家时，已经是高朋满座。按照主人的安排我们在一张中间的桌子落座。主持人用哈萨克语祝福新人，阿孜古丽一直帮我们翻译。接近晚上9点时，新娘由伴娘陪同举行“拜火”仪式。新娘的脸被面纱遮盖着，两名妇女将新娘搀扶在火堆前，一名妇女伸出双手在火焰上烤烤，在自己脸上摩擦几下，再伸进新娘的面纱里，在新娘的脸上擦几下。随后，来参加婚礼的女人们唱起歌，用歌声来祝福新人快乐幸福。

宴席开始了，主持人站在台上介绍每一个上台祝福的人。哈萨克人的婚宴祝福和中国人的完全不同，宴席上在场的所有人都要上台讲话，端着酒祝福新郎新娘。人们依照次序，上上下下，说到开心之处或者酒喝得高兴了，就离桌一起跳舞。

上菜一道又一道，甚是讲究。11点多的时候，我们借助阿孜古丽的翻译，以哈萨克人的习俗送出了我们的祝福。一位同事着急回家，但阿孜古丽建议吃了最后一道主食再离开。这种主食在新疆叫手抓饭，里面有块头很大的牛肉、马肉、马肠子。所有人双手捧起、抚脸后，在主持人的示意下正式开吃。阿孜古丽给我们科普这样的肉不吃不行，并且不能剩下。

婚礼一直持续到凌晨1点，我也坚持不住了，然而在场的人似乎没有要离开的意思，依旧载歌载舞，边吃边喝酒。他们沉浸在新婚喜庆的欢乐氛围中，而我们明天要准时上班，必须撤退了，再坐下去，再喝下去，估计要酩酊大醉了。

阿孜古丽也认为这个时间可以告别了。哈萨克人的习俗和时间太"哈萨克"了！以自由为名的民族，时间利用得任性而自在。

2017年5月15日　方龙飞

古今中外，人们都把结婚视为人生的头等大事之一，各个民族的婚礼仪式都不同，但都相当隆重。从游牧民族走来的哈萨克族将婚事称为"依托"，从说亲到完婚要经过一系列的仪式，主要有说亲、订婚、吉尔提斯礼、送彩礼、出嫁、迎亲等，这些仪式的规模大小，主要根据双方家里的经济状况而定。放牧时期的哈萨克人婚礼期间要举行赛马、叼羊、姑娘追、阿肯（哈萨克族民间歌手）弹唱等活动。在如今的婚礼中哈萨克族仍保持着唱歌跳舞的古老习俗，由于大部分人信仰伊斯兰教，也有的人家结合了伊斯兰的教义教规举行婚礼。

哈萨克族十分重视女儿出嫁。在举行出嫁仪式的前一天晚上，女方家宰杀准备好的羊只，招待宾客。然后开始对唱活动，对唱者一般是青年男女。基本上是通宵达旦歌唱不停，场面十分热闹。

婚礼在歌声中开始。哈萨克族的婚礼先进行对歌。待迎亲队伍到达女方毡房后，与女方亲友分别组成两大阵营，对歌按五道程序进行。男方以新郎为主体，另选三四名能歌善舞的阿肯充当伴郎，组成一大阵营；女方则以新娘为主体，另选三四名漂亮能唱的年轻姑娘为伴娘。

有趣的是，婚礼上对唱的歌只有曲调，没有固定的歌词，都是即兴编唱。新娘的毡房外，迎娶队伍中的小伙子齐声高唱，尽管外来的客人听不懂，却能不知不觉间融入那欢悦的气氛当中。哈萨克族的婚礼，从歌声中开始，在歌声中结束。

在今天，有些哈萨克人的婚礼依然要庆祝将近一个月，传统古老的习俗结合现代的生活方式，能歌善舞的人们，载歌载舞，尽情欢乐，以这样的方式开启新人对未来生活的美好憧憬。

玛依努尔曾是北哈州契卡罗瓦镇上一家餐馆的服务员。她独自照顾着两个孩子，每个月的工资非常少，还常常被拖欠。她用微薄且并不稳定的工资负担两个孩子在学校的伙食费以及三个人的日常开销，每个月都捉襟见肘。玛依努尔也希望给正在长身体的孩子们补充营养，添置点新衣，却无能为力。

方龙飞了解到玛依努尔的情况后，代表爱菊集团为两个孩子买了新文具、新衣服，并邀请玛依努尔到爱菊油脂加工厂工作。自此，玛依努尔有了稳定的工作，每月收入是之前的 6 倍，家里生活比从前有了很大改善。

爱菊油脂加工厂所在的村子里有一位耄耋之年的老奶奶，她的丈夫是卫国战争时期的苏联红军烈士。她有 5 个孩子，但都在外地工作，一年只能回来看望她一次。老奶奶的眼睛基本失明，平时很少出门，生活也十分困难。逢年过节，爱菊工业园区都会派员工代表带着礼品去看望老奶奶。

润物细无声，爱菊集团通过一件件小事慢慢渗透融入当地百姓的生活中，让当地人了解和认识了中国企业，并产生了这样的印象：中国人到这里来是造福一方，中国企业是有社会责任感和作为的企业。

村里仅有的一所学校建于 20 世纪 60 年代初期，条件简陋，年久失修，尤其严重的是护栏缺失，近百个学生的安全难以保障。爱菊集团及时为学校购买并安装了护栏，守护了孩子们的安全，保障了更多家庭的圆满。学校的暖气管道年久失修，一些地方已经损耗到无法焊接的地步。之前学校都是用防水胶带缠裹，但效果并不明显，也不长久，供暖设备几乎就是摆设。想到孩子们在哈萨克斯坦寒冷刺骨的冬天，坐在没有暖气的教室里缩手缩脚地学习，爱菊集团在冬季到来之前，为学校购置安装了全新的暖气设备，让孩子们能够在温暖舒适的环境中学习知识。而且每年爱菊工业园区都为学校里的特困生购买学习用品，负担相关费用。爱菊工业园区的所作所为赢得了当地的好感。

订单农业开始举步维艰

爱菊计划在哈萨克斯坦施行新型订单农业模式，主要目的是扩大哈萨克斯坦农产品的出口，在不施加农药、化肥的基础上提高当地农作物的亩产量，保证原料的纯天然性，把优质的粮油作物带到中国。爱菊集团每进口 1 吨小麦、面粉或食用油可带动我国 2 亩土地休耕，短期可带动 30 万～ 50 万亩土地休耕，长期可达 300 万～ 500 万亩。开疆拓土，藏粮于地，促进我国土地休耕。“绿水青山就是金山银山”，我国土地经过休耕，复耕时，可增产约 30%。哈萨克斯坦土地面积广阔，人口稀少，其国土面积约为中国的 1/4，是陕西省面积的 13 倍，而人口约为陕西省的 1/2。爱菊集团的订单农业本着造福中哈两国人民的原则，致力农业种植和贸易的发展。这项工作起初十分艰难，方龙飞走访了方圆 200 千米的农户，带出去上百份订单农业合同，最后签约的不到 30 户，大多数人对爱菊集团的运作模式都持怀疑的态度。

方龙飞走访下来，基本掌握农户的情况：哈萨克斯坦的农户经济状况普遍比较差，基本是“月光族”。到了播种的时节，面对大片的土地，资金不足，只能耕种一部分。而且种得多不一定能卖出去，导致大片的土地撂荒。方龙飞和农户约定只要按照爱菊集团的要求播种，产出的粮食爱菊集团不仅全部收购，而且一定高于哈萨克斯坦政府出台的粮食收购价格，但是相信他的人不多。从关中平原走出来的方龙飞，对标关中小麦亩产 1000 斤左右的产量，觉得这里的小麦产量简直是匪夷所思，大多数农户基本上亩产是 160 斤，广种薄收，完全依赖地多来保证家庭收成。

在北哈州工作，方龙飞的时间基本花在路上，但即便天天奔波，订单农业计划依然没有大的成效。爱菊集团构想，以“互利共赢”理念寻求当地民众的支持，给农民发放柴油和资金补贴。针对当地农民反对修订法律延长外国投资者土地租赁期限的问题，爱菊集团改变过去外出租地种植的模式，与当地政府和农民成立农业“合作社”和专业公司，采取“持股不控股”和“订单农业”的形式，既能打开当地农产品的销路，又能打消农民对出让土地所有权的顾虑。虽然订单农业起步艰难，但爱菊集团的方式渐渐被更多哈萨克斯坦的农民接受，也被哈萨克斯坦政府列为土地改革的示范工程。当地政府安排专人与爱菊集团对接，使得各种问题能够有效、及时解决，订单农业模式在当地逐渐铺开。

爱菊集团和农户签署收购包销的订单合同，消除了当地银行给农户贷款的后顾之忧，农户在种植期间有政府的资金支持，种子和化肥的供应得到了保证，而银行放贷收账又保证获得政府贴息，可谓一举三得。

鲍尔江是北哈州的一位农场主，拥有 2 万公顷土地，从前他经常为粮食没销路发愁，担心卖不上好价钱。签约订单农业后不仅把过去闲置的土地充分利用起来，收获的粮食也完全不愁销路，他很乐意成为第一批“吃螃蟹的人”。尝到甜头后，鲍尔江的干劲越来越足，每年都会主动找爱菊集团签订单农业合同，他对方龙飞说：“爱菊让种什么我就种什么，你们说话算数，也给我吃了定心丸。我再也不用为种什么发愁，也不用担心粮食卖不上好价钱了。”

爱菊集团在“走出去”过程中，充分尊重哈萨克斯坦的多元文化和价值观，始终重视传递好“开放包容”的中国精神树立“文明友好”的中国形象，寻找企业文化与当地风俗及价值观的契合点，真正变“走出去”为“融进去”，促进项目的持续健康发展。爱菊集团在投资合作中，宏观上注重统筹规划，具体实施中不贪图一步到位，而是稳步推进、分步实施。

在项目初期阶段，爱菊集团以原料采购的方式调入优质食用油和面粉原料满足企业国内加工需求；随后分别建立了 2 个日处理量达 1000 吨的小麦加工厂和油脂加工厂，并逐步建立种植基地。爱菊集团在北哈州的项目已列入“中哈产能与投资 52 个合作项目清单”，这是我国唯一一项入围的粮油加工型农业项目。

经过努力，爱菊集团与哈萨克斯坦农业部下属哈粮集团、当地农场主达成合作意向，成立农业合作社。当地人负责原粮种植、收割等，爱菊集团提供种子，并以“出口退税价”收购。

合作再辟新天地

西安爱菊粮油工业集团具备企业生产实践、技术转化优势，西农具备科技创新、人才培养优势，本着“聚焦需求，优势互补、务求实效、共同发展”的原则，共同推进双方与哈萨克斯坦相关科研单位、企业、政府的合作，双方已正式建立合作关系，力求携手开创“一带一路”倡议下校企合作新模式，服务两国农业发展，探索保障国家粮食安全、食品安全新途径。

高校的科技成果需要企业应用推广，企业的发展需要高校提供科技支撑，走出国门的校企双方都意识到不能“单打独斗”。2017 年 7 月，爱菊集团加入丝绸之路农业教育科技创新联盟。同年 9 月，西农与爱菊集团签订合作协议，就在哈萨克斯坦共建农业试验示范基地、联合开展技术攻关等问题达成一致。

2018 年 3 月 7 日，爱菊集团董事长贾合义和爱菊集团哈萨克斯坦项目经理方龙飞一行四人到西农座谈合作事宜。

在这次座谈中，双方确定了西农、北哈州国立大学、爱菊集团三方在哈萨克斯坦北哈州联合共建实验室及人才培训中心的事宜。由方龙飞负责联系北哈州州长及北哈州国立大学，争取哈方资金支持，并与西农国际处、推广处、农学院进一步协商，就实验室选址、资金、技术投入、设备选择及运输、品种选择等问题达成一致。此实验室也可同时作为西农农业对外合作科技支撑与人才培训基地，对当地农户、技术人员进行专业培训。

“有了西农的支持，我们在哈萨克斯坦一定会走得更稳、更远！”爱菊集团董事长贾合义在座谈会上开心地说。培训首先从国内开始，2018 年 3 月 6 日至 10 日，由西农主办的丝绸之路农业教育科技创新联盟粮油加工与国际贸易培训班在杨凌举行，贾合义以及多个粮油加工企业的高级管理人员和技术骨干共 60 余人参加学习。在贾合义看来，这场国内首个“一带一路”建设背景下的国际贸易培训，将有助于更多陕西粮油企业走出国门。

这次培训班以中国和哈萨克斯坦农业贸易为主题，内容针对性强，师资水平高。讲授中哈农产品国际贸易课程的西农经济管理学院博士生导师魏凤教授曾主持开展西北五省农业科技“走出去”战略研究，当时还在主持“新丝绸之路经济带框架下西北与中亚和俄罗斯农业合作模式研究”项目。西农食品科学与工程学院张国权教授、于修烛教授分别解读粮食加工新业态和食用植物油加工动态。

张正茂作为西农在中哈合作农业科技示范园项目的骨干专家，在这次培训班上讲授了小麦加工业形势与动态。正在西农食品科学与工程学院攻读博士学位的哈萨克斯坦农产品加工研究院研究员马拉提，给学员介绍了哈萨克斯坦小麦生产与品质情况。班上有 60 名学员，其中由爱菊集团选派参加培训的学员就有 35 名，这次培训是西农与爱菊集团合作取得实质性进展的开始。

除了哈萨克斯坦，西农与爱菊集团还合作将农业示范园建设推广到了吉尔吉斯斯坦。2018 年 9 月 7 日，张正茂、郭东伟、何国栋、李高潮等一行人在比什凯克国际机场迎接西农党委书记李兴旺，一起访问吉尔吉斯斯坦国立农业大学。时值周末，吉尔吉斯斯坦国立农业大学校长休假，由该校第一副校长负责接见西农代表团并座谈。此次代表团访问目的是与“一带一路”上的各国高校广泛开展国际农业科技合作。座谈进行顺利，吉尔吉斯斯坦国国立农业大学决定参加西农倡导的示范园建设。会谈结束后，李兴旺书记为了争取当地农业部的支持，又率团访问了吉尔吉斯斯坦农业部，与第一副部长座谈，得到了副部长对中吉比什凯克农业科技示范园建设的大力支持。

李兴旺书记率团出行，其中一项任务是落实和北哈州国立大学、爱菊集团的国外合作。张正茂、郭东伟为了准备北哈州的合作事宜，9月7日晚上便离队飞往阿斯塔纳，与冯佰利、胡银岗在阿斯塔纳会合。第二天一大早，张正茂一行人便动身前往北哈州的首府彼得罗巴甫洛夫斯克，原计划乘大巴车前往，考虑到用时太长，到达时间太晚，便改乘从阿拉木图发往莫斯科的国际列车，晚上7点多就可以到达彼得罗巴甫洛夫斯克。

张正茂他们到火车站买火车票，可四人没有一个会讲俄语、哈萨克语，而售票员既听不懂英语，也听不懂汉语。无奈之下，郭东伟在火车站用英语挨个问年轻人，终于找到一个懂英语的青年，帮他们购买了四张去往彼得罗巴甫洛夫斯克的硬卧车票。哈萨克斯坦火车内部格局和中国的绿皮火车格局一样，硬卧铺位分上中下三层。一上车列车员给每个人发了一包用具，看着这些用具，他们却不懂如何使用。这节车厢，云集了各种肤色的人，他们都讲俄语，几乎没人说英语。张正茂用英语与对面的年轻乘客打招呼，对方只会几句礼貌用语。凭借手机翻译软件，张正茂得知对面的女士是俄罗斯人。这位女士在了解到他们的问题后，便热心地告诉他们列车员发的是整包床铺用具，需要乘客自己来套，还给他们演示了铺床的方法。张正茂他们对此表示十分感激。在火车上摇晃了8个小时后，一行人终于抵达彼得罗巴甫洛夫斯克。这是张正茂他们第一次到彼得罗巴甫洛夫斯克。9月8日晚上，他们联系爱菊集团的方龙飞，第二天便到爱菊工业园考察。张正茂一行人提前一天到工业园区，一起准备三方合作的基地揭牌仪式。这天中午，在爱菊工业园职工餐厅，他们吃到了家乡的扯面和当地的马肉和熏马肠。这种混搭让他们产生了一种奇异的感觉。张正茂边吃边惊叹：“在这里居然能吃上正宗的扯面，这可是稀奇事！”方龙飞半开玩笑地答道：“吃饭也是工作中关键的一环，爱菊是解决人们吃饭的企业，自己员工的吃饭问题自然是要解决好。我们聘请的是陕西本地厨师，爱菊有的是面，杨凌蘸水面、扯面、拉条子、臊子面都能做出来，应有尽有。”

9月9日下午，张正茂、郭东伟、方龙飞一起在基地准备西农“联盟”海外人才培养基地和爱菊粮油工业集团、西北农林科技大学、北哈州国立大学粮油产业（北哈州）科技创新基地的牌子，静待第二天揭牌。

9月10日，在北哈州爱菊工业园基地，西农党委书记李兴旺、北哈州国立大学第一副校长穆哈塔耶和爱菊北哈州工业园区总经理方龙飞，共同为三方合作共建的“丝绸之路农业教育科技创新联盟海外人才培养基地”和“粮油产业（北哈州）科技创新基地”揭牌。联合共建基地旨在促进中哈农业合作、人才培养、科技创新、学生实习就业，实现“科技带动订单农业发展”的目标，进而推动哈萨克斯坦农业发展。

方龙飞向代表团介绍了爱菊集团的发展情况：“西安爱菊粮油工业集团是西北地区著名的大型粮油生产企业，前身是西安市群众面粉厂，始建于1934年，是国家级农业产业化龙头企业、全国主食加工业示范企业。目前在北哈州工业园区已建立年均可收贮与加工10万公顷小麦和油料的基地，可以完成收购、仓储、烘干、清选和装车运输，自有铁路专用线，可通过中欧班列线运回西安港务区，是中国目前在哈萨克斯坦投资数额最大、社会声誉最好的农业企业。2018年8月17日，哈萨克斯坦总统纳扎尔巴耶夫乘专机莅临爱菊北哈州工业园区视察，并指出‘爱菊在哈项目是中哈产能与投资合作的典范’。”

哈萨克斯坦没有菜籽饼粕出口中国的资质，导致作为油脂厂生产油脂附属品的饼粕不能出口到中国，很大程度上影响了油脂厂的正常开机生产。爱菊集团与哈国农业部、外交部，以及北哈州政府沟通协调，写函递交中国外交部告知哈萨克斯坦出口饼粕饲料等物资的诉求。在两国的共同努力下，中国海关派遣中方人员远赴哈萨克斯坦实地考察油脂加工厂，经过检测和仔细考察，认定油脂厂加工工艺均属于高温压榨，足以生产优质油脂，饼粕达到出口中国标准。爱菊集团又一次为中哈两国农产品贸易做出了新的贡献。哈萨克斯坦的“光明大道”计划与中国的“一带一路”倡议不谋而合，为加大对农业领域的投资，哈国政府推出了一系列农业补贴和扶持计划，爱菊集团也是被补贴和扶持的对象之一。未来的爱菊北哈州工业园区还将建二期、三期。

中欧班列“长安号”

爱菊集团联合西农、哈萨克斯坦国立农业大学和哈萨克斯坦当地的农场主，实施种子研发、种植、管理、收割、收购、存储一条龙运营策略，在哈萨克斯坦开启了农业订单模式，指导当地农户种什么、种多少，解决他们卖粮难的问题。

西农农学院专家团队，依据在阿拉木图、阿斯塔纳的农业示范园试验结果，筛选出适宜在北哈州种植以及符合爱菊集团需求的农作物品种。通过比对效果，开始大面积向当地农户推广中国的优良种子。

通过多方的不懈努力，爱菊集团在当地口碑越来越好。爱菊集团为中小型农场主提供资金上的支持，到 2019 年已经形成了 150 万亩规模的订单农业，提升了当地人种粮的积极性。爱菊集团给农场主提供的种子，是西农在中哈农业科技示范园试验的成果，这些种子表现很好，让当地在粗放的种植模式下，亩产量从 160 斤增长到 300 多斤。

2018 年，爱菊北哈州工业园区累计发运粮油作物 10 余万吨，2019 年共发运 20 余万吨，位居哈萨克斯坦粮油加工出口企业前十名。2018 年，哈萨克斯坦政府奖励爱菊北哈州工业园区 800 万元人民币，2019 年发放 210 万元人民币的运费补贴。同时，因为业绩良好，爱菊集团在哈萨克斯坦首次实现了 7500 万元人民币的融资，用于原料收购、园区日常运营、油脂厂扩建等项目。

方龙飞和爱菊北哈州工业园区一样，在北哈州伊里契夫卡村立稳了脚跟。每年 6 月，蓝天白云下，他都会站在这里静静地看着金色海洋般的油菜花田与蓝天交相辉映。这里太安静了，耳畔只有风刮过的声响，仔细听，似乎还能听到植物拔节生长的声音。而这个季节，是北哈州最美的时候，温暖而舒服，春小麦刚刚出苗，绿油油的一片刚好覆盖黑土地，如同美丽的大草原。这种风景，初见的人一定会惊呼，而长期住在这里的人，犹如身处孤岛。空旷带来的孤寂，令人郁郁寡欢。方龙飞刚到哈萨克斯坦时，觉得这是个治愈心灵的地方，工作几年后，这里的寂寥却让他产生一种与世隔绝的落寞感，这种感觉会时不时地偷袭他。

然而伊里契夫卡村的村民却越来越幸福，他们中有不少人在爱菊北哈州工业园区上班。爱菊集团的到来，让当地农民月收入从原来的 4.5 万坚戈（约合人民币 800 元），上升至 11 万坚戈（约合人民币 2000 元）。而且爱菊集团在哈积极履行社会责任，为农民捐建安置房，为村庄捐资修路；为村民修建围栏并刷漆，美化村镇环境；维修、建设村内外主要干道，使村民出行更加便捷；为村子筹资建医务室，让村民有一个良好的就医环境。2019 年，公司还为伊里契夫卡村修建自来水管道，引水进入村庄。

2019 年 11 月 5 日，爱菊集团与哈萨克斯坦特爱公司在第二届中国国际进口博览会陕西省采购与投资说明会上签订了价值 5.3 亿元的小麦和食用油采购合同，其中 10 万吨的小麦进口量居陕西省首位。这是爱菊集团第二次在“进博会”上签约。

爱菊集团党委书记、董事长贾合义在接受新闻媒体采访时表示，两届“进博会”让爱菊集团在更扎实践行国家“一带一路”倡议的同时，获得了海量的信息和更广阔的平台，缩短了与哈方供需对接的中间环节。2018 年，爱菊集团不仅圆满完成了 2017 年签订的采购量，还在哈萨克斯坦以农业合作社的形式推广了 150 万亩的订单农业种植，形成了哈萨克斯坦—新疆阿拉山口—西安国际港务区“三位一体”体系，实现了从“种子”到“筷子”，从“田间”到“餐桌”的全产业链运营。未来，爱菊集团还将把原料采购的源头辐射到俄罗斯和乌克兰等国，使进口量短期内达到 30 万～ 50 万吨以上，让更多国内的消费者享受来自中亚各国的平价优质农产品。

4 年里，贾合义往返中哈两国多达 50 余次，促成中哈农产品以多种形式达成合作。爱菊北哈州工业园区通过中欧班列“长安号”发往中国的粮油专列达 50 多列。

“长安号”国际货运班列是中欧班列的后起之秀。它往返于中国西安和哈萨克斯坦最大的城市——阿拉木图之间，单程线路 3860 千米，全程时长为 6 天。其货源来自中国陕西、甘肃、山东、江苏、浙江等地，货物目的地遍及中亚 5 国的 44 个城市。自 2013 年 11 月 28 日首发以来，开行频次不断增加、运输品种不断丰富，成为中国地方省份与中亚经贸联系的重要纽带之一。

爱菊集团每年在哈萨克斯坦进口 10 万余吨粮食等物资，为“长安号”回程班列的常态化开行提供了稳定的货源支持。回程班列从哈萨克斯坦向中国出口大宗商品，具备多重重大意义，哈萨克斯坦对回程班列的开行十分支持，爱菊集团进口货物为哈萨克斯坦政府每年创外汇 1 亿美元。

与爱菊集团合作的农场主曾经面临播种时和种出粮食后卖出难的问题，现在有了订单农业，爱菊集团解决了农民种什么、卖什么的难题，而且价格有保证。粮食作物属于可再生资源，不像石油、矿藏，而且农产品全部出口中国，不占当地市场，没有利益冲突，爱菊集团获得了当地政府的支持，继续进口哈萨克斯坦的优质产品。

哈萨克斯坦粮油价格相比国内低，如小麦价格每千克 0.5 元左右，符合大部分国内居民家庭平价消费水平。而目前，我国“一带一路”走出去的粮食企业除国有企业外，拥有粮食配额的企业很少，且拥有的粮食配额数量更少（大多数只有几百吨小麦配额）。经过测算，粮食 65% 的关税加上 9% 的增值税，综合税率为 79.85%，也就是说，没有配额的民营粮企每进口 1 吨小麦（按 0.8 元 / 千克报关价），要上缴 639 元的税费，大大增加了企业的运营成本。

为促进农业发展，提高农民收入，哈萨克斯坦制定了诸如免征企业所得税十年、免征土地税十年、免征财产税八年以及投资最高 30% 补贴、进口设备免除关税等一系列优惠政策。在中哈两国政府的大力支持下，爱菊集团现已成为“一带一路”倡议与“光明之路”计划的农业合作标杆。

“长安号”回程班列满载的常态化，加深了中哈在过境转运方面的合作。中国前往欧洲有东、中、西三条铁路线路，其中经过哈萨克斯坦的西线具有距离优势和区位优势，需求量也最大。目前哈萨克斯坦政府正致力将本国打造成“欧亚大陆物流枢纽”，采取措施完善国内铁路基础设施建设，未来中国经哈萨克斯坦到达欧洲的路径将更加便捷。

爱菊集团在国家政策的支持下，以阿拉山口爱菊农产品物流加工园区为“境内中转集散枢纽”，其具有“境内关外”这一特殊性，为连接中外的关键节点。“外”可直接连接爱菊集团北哈州农产品物流加工园区，“内”可直接连接中国各大城市。这一集散枢纽还可连接爱菊集团西安国际港务区农产品物流加工园区。已建成年加工量达 10 万吨的面粉厂和仓容达 5 万吨的立筒仓。

阿拉山口口岸位于博尔塔拉蒙古自治州境内，南北都被高山环绕，大自然在这里切开了一个口，于是阿拉山口自然就成为进出哈萨克斯坦与中国最平坦的通道。从阿拉山口岸向西前往大西洋，铁路沿线，地势平坦，没有高山，没有隧道，沿着额尔齐斯河及伊犁河水流的方向，蜿蜒的新亚欧大陆桥将中国市场与世界市场连接在了一起。爱菊集团的面粉、油脂沿着今天的贸易通道，从哈萨克斯坦运回中国，新的交通体系为历史悠久的丝绸之路注入新鲜血液。

爱菊集团乘着“一带一路”的东风走出国门，不仅促进中哈贸易往来，还加深了两国友谊，造福两地人民。截至 2020 年 3 月 15 日，爱菊集团累计进口面粉 38577 吨、进口小麦 72713.4 吨、进口食用油 21492.27 吨，累计超过 66 个专列，每个专列报备一次，相当于进口运输货物至少 66 次。

2020 年，新型冠状病毒肺炎疫情席卷中国。同年 1 月 24 日，武汉封城。疫情下的中国春节没了往年的热闹，静悄悄的。为了配合国家的防疫政策，举国上下几乎都闭门在家，与新型冠状病毒开始了一场无声的对抗。

2020 年除夕，方龙飞从哈萨克斯坦刚刚赶回家中与家人团聚。往年，爱菊集团考虑到哈萨克斯坦园区工作性质特殊，给驻外工作人员的春节假期为 30 天，让他们能享受与亲人、朋友相聚的时光。

但是 2020 年的春节不同寻常，人们全然没有享受节日的心情，每一个人都在关注着疫情的变化，也在关注着自家的冰箱和储物柜里的食品储量。人们闭门不出，可以不工作，却是需要吃饭的。储存米面油，成了绝大多数市民在疫情下的共识，因为未来的变化谁也无法预料。

日常生活物资供应，是疫情下对后方的一场巨大考验。粮荒甚于疫情，保障人民日常所需的粮食供给，迫在眉睫。1 月 26 日，爱菊集团进入“战备状态”，发挥粮食行业“日常保供应，战时保稳定”的职能，各相关部门取消休假，生产、仓储、配送等部门全员待命，各车间、库房倒查库存，24 小时开机生产，最高日产量达到 1600 吨。

方龙飞在休息了仅仅 8 天后，就主动放弃春节休假，前往哈萨克斯坦。哈萨克斯坦政府宣布 2 月 2 日关闭中哈两国最后一个直飞通行航班。2 月 1 日，他乘坐高铁赶往北京，当晚乘坐飞机直飞阿斯塔纳，经历了 9 个小时的飞行，于 2 月 2 日上午顺利抵达哈萨克斯坦。哈萨克斯坦对中国来的乘客要求必须隔离 15 天，方龙飞配合当地政府，度过了漫长的 15 日后，终于可以正常开展工作，按照集团总部指令，将 2 万吨面粉、4 万吨油脂即刻发运回中国。

原本工厂有 8 个中国员工，当时只有 2 人，其余的人由于疫情暂时留在中国。人少了，工作程序没有少。他们两人争分夺秒，加班加点，一边准备面粉、油脂，一边迅速联系中欧班列“长安号”的负责人员。2020 年 3 月 15 日，爱菊北哈州工业园区调集的面粉和油脂，保质保量按时通过“长安号”抗疫面粉专列，顺利抵达西安国际港务区。在此次疫情中，爱菊集团三大园区“三位一体”的战略布局始终携手联动，互为支撑，从原料采购到中转运输再到加工销售全程无缝衔接，为疫情防控期间的市场保卫战发挥了积极作用。

西安，古丝绸之路的起点，盛唐时期的商贾从这里出发，往返中亚、欧洲、非洲，在辽阔的大地上，留下了一阵阵清脆的驼铃声。今天，驼铃远去，“长安号”安全快捷地载运着琳琅满目的商品在这片大地上飞驰，汽笛声划破长空，鸣奏着新时代的贸易乐章。

第九篇

中国梦一“麦”相承

全球化的大趋势下，国际文化彼此交融，互相融合，心有多宽广，脚下的路就有多宽阔。

奔走于田间，往返于中哈的张正茂，肤色黝黑，身材健硕，如果不是鼻梁上的眼镜区别了他和关中农民，经年累月在田间地头劳作的他，在麦地较真的样子真像一个地地道道的农民，让人很难把他和教授联系起来。在田地里工作的张正茂，使用农机的技术一点也不比农民逊色，驾驶拖拉机、旋耕机、收割机是把好手。育种要出成果，意味着各种付出，付出的多少很大程度上分出了伯仲高下和成就高低。与其说这是体力和劳技的考验，不如说这是心志和毅力的甄别。

张正茂熟练驾驶拖拉机旋地，在田间俨然是一个专业的农民

在不同的气候、不同的地理条件下，张正茂播种他培育的“普冰”系列小麦，一年一个问题，一个区域一个问题，他用铿锵的毅力把问题逐个击破。他知道他的目标是什么，他明了他余生全力以赴的价值是什么。多年来风里来雨里去，东奔西走，在酷暑烈日炙烤中抢收麦子。而安坐室内时也没有闲下来，从麦地带回来的样本、记录的数据，要检验、分析，针对不同的田间问题在实验室一个个找到答案。

做农业要有一颗强大的内心，田间作物的命运掌控在大自然的手中，永远不知道接下来要面对什么样的突发情况。而张正茂显然有一身“铠甲”，这身“铠甲”是他风风雨雨多年，在小麦育种科研路上历练出来的，处变不惊、泰然若素是因为经历了太多太多的突如其来的变化，他早已司空见惯，在各种变局中完全可以自如地应对并化解难题。

2020年开年，突如其来的疫情笼罩了中华大地，谁也没有想到这场疫情会影响到工作甚至在某种程度上改变一贯的工作方式。随着疫情席卷全球，几乎每个人的神经都紧绷着，聆听世界发出的各种声音。张正茂在春播时节一定要去哈萨克斯坦，他要亲自参与播种，这是他多年来的习惯。然而2020年，疫情发生得那么突然，情势变化多端，让他措手不及。

这些年，他的汗水和他的“普冰”系列的种子一起播撒在了中国干旱半干旱的黄土高原上，在“一带一路”的倡议下，他奋斗的足迹延伸到了中亚的黑土地。

小麦品种的推广播种，是要用实实在在的抗旱、抗病、丰产、优质、广适等能够满足老百姓一系列需求的特性落地的。张正茂无论是在陕西省渭南市澄城县杨家陇、咸阳市永寿县干堡村试验基地，还是在陇东的平凉大地，都收获了傲人的成绩，这份答卷从他踏入西农的那天起就开始提笔作答。“一带一路”的建设给他带来了海外推广的契机，他带着他的“普冰”系列和其他西农的种子，走出了国门，在中亚探索播种。

机遇即付出，面对机遇，怀揣勇毅和诚朴方能闯出一方天地，天地间打动人心的从来都是真诚，亘古不变。张正茂对自己肩上的使命条分缕析，他一方面和中亚高校的专家进行农业科技示范试验种植，一方面加强和西安爱菊粮油工业集团的合作，让中国农业的力量更加强大。

从历史中走来，麦脉相承

《本草纲目》记载，小麦能除热、止烦、润燥、利小便、善补心气。古人认为小麦“秋种冬长，春生夏实，具四时中和之气故为五谷之贵”，有养心益肺、安神止汗的功效。在中华五千年文明史中，小麦不但是人们的主要口粮，还有养生益身的药用价值。小麦伴随着人类的文明进程不断更新换代，繁育出适宜不同气候、不同地区的种子。在今天，人们的要求已然不是求饱，而是追求营养、绿色、健康。优质高营养的小麦面粉，是当下所需，亦是亟待解决的问题。

种子是农业发展的核心命脉，培育出优良的种子，是给农业科研人员的命题。在我国，高校、科研院所是国家科研创新体系的重要组成部分，是科技成果的重要供给侧。而只有把科研成果进行转化，推行广泛应用，科技生产力的效用才能发挥出来。西农在农业领域的科研成果累累，人才辈出，尤其在小麦种子的培育和推广方面成绩斐然。

2020 年农业农村部公布国审新品种，西农 6 个小麦品种榜上有名，分别是刘曙东教授的“西农 100”、马翎健教授的“西农 99”、李学军教授的“西农 369”、吉万全教授的“西农 501”、王辉教授的“西农 20”和高翔教授的“西农 364”，在西农的历史上留下了灿烂的一笔。

老百姓常说：“手中有粮，心中不慌。”在自然灾害频发和疫情席卷之下，

西农部分小麦育种专家

粮食话题成了人们谈论的热点。而西农的发展史，一直和国家的粮食安全密切相关。新中国成立以来，西农的品种主导了黄淮麦区的 4 次更新换代，推动了陕西小麦品种的 6 次更新换代。肩抗着培育中国北方小麦产区优质种子的重任，西农不负众望引领着广大农民取得夏粮丰收。20 世纪 50 年代，赵洪璋院士选育的“碧玛 1 号”，让中国的小麦亩产量从 80 千克提升到 200 千克；20 世纪 80 年代，李振声院士培育的“小偃 6 号”，使我国的小麦远缘杂交育种走在了世界领先行列，1985 年荣获国家发明一等奖；20 世纪 90 年代，宁锟研究员选育的“陕农 7859”荣获国家科技进步一等奖；2005 年以来，王辉教授的“西农 979”累计推广 1.5 亿亩，2019 年荣获国家科技进步二等奖。

西农的小麦培育历史，伴随着新中国的成长发展，应时代之需一次次勇立潮头，在农科科研领域迭代创新，硕果累累。张正茂主攻旱地小麦育种，审定的 4 个省级品种，在甘肃、新疆等地推广。他培育的“普冰 151”“普冰 322”随着“一带一路”被引进吉尔吉斯斯坦、哈萨克斯坦种植，比当地品种增产 15% ～ 20%。从种植源头为开展中哈合作的中国企业保驾护航，开拓了西农的小麦品种在海外落地生根的新旅程。

小麦育种是西农校史上浓墨重彩的一篇华章。而走出国门探索的专家，意义又不尽相同。

“爱菊”布局跨国粮库，打造海外粮仓

在中哈农业科技示范园项目的施行过程中，西农的农业专家主动寻求企业，与西安爱菊粮油工业集团合作联动，助力爱菊集团海外开疆拓土。这既让西农的种子寻找到了在国外落地生根的肥沃土地，又助推中国的农企发展，使之有了农业科技的制胜法宝。西农在中哈农业科技示范园试验的种子，首先保证了爱菊集团在海外种植所需的高产优质的小麦品种，“源头活水”给爱菊集团注入了强劲动能。

2021 年，哈萨克斯坦北哈州的春麦播种季，正是新冠病毒猖獗之时。哈萨克斯坦境内，疫情肆虐南北，尽管哈国提早进行预防和采取措施，禁止国际人员流动，但依然没有躲过新冠肺炎疫情的侵袭。特殊时期，必须采取特殊措施。西农和爱菊集团联合共建哈萨克斯坦科克舍套 3000 亩农业科技示范园，2021 年 5 月 16 日，由爱菊集团在哈萨克斯坦园区的工作人员进行春麦播种。

哈萨克斯坦的小麦一年播种两季，主要因为那里特殊的气候，冬天特别寒冷，气温能降到 –40℃，导致有的地区冬小麦不能越冬，为了保证小麦丰收，必须一年播种两季。而春麦的整个生长周期正值哈国气候最好、雨水量最丰沛的 6、7、8 月，所以当地农户基本以春小麦播种为主。

爱菊集团和西农校企联合在当地发展“订单农业、订单收购”，拓展中国“藏粮于外”的战略。爱菊集团在哈萨克斯坦的规划是：初期推广原料种植 150 万亩，长期将达到 500 万亩；同时带动当地种植 500 万亩，合计 1000 万亩，可收获 100 多万吨小麦、食用油及菜饼、葵饼等，预计需要 5000 个“长安号”专列运输回国。

改革开放后，我国实行粮食商品化、经营市场化改革，着手建立适应市场化要求的新型粮食储备体系。在 2008 年世界性粮食危机之后，党中央、国务院因势利导，建立健全地方省份、地市和县三级地方政府储备，形成了以中央储备为主导、省级储备为支撑，市县和企业及社会储备为基础的现代粮食储备体系，在保障国家粮食安全中发挥了市场稳定器和保供压舱石的重要作用。党中央、国务院从国情出发，坚持实行粮食省长负责制，严格要求在确保质量的前提下，粮食主产区储存 3 个月、主销区储存 6 个月、产销平衡区储存 4.5 个月的储备数量，从体制和政策上切实保障地方粮食安全和应急供应。

经过多年发展，我国已经形成了中央储备和地方储备协同运作、政府储备和企业库存互为补充的粮食库存体系。据央视网报道，2019 年中国粮食产量达到 13277 亿斤，实现创纪录的“十六连丰”，连续 5 年站稳 1.3 万亿斤台阶。

企业的发展要根据国情科学布局，尤其对于一家民营企业而言，立足本土，明晰政策，勇于担当社会责任，是其发展壮大的必由之路。爱菊集团董事长贾合义带领员工在“三位一体”布局下，逐步完善发展规划布局。目前，西安爱菊园区占地约400亩，已投资6亿元，拟再投资2亿元，在陕西西安自贸区（国际港务区）新建10万吨原粮保税仓及集装箱检查区、物流周转库等，新建农耕文化展销馆暨大健康体验馆5000平方米、主食产业化加工展销体验中心2万平方米。

英国作家维克多·弗兰克说：“每个人都被生命询问，而他只有用自己的生命才能回答此问题，只有以‘负责’来答复生命。”因此，“能够负责”是人类存在最重要的本质。企业汇聚起来的社会责任，终将凝聚为社会力量。粮食，是民生的基石，保供给、保安全、保健康是首要问题。爱菊集团步步为营，只有企业库里的粮盆满钵满，陕西乡亲们才不愁没有饭。在“一带一路”倡议下，爱菊集团立足西安，迅速将企业布局西扩，在新疆阿拉山口建立园区，已投资1亿元，园区占地约300亩，已建成5万吨小麦筒仓、年加工10吨面粉车间。拟再投资2.5亿元，在阿拉山口综合保税区爱菊园区新建年加工30万吨的面粉车间、年加工15万吨的油脂压榨车间、年加工10万吨的油脂浸出车间、年加工6万吨的油脂精炼车间，新建5万吨小麦筒仓、6万吨油脂仓储罐。阿拉山区作为重要的“中转节点”，未来计划仓储能力达到20万吨，实现年周转能力100万吨，年加工小麦50万吨、油料超过30万吨。

达则兼济天下，穷则独善其身。在国家粮食战略统筹下，爱菊集团以陕西及周边省份百姓的粮食供给为己任，努力壮大企业，为国为民分忧。走出国门拓展海外粮仓，拓荒的艰难困苦，爱菊人一一克服，目前爱菊集团哈萨克斯坦园区已列入商务部境外农业园区统计之列，拟建成境外粮油集散中心。爱菊集团在哈国已投资1.5亿元，拥有各5万吨仓容的两个粮库、一个年加工30万吨的油脂厂。拟再投资2.5亿元，在哈萨克斯坦、俄罗斯加建5～8个仓容5万吨的油脂和小麦粮库，争取实现年周转吞吐小麦100万吨、油料100万吨的目标。未来，爱菊集团还将在俄罗斯、乌克兰两国各收购或新建数个收储和周转仓库，以大量收储粮油原料。最终实现粮油仓储能力 30 万吨、年吞吐量 150 万吨的目标，年加工小麦 30 万吨、油料 30 万吨、大米 15 万吨。预计 3 ～ 5 年内，成为西北最大的物流节点，年集散油脂 60 万～ 80 万吨，小麦 100 万～ 200 万吨，切实保障陕西及其周边省份的粮油供应。

爱菊集团掌舵人贾合义对爱菊集团的谋划是，增强产业兴粮能力，增强科技强粮能力，增强海外谋粮能力。而海外谋粮的能力已初见成效，基于产品质量的发展。哈萨克斯坦拥有优质的粮源。通过“订单农业”方式，已和广大农场主建立了合作关系，打造“农业命运共同体”，让企业和农场主之间产生更强的黏性。同时带动当地就业，提高当地居民收入，赢得当地人的支持。并且积极在当地做公益事业，真正融入当地人民的生活，收获民心是迅速发展的基础。哈萨克斯坦过去依靠能源、矿藏发展，现已转向依靠农业发展。但纵观哈萨克斯坦周边各个国家，除中国外，哈萨克斯坦的粮油出口难以有较大突破。而中哈合作，正是各取所需。爱菊集团能保证在海外种的粮运回中国，哈萨克斯坦农场主种的粮卖出去，而哈国政府从粮食出口中获得外汇，各取所需从而实现共享共赢。

当然，爱菊集团的发展规划一直在不断调整完善，正筹划将哈萨克斯坦爱菊农产品物流加工园区打造成为国家级农产品境外园区，届时吸引更多企业抱团出海，共赢发展。该园区拟由粮油生产收储与食品加工、牛羊养殖与牛羊肉加工、产业技术服务、中亚民俗文化与乡村旅游和智慧园区服务中心五大板块组成。抱团出海，打造合作园区，优势更为突出：不仅避免中资企业到哈投资的恶性竞争，而且有利于形成统一组织，共同面向哈萨克斯坦政府，争取更多政策支持；企业体量更大，必定给当地的经济发展带来更多利益，受到哈国人民及当地政府的欢迎。

笔者手记

在现代化农业的推动下，丰饶多产的农业品类解决了人类几千年来的温饱问题。从繁重农活中解放出来的农夫，在农闲的时候进城打个零工，日子宽裕且悠哉。中国乡村在改革开放以后，释放出的强大生产力，改变了农村生产业态及生产方式。尤其是距离城市近的村庄，在近一二十年来伴随着经济的快速发展，村容村貌和产业形态产生了巨大的变化。乡村旅游、农家乐、民宿等成为城市居民休闲娱乐的新选择。一些农村的经济发展因为自身的变革而有了活力和动能，激发出人们对创造财富的热情。这种效应，使得千年传统的农耕文化，在现代化的浪潮中逐渐改变了航向。

在我国乡村振兴战略下，城镇化和农村“三变改革”让农村的传承和固有的文化习俗悄然改变。农村合作社、土地流转、入股分红等多种模式让农村集体经济在产业壮大中崛起。即便如此，农村的普遍人口分布是以老人孩子为主。青壮年劳动力，通过读书、创业、打工等多种途径从农村走出来，奔向城市，城市的工业文明和农村的简朴、生产力低下形成了鲜明对照。而以农业人口为主的中国正处于现代经济提速发展的进程中，城市发展繁荣的同时，农村也发生了天翻地覆的变化，经济水平和生活水平亦是芝麻开花节节高。但从农村出来的人，在城市获得的机遇和习得的生活方式，与农村产生了冲突和距离，这种冲突和距离感是自身的心理活动，也是环境的影响，所有的不适事实上都可归结为“穷”。而乡村的穷不单单是物质上的穷：尽管今天的农村公交村村通、水电供应全覆盖，家家户户盖起了楼房，然而相对城市依然存在资源匮乏、物流慢、货币流通不畅、发展机遇少等诸多问题。同时，乡村的穷隐藏着精神层面的空落，而人的价值属性也包括社会价值，在城市社交圈，融入的是精英群体、中产阶层，这种圈层对话往往让回到乡下老家的青年处于失语状态，记忆里的温暖仅仅存在于亲属中。某种程度上这是离开乡村的青壮年“回不去”的表现之一，使得城市在今天依旧是农村人向往的目标。

在城市边缘无法真正融入的一群人，无法在现实中安放内心的渴望，面对现实的残酷，挣扎在城市和乡村之间，从乡村到城市的路对有些人来说到底还有多远？在思想和观念的转变过程中，城市极具市场经济的产能刺激着农民和农企老板的肾上腺激素，产品就是金钱，产量就是致富的保障。兼有城市和农村生活经历的一群人，在村子和附近城市、县、镇来回穿梭，以最大的可能提升生活水平。人多地少的境况，致使乡民想方设法获得高产提升收益，以此改善生活。市场经济下产品之间的竞争，存在巨大的空间和弹性，最大化的利益逐渐使内心渴望膨胀，按部就班的劳作方式和栽培技术走向式微，用农药化肥催生高产量是农民可掌握、可应用的最简易方式。农作物的农药、化肥施用标准没有严格的统一用量，仅仅依据使用说明书的规格，农户个人拿捏配比。在市场利益的导向下，一味追求高产，农产品农药残留超标，致使人们的健康出现了五花八门的不适状况。健康、放心、有机、绿色的农产品走进公众视野，成了高品质生活的象征，并一度成为新宠。

市场主导需求下，应时而出的高层次高素质农民，精准把脉生活方向，学习掌握农业新技术，寻求农业新品种，走上了智慧农业、设施农业、数字农业的发展路径，迅速成为十里八乡的致富带头人。他们有的是网络平台上的带货达人，用最乡土、最直观、最亲近、最朴素的方式在互联网上推销着时下的农副产品。中国的广大农村在全球工业化时代下经历了一次次巨大变革，无论是中国国情还是工业文明的驱动，生于乡村长于乡村的人们，在历史的演进中应势应时而为。

每个时期总有一些人脱颖而出，他们一开始只是敏感地意识到了某种趋势。正如人类学家麦高登所言："永远记住，你的存在不仅满足你的个人需求，还满足了社会的需求。"并非只有惊世骇俗的宏大叙事才值得深味，往往细微的价值才是人间烟火味和普世情怀。无论于个人还是特定的环境，这种微妙的变化长期积累发生量变，其中力量不可小觑。当某种势能形成，再次的引导和扭转需要几番周折，但也可能无济于事，除非出现大事件的影响和冲击，迅速地解构然后快速地重建。

农户的选择从曾经的小麦、大米、玉米、大豆等粮食作物基本转变为经济作物，具有敏锐嗅觉的一批农民基本以水果、蔬菜种植为主，相当大一部分农户不种粮食作物，和城市居民一样，他们家中的口粮也是购买的。据中国食品土畜进出口商会消息，2016 年中国鲜苹果出口达到 132.2 万吨，首次突破 130 万吨，出口额 14.5 亿美元，首次成为世界第一大苹果出口国。据陕西省果业中心消息，2019 年全年，我国水果出口总量 360.9 万吨，出口金额 55.0 亿美元，数量同比增长 4%，金额同比增长 14%。相比之下，水果经济作物给农民带来了可观的收入，而粮食种植甚至要倒贴，在有限的土地资源下，有条件种植经济作物的农户纷纷放弃了粮食种植。

近些年，中国从国际上进口粮食补充国内需求，平衡市场，而粮食问题向来是民生之本，安邦固国之基。习近平总书记多次强调：食为政首。中央相继出台了诸多惠农政策，补贴粮农，补贴粮油企业，提高农民种粮积极性。然而，市场经济刺激下，尝到种植经济作物甜头的农民，心中都有一本账，清楚种什么、怎么种才有高收益。农民的个人行为，仅仅只是局部区域性表现之一。而大型的农企、农庄、合作社才是市场的主力军，他们更容易聚集力量朝着一个目标奋进。

在“一带一路”倡议下，一些粮油企业适时走出国门，在海外寻求农户和土地，在壮大自身的同时也为国家开辟了海外粮仓，实现“藏粮于外”的目标。民间互相往来的贸易，无形中促进了国际睦邻友好的关系。

无论是乡村的农业个户还是涉农企业，抑或是高素质农民，还是企业家，都聚焦于农产品本身。一日三餐，人人与农业相关，农产品既是赖以生存的根本，也是媒介。如何提升产品质量，并且有效打通从田间到餐桌的通道，让信息畅通，让城市居民和农村居民无缝连接，让食品趋向放心、安心、健康、有机，真正地树起口碑，是当下与我们息息相关的，也是社会关切的问题。

广义上的农业可以囊括各类人群，包含多种生产方式。尤其在今天，多领域跨界融合协作方式，并非鲜见之事。即便是个人思考“三农”问题也应当放在大环境中去深思，当前的一些农村现象，背后既有农村长期以来深层次的原因，也有新时代环境的影响。每一代人的生活课题不尽相同，自然应对方式不同。不同视角下，产生的外延和积累的内涵更是截然不同。因此，在城市和农村，从农村扎根城市的人和至今徘徊在边缘的打工者，以及留守在农村的人，对未来的期盼和努力的目标迥然有别。而中国是一个以农业人口为主的大国，跑步进入工业化，科技成为发展的强劲动力，甚至是竞争王牌。在这种大势下，无论是企业还是个人，谁能独辟蹊径，谁在竞争中便有优势。譬如西安爱菊粮油工业集团，是“一带一路”上的先行者，获得的优质资源和竞争力，在时间上和政策上先人一步，这种得风势之先使得企业的规划和后期的发展部署多了一分从容不迫的气魄，是跟风者难以追赶的，虽然可以在投资上加大力度，但时间没法压缩。

时机时时有，而能于大局下长远者寡。在快节奏下，近些年人们深受急功近利之害，逐渐意识到急躁的后果不堪承受。图谋长久之功的人，事实上一直在品质上稳健地步步为营。

大国民众，当胸怀高远，谋长久之计，持之以恒。民以食为天，以食为安，养浩然之气，建千秋万代之基。国家的农业政策是站在全球化发展境遇下洞悉中国国情的顶层设计，中国的“三农”发展问题不仅仅局限于中国一国之情，国际农产品生产、质量标准，是国际贸易的尺度。致力农业的人，立足于国人的食品安全是根本，而将目光投放至国外是追求，是发展壮大造福乡亲引领本土发展的大视野。从村庄走向城市、从城市走出国门，打开无限的空间走出地域的局限，这是新时代下的图景。自提出“一带一路”倡议以来，在中国农业类学院及大学，持续培训农业科技人才赴海外工作。传统乡土农民的求索之路，在“一带一路”的远景之下，是一条更长更远的路，创造了更大的机遇和发展可能，彰显个人才干的时机再次来临。

为耕者谋利，为食者造福

1980 年 1 月 16 日，邓小平在《目前的形势和任务》讲话中明确讲道：“三件事的核心是现代化建设。这是我们解决国际问题、国内问题的最主要的条件。一切决定于我们自己的事情干得好不好。我们在国际事务中起的作用的大小，要看我们自己经济建设成就的大小……我们的对外政策，就本国来说，是要寻求一个和平的环境来实现四个现代化……这不仅是符合中国人民的利益，也是符合世界人民利益的一件大事。”在邓小平同志的精神指引下，中国的经济迎来了高速发展的时代，实现了收入翻番，增长速度翻番。爱菊集团抓住改革开放四十周年的大好机遇，一路前进，从西安地区的一家粮油企业进步为全国质量效益型先进企业、中国 500 家最大食品业制造企业。

多年来，爱菊集团秉承“为耕者谋利，为食者造福”的经营宗旨，始终坚守一个粮食企业“日常时期保供应、关键时刻保应急”的职责和使命。

2013 年 9 月 26 日，爱菊集团董事长贾合义受到国家主席习近平接见。2015 年 2 月 13 日，国家主席习近平自己掏钱购买了爱菊集团“四合一”自制营养油、特粳米、饺子粉，送给延安梁家河老乡，习近平对梁家河乡亲们的关怀饱含总书记对梁家河老乡的深情，也留下了一段难以忘怀的记忆。这两次殊荣对爱菊人来说是莫大的鼓舞，爱菊集团上下员工倍感振奋，在粮油企业发展的道路上，爱菊人越来越勇，越来越强。响应国家“一带一路”的倡议，爱菊人勇敢坚定地第一个走了出去，成为第一个“吃螃蟹”的人。

今天的中国人民早已越过了温饱线，餐桌上大吃大喝的浪费情形却成为焦点。近些年来，政府倡议全民“光盘行动”，提倡餐桌上节约不浪费。爱菊集团在 2015 年投资近 500 万元，将爱菊展厅、粮食文化馆建在港务区基地和豆业基地的参观走廊、车间里，邀请区县、各局老干部、爱菊网点居民等 10 万多人分批次走进爱菊，参观粮油食品和豆制品加工全过程，体验爱菊放心食品，提高节约粮食意识。尤其是 2020 年的新冠肺炎疫情、南亚地区蝗灾、中国南方洪灾等，引发了人们对粮食问题的关注。

2020 年 7 月 13 日，联合国五大机构发布的《2020 年世界粮食安全和营养状况》显示，2020 年将新增 1.3 亿饥饿人口，全世界有 6.9 亿人正处于饥饿状态。中国有 14 亿人口，是粮食生产与消费的大国。中国粮食状况如何，中国人的口粮能否自给自足，在灾害连连、中美贸易战情形下，都是人们关切和忧心的问题。纵观中国农业发展历史，或许可以找到答案。中国自加入世界贸易组织后，中国政府更加重视农业发展，强化农业支持力度，加快农业改革进程。从 2002 年开始对大豆实行良种补贴，并逐步把良种补贴范围扩大到小麦、玉米、水稻、棉花、油菜、花生等作物及生猪和奶牛等牲畜上，形成了良种补贴体系。2004 年粮食补贴政策改革，补贴环节由流通领域改为种粮直补，同年实施了农机购置补贴，2006 年起实行农资综合补贴。农业“四补贴”从无到有，补贴范围和规模逐年加大，补贴方式不断完善。2006 年全国范围内取消农业税、农业特产税、牧业税和屠宰税，相当于为全国农民每年减轻 1300 多亿元负担。此外，为抵御开放后的市场风险，政府先后出台了稻谷、小麦的最低收购价制度，玉米、大豆、油菜籽等重要农产品的临时收储政策以及其他补贴政策。

据中国政府网数据，我国粮食总产量在 2010 年突破 5.5 亿吨，2012 年超过 6 亿吨，2015 年达到 6.6 亿吨，连续 4 年稳定在 6.5 亿吨以上水平。2018 年粮食产量近 6.6 亿吨，是 1949 年 1.1 亿吨的 5 倍多，粮食产量波动幅度基本稳定在合理区间。2019 年我国人均粮食占有量达到 470 公斤左右，比 1949 年的 209 公斤增长了 126%，远远高于人均 400 公斤的国际粮食安全标准线。根据农业农村部、海关总署数据，2019—2020 年，稻谷年度总消耗量约为 1.97 亿吨，国内稻谷年度产量约为 1.99 亿吨。大米进口方面，2019—2020 年，国内进口预计为 250 万吨，进口占消费比为 1.3%，并不存在进口依赖问题。

从中国近二十年的农业发展情况一路捋下来，粮食问题从来都没有淡出人们的视野，每年的一号文件，国家都针对“三农”问题出台一系列政策，重视程度有增无减。在“一带一路”倡议下，中国农企在海外探索市场，走出去了一批企业，不断扩大发展空间。

爱菊集团自 2015 年 5 月起，与哈萨克斯坦进行了多次沟通，得到哈国第一副总理及相关国家领导人的重视，已与哈萨克斯坦建立战略合作关系，并被列入“中哈产能与投资 52 个合作项目清单”。目前，已在哈国北哈州取得 230 亩土地使用证，年加工 16 万吨油脂厂一期工程已于 2016 年 12 月份完工并投产运行。往后会将进口哈国优质的乳制品、牛羊肉制品及蜂蜜等特色产品，立足陕西，销往我国各大城市，同时出口陕西省和我国的知名特色产品。

懂汉语、了解中国是优势

2020 年，国际形势变幻莫测，新冠肺炎疫情侵袭全球。各国应对措施和政策不一，中国是疫情防控最好的国家之一，疫情在中国得到了有效控制。2021 年第三季度，全国上下全面复工复产，西农的国际留学生经历了将近一学期足不出校园的生活后，为了保障健康安全，依然选择在学校度过暑假。

张正茂忙完夏麦收割，松了口气，脑子并没有停下来。他转念一想：可以找西农国际学院副院长于瑛商量一下，给留学生们组织一场暑期社会实践活动。没想到他的提议和于瑛一拍即合，确定于 2021 年 7 月 3 日到西农海外农业科技示范园共建单位、国家农业产业化龙头企业西安爱菊粮油工业集团参观体验学习，了解中国粮油加工企业发展历程和改革开放的建设成就。帮助国际留学生体验中国文化，为今后播撒“一带一路”国际合作交流的种子，开展国际合作与交流打下良好基础。

来自 9 个国家的 27 名留学生，在爱菊集团广场载歌载舞，用歌声和舞蹈表达他们对中国企业的祝福。来自哈萨克斯坦的留学生张扬是农学院的博士生，第一次走进中国企业参观，他的激动之情溢于言表，对张正茂老师说：“对于爱菊粮油工业集团公司，我来参观之前就有了解，特别是看到我们首任总统纳扎尔巴耶夫总统视察爱菊在哈萨克斯坦的物流产业园的图片，简直太令人兴奋了。看到爱菊集团的面粉、大米、油脂等生产线，我觉得这真是个很好的企业，非常有实力。能够到和我的祖国合作的企业参观，了解企业发展状况，是非常不错的体验。在我来西农留学时就听说爱菊集团与哈萨克斯坦的农民合作，订单生产粮油种子。令我印象深刻的是，在过去三年中，哈萨克斯坦北部的大多数农民开始与爱菊集团合作，证明他们创造了双赢局面。对我来说，我很高兴看到哈萨克斯坦的产品已成为中国进口产品。与中国的合作为哈萨克斯坦提供了增加农作物产量的绝好机会。根据经济学定律，需求创造供给。我相信两国之间的贸易将会增长。我获得博士学位后，希望回国也能像张老师一样做一名高校教师教书育人。我还可以凭借懂汉语、了解中国这个优势，在中哈贸易方面有所作为。”在张正茂的印象里，张扬是个沉默内敛甚至有些腼腆的男生，此时他的愿景就像他看到的爱菊集团一样，充满现代感、力量感和朝气，让他不由自主地情绪沸腾高昂起来。

来自哈萨克斯坦的留学生，对致力中哈合作事业的张正茂老师格外亲切，家国情怀谁也不例外，对着张正茂老师，这些留学生无所不谈。农学院黄镇老师的研究生黄超是哈萨克斯坦人，长相和我国新疆哈萨克族人一模一样，一米九的身高，高挺的鼻梁，大眼睛，帅气的脸上挂着笑容。他向张正茂咨询：“张老师，我去年谈了一个中国东北的女朋友，是咱们学校的学生，我非常爱她，我想毕业了留在中国，您认为我毕业了，像爱菊这样的企业会聘请我吗？我和中国学生比起来有竞争优势吗？”张正茂鼓励他：“中国人讲有志者事竟成，一切事在

张正茂（左二）作为高校教师，既承担教书责任，更不忘育人使命，和哈萨克斯坦留学生亦师亦友

人为，只要你有美好的愿望，朝着这个愿望付出努力了，就有实现的可能性。对于爱菊集团来说，海外业务最大的国家是哈萨克斯坦，而且爱菊集团也是哈萨克斯坦境内最大的海外粮油外资企业，你是哈萨克斯坦人，又懂汉语，还是油菜专业，这是你最大的优势和竞争力，当然还需要你足够优秀，不断进取就是最好的竞争力。小伙子加油！”

西农曾举办过多场活动，让留学生走出校园认识感知中国，从社会窗口看中国。留学生学成归国建设本国的同时，也是国际文化交流使者。当一个人以人类之子的视角看待万事万物的繁衍生息，以公共服务的意识参与时代进程，所看到的、所想到的、所做的无形之中是利他的性质，而非利己的。

于爱菊集团而言，想要经营成什么样子才是理想的企业，爱菊集团没有给自己设定上限，更没有设框线，如果爱菊集团没有仅限从西安、陕西的区域性市场着眼布局的话，显然爱菊集团没有的高层管理者就不会把触角伸出陕西境域。作为粮油企业，只为一方人的粮食保障谋划，显然是狭隘的，甚至可以说是自私的。爱菊集团没有这样界定自己的发展，而是把眼光和责任辐射得更远，把粮食企业的担当和责任提升到信念的层次，勇担粮食安全重任，首先成为陕西粮库的压舱石。

文化的交流和传递是潜移默化的过程，中国唐朝时期，世界各国的遣唐使到长安学习，回国后把中国各行各业的文化传播了出去。譬如今天的日本、韩国等国家，受中国文化影响很深，无论是文字还是人文习俗，饮食还是建筑等都或多或少受到了唐文化的影响，在今天依然可以看出其历史脉络。

今天的国际留学生是文化交流的使者，更是文化传播的桥梁和纽带，在为他们民族和国家做出贡献的同时，促使世界文化走向多元、和平、繁荣。

“青山不碍白云飞”，全球化的大背景下，各国文化彼此交融，国际留学生志向有多高远，脚下的路就有多宽阔。

第十篇

“一带一路”，通往明天

人和种子一起在田地之间成长，不为一己之私、不拘一国之福，共同致力人类命运共同体，贡献最大之功。

时间的齿轮无需润滑，却从不生锈，永远在滚动。在时间的运转里，总有一些人能够利用时间沉淀且分离出自我，破除了时间对人生的消磨。谈论具体事物总离不开相关的人，但事物本身并不等同于人自身，而事物的发展是由人来推进的，在推进事情时，因人不同使得事在时间的量和质上超越了普遍性。人踩着竹筏渡过江河，跨越大自然的障碍，这是人的智慧之处。

每一个历史时期都有一只特定的“竹筏”，而勇敢地踩着竹筏渡过江河的人，是时代的先锋。进入新时代以来，“一带一路”倡议是中国共产党为我国在这个历史时期跨过大江大河走向世界而造的大“竹筏”，引领全国人民勇敢地从此岸到达理想的彼岸。中国以大国之胸怀，拥抱世界，切实地践行睦邻友好，共同打造政治互信、经济融合、文化包容的利益共同体、命运共同体和责任共同体。在维护世界和平、促进共同发展的外交政策宗旨指引下，加强“一带一路”沿线各国互联互通伙伴关系，构建全方位、多层次、复合型的互联互通网络，实现沿线各国多元、自主、平衡、可持续的发展。“一带一路”的互联互通项目将推动沿线各国发展战略的对接与耦合，发掘区域内市场的潜力，促进投资和消费，创造需求和就业，增进“一带一路”沿线各国人民的人文交流与文明互鉴，共享和谐、安宁、富裕的生活。

宏阔的蓝图勾勒出的愿景，需要仁人志士共同发力，需要集思广益，合奏出属于农业人的新时代的凯歌。西农在国家“一带一路”倡议提出之后，积极结合自身办校宗旨和发展理念，谋求“一带一路”上的高校作为，蓄势集聚多方力量，于 2016 年 11 月 5 日成立丝绸之路农业教育科技创新联盟，获得了有志于“一带一路”农业事业发展的高校和企业的加盟。西农在壮大了力量的同时，率先“走出去”探索合作发展，持续派遣出访团调研考察，在近些年来卓有成效，这是西农人的开拓精神，更是西农人持之以恒的信心所在。西农在哈萨克斯坦、乌兹别克斯坦、吉尔吉斯斯坦、白俄罗斯、乌克兰逐渐建立了双边合作农业科技示范园，在学术交流、人才培养、示范项目等领域开展深度合作。

在“一带一路”框架下，事项包罗万象，百花盛开亟待“德蓄之；长之，育之；亭子，毒之；养之，覆之”。以华夏几千年的文明滋养神州大地，兼顾天下友邦，以柔和包容之道拥抱世界，不逞强，致虚极，守静笃。

麦粒结实不自彰

竹子一节一节拔高，事情依次推进，在四季的时序中，渐次抵达目标似乎再正常不过了。对于在大地上耕作的人，春种秋收，播种之后的结实收获，如同第二天的太阳，走过黑夜一定会升起一样。在漫长的黑夜里，有摸索且彻夜难眠的人，有安然熟睡到天亮的人，不同的境况源于对明天的不同期待。

2020 年 8 月 26 日的夜晚，张正茂张望着窗外的一钩弯月，毫无困倦之感，自顾自赏在夜空里畅想着明天的天空景象。淡然的月亮宛若他的内心图景，静静地悠悠地泛着白光。

这天晚上，贾合义通过微信给他发来 4 张照片，其中就有哈萨克斯坦科克舍套农业科技示范园小麦收割的情景。因为新冠肺炎疫情的原因，他 2020 年没有亲赴海外农业示范园参与播种和收割。贾合义给他发的照片正是西安爱菊集团 8 月 26 日这一天在科克舍套农业科技示范园举行的“2020 年哈萨克斯坦订单农业示范园收割仪式”的图片。有一张照片像磁铁一样紧紧吸引住他——一双手捧着的一捧麦子，麦子粒粒饱满，堆在手心像一个小山丘，又像一颗颗珍珠，清晰地呈现在他的眼前。他看着这些麦粒，心里有些兴奋，又有些空落落的，凝神定睛间，心里所有的起伏都落定了，长叹一口气之后，他似乎才回过神来。他没想到这把年纪了，居然情不自禁流下了眼泪，泪水模糊了眼，看不清那些令他神往已久的麦粒。他遗憾，遗憾自己不在现场，没有亲手抓一把麦子去揉捏，而只能通过一张照片细细地打量。

“中国小麦品种绝对可以，品质非常好，这是今年哈萨克斯坦工业园传来的最大喜讯。”贾合义通过微信向张正茂传递出的信息，每一个字都洋溢着喜悦之情。

张正茂通过图片对比中国和哈萨克斯坦小麦的品种，中国的小麦品种质量相当好，角质、白粒、籽粒饱满，比哈国小麦籽粒外观品质好很多。他叮嘱贾合义让哈萨克斯坦园区负责人方龙飞多拍一些照片，并且录制一些视频，记录好田间数据并存档资料。贾合义对当年的小麦丰收胸有成竹，他先是祝贺张正茂小麦试验示范取得成功，又道出了校企合作的初步成果。

蓝天白云下，收割机和重卡来回作业，隆隆作响，巨大的收割台上麦粒滚滚而下，场面壮观而激动人心。贾合义传过来的视频，张正茂看了一遍又一遍，依然饶有兴致。贾合义的信心似乎被远在哈萨克斯坦的麦粒一粒粒填充了起来，他自信地说："科克舍套的员工说今年的天气异常干旱，在这样干旱的情况下，我们试验播种的小麦效果依然非常好，张老师，明年咱们完全可以大干一场啦！"贾合义的胆气显然是被一粒粒麦粒壮大的。他接着对张正茂吐露

经过紧张的筹备和一季的忙碌，哈萨克斯坦订单农业示范园终于迎来了丰收的日子

心声："我们好好筹划一下未来怎么干。"

贾合义的激情点燃了张正茂。张正茂只是执着于小麦试验和小麦育种，那是他的本分，其实他有着科研之外的构想，只不过并非他的重点。"我们可以一起成立海外农业科技服务公司，可以考虑实施方案，据我考察，有些投资公司对科技服务公司非常感兴趣，他们很想投资加盟。海外农业科技服务公司可以从农业种子、农业机械、农业科技、外贸等一整套生产链的打包服务入手，形成规模化和专业化的运作。"张正茂在回应贾合义时建议："希望爱菊集团把今年收获的小麦品种全部留种，明年全部种植、扩大繁殖。再带一些样品回来，我们做一下品质分析测试，和哈麦做个品质比较。"

身为企业家的贾合义，将爱菊集团带上了更为广阔的发展之路，但他不自矜、不自伐、不自是、不自见、不自彰，谦虚而奋发有为。争取给更多的人带来健康安全的粮食，是企业的担当也是企业走向更远的必由之路。爱菊集团不仅得到了西安市农业农村局全力支持，而且得到了陕西省商务厅的重视，商务部还同意把爱菊粮油产业园区打造成为国家级海外园区。

当美好的蓝图画卷渐渐展开，张正茂兴奋不已。"太好了！我尽己所能，将在不同场合把爱菊集团的计划推荐给其他企业，诚邀他们加盟爱菊海外粮油加工产业园的建设，争取多引进几家大型企业一起打造更大的、具有国际影响力的园区。"张正茂的热情和热心是真诚的，贾合义向张正茂坦言："中国商务部正在向全国招商！"贾合义的愿景是要在海外搭建一个更大的平台，不想当将军的士兵不是一个优秀的士兵，企业家亦是。中国在白俄罗斯建设的中白工业园，在近几年的发展中，逐渐彰显大型综合工业园区的优势和实力。在"一带一路"倡议背景下早早走到海外的爱菊集团，在开拓进取的路上拾级而上，摸索出了属于爱菊集团的发展路径，锐意求进的爱菊集团获得国家的支持是顺理成章的。

张正茂和贾合义互通信息后意犹未尽，他想听一听一直驻扎在哈萨克斯坦爱菊工业园区的方龙飞的意见，了解科克舍套农业科技示范园收割现场的情况和 2020 年整体小麦的长势。和贾合义谈完，张正茂立马拨通了方龙飞的电话，其实他们俩平时沟通是比较多的，这个关键的节骨眼上，他更加想直接对话了解详细的情况。

接通电话后张正茂没有一句寒暄，开门见山地提了一连串的问题："今年小麦开始收割几天了？结束了吗？今年的订单收购小麦大概有多少万吨？今年的订单能运回多少？"

方龙飞和张正茂非常熟络，他也十分尊敬张正茂，极其礼貌地一一答复："张老师好！之所以没有和您及时报告今年的小麦试验情形，是因为北哈州的小麦收割还没结束，我们是从 8 月 26 日开始收割的，到 29 日估计收割能结束。咱们的订单农业是小麦和油料作物。油料作物以当地加工为主，每年运回中国的小麦原料是 3 ～ 5 万吨。"张正茂仔细听着方龙飞的答复，他打断了方龙飞的话："今年春天不是已经运回 3 列 2 万吨了吗？"方龙飞在电话那头笑着说："今年还没有开始，一般都是 9 ～ 12 月份才开始发运。您说的是年初爱菊从哈萨克斯坦发往中国的面粉和油脂，当时运回面粉 2 万吨、油脂 4 万吨，是疫情之下，爱菊抗疫情、保供给、稳定市场的举措。"

张正茂一直关注着哈萨克斯坦的疫情情况，对爱菊集团在哈萨克斯坦的发展动向保持联系。2020 下半年，中国和哈萨克斯坦的疫情防控都做得相对较好。哈萨克斯坦在疫情暴发初期管控极其严格，商场、餐厅停业，但还是有较多居民在大街上流动。时间长了，大家对疫情的警惕性没有前期那么高，哈萨克斯坦也逐渐放开了管控，所有的商家开始正常营业。

张正茂和方龙飞通话是有事要叮嘱："我刚刚已经看过贾总发来的今年收割小麦的照片，请你把咱们中国小麦按品种单独收储存放，不要混杂，以便明年扩大繁殖推广。你也多拍一些照片和录像，留做档案资料，按原图发给我。收割机收割、中国小麦群体、单株、干净籽粒都要拍照片。"

"张老师您的话我都记住啦！不好意思啊，我们还在麦田里，手机信号太差啦，我明天就给您把照片发回去。"方龙飞在电话那一头紧张地忙碌着，对这种抢收的紧张和忙碌张正茂有切身体会。田地里抢收，不亚于打仗，运筹帷幄，天气、时间、人力、物力……好多人和事都要调度协调。尤其像打一场早已知晓底牌的胜仗，人浑身都是干劲，每一个细胞都充满着收获的喜悦。一年之中，收割工作备受关注，因此而来的各种细节和要求、注意的事项都得考虑到。

张正茂和贾合义、方龙飞的聊天结束后，还沉浸在刚才对话的信息里，久久不能回过神。和贾合义讨论的下一步工作计划，很有吸引力，能感觉到彼此对未来的合作充满信心和干劲。成立海外农业科技服务公司，如何跟进？张正茂想，可以专门经营中国的种子、化肥、农机装备，还要进行绿色栽培技术的指导，以后将覆盖面逐渐扩大，而且农业技术服务的范围涉及面宽一些，不能仅仅局限在订单农业的 150 万亩土地上，可以再给其他企业提供服务，不断提高中国企业的影响力和优化产学研合作的模式。学校和企业手拉手一起奋斗，在海外打拼出一片天地来。

还有一周，窗外的月亮会再度圆满，张正茂凝视着皎洁的月光，一个人想着 2020 年的中国小麦品种和哈国的小麦在生长势、抗病性、抗倒伏性、品质和产量上的优缺点。试验整整三年了，他要详细地将这些数据和情况做个总结。事实上他已经跟赛福林农业技术大学的什维钦科说了，明年可以参加哈萨克斯坦的国家小麦试验，争取拿到哈萨克斯坦对中国小麦品种审定合格的证书，以便进行合法推广。要参加哈萨克斯坦的小麦品种审定试验，需要提供长势一致的种子参加试验，而且需要的种子量比较大，至少要 1.5 吨。他已经筹划怎么填写申请表、签订申请试验合同，以及申请相关经费了。一切都还在纸上，尚未尘埃落定，对张正茂来说这个月夜凝聚着他这几年的心血以及对未来的筹谋。望月兴叹，月儿几时圆，掐指可知，他心心念念的事虽然已看见一丝曙光，但到底几时才能月圆，一切还是未知数。没有定数的事，无论如何都让人抓心挠肝。

第二天张正茂果然收到了方龙飞发来的北哈州收割的照片和视频。图片很清晰，湛蓝的天空下，十里麦浪金灿灿的，烈日下的麦粒闪耀着金亮的麦色，饱满，质感十足。从照片上看，小麦确实长势不错，结实状况令人满意。

方龙飞附上一条信息：“这个种子是从中哈农业科技示范园繁殖拿回来的，我们按照您的指导来对中国种子进行分类以及播种和后期管理。同时为了扩大明年的繁殖推广，我们在今年的收储、品种分类、品种纯度上非常注意保持每个品种的纯度统一，一定要把中国的种子在哈萨克斯坦种出好成绩。完成今年的收割任务后，我们尽快核算产量，再向您汇报。”

中国种子在国外一日一日增益，有了回报，抚慰着为之努力、从不气馁、不怨天尤人的先行者们。是这一群人，为之奔忙不息，不惧艰险，不言疲累，根植于泥土的精神和种子一起在大自然里随风化育。人和种子一起在天地之间成长，不为一己之利、不为一国之福，共同致力人类命运共同体，贡献最大之功。

路在脚下延伸，每一个愿景便在路上

张正茂于细微处，尽力落实推进他心中的宏愿。他知道西农在中亚的未来大有可为。初始阶段的工作是细微详致的，更是寂寞的，他甘愿为后来者当“人梯”、修桥铺路，天下大事必定从细小处做起。他按照自己的计划，和国外专家定期沟通，用电子邮件互通信息，交流合作愿望，了解对方院校和国家的政策，为西农专家的工作作出各方面的铺垫。他的为人处世方式，受到了合作伙伴的欣赏，每一次收到对方来信，他倍感安慰，尽管中间会有各种各样的困难，似乎上苍格外照顾一样，工作还是能够在他的期待中有序展开。

什维钦科的回信让张正茂心里沉甸甸的，一国之策下，他寄希望于天时、地利、人和的齐备，更希望自己的努力和科研结果按照他的预期发展。自从收到这封信，他一直在思考参加试验的种子事宜。

亲爱的张正茂：

希望你一切都好。很抱歉回复晚了。你问今年中国品种是否可以在地区品种测试中使用。我告诉你——是的！在国家品种试验系统中，每年都要对国内外的农作物进行分类检测，所以这不成问题。为了中国选育的品种顺利通过哈萨克斯坦共和国国家品种检测系统，建议你们今年在中国提出申请，我稍后会把申请表发给你。申请于11月开始，切记不要延误。申请后，需要往每个品种区（品种区是研究品种的地方）寄20千克种子。你们计划在哪个品种区测试品种呢？也许我们应该好好讨论一下。我认为在哈萨克斯坦北部和中部品种区研究中国育种品种是可取的。每种作物种植需要1.5吨种子（如果种子数量不足，品种数将会减少）。每一个品种都请寄20千克的种子到哈萨克斯坦，且确保在2021年1月寄出。我会按律法拟写一份文书寄给你，你读了就明白了。

接下来我们聊一下业务板块。你在信中说中国的一家大公司想和你合作。但是他们想做什么生意呢？有机农业的基础业务——家畜、家禽养殖（鹅、兔子、猪）将在今年铺建。我们与你们在科研发展方面的合作取得了很好的成果，但我们没有商业合作关系。中国小麦品种在哈萨克斯坦北部的北哈萨克斯坦农业试验站和中部的卡拉干达农业试验站播种，出苗时我会发照片给你。冬小麦越冬了，但俄罗斯的冬小麦品种更耐寒。我很快会把照片和取得的成果发给你。

什维钦科

2020年6月20日

种子要扎根土地，农业科研更是如此，什维钦科（右）、捷达耶夫（中）和阿列克（左）多次开展田间调查

直到爱菊集团发来丰收的喜报，2021 年中国小麦种子参加哈萨克斯坦品种检测的事总算有了眉目。第一年小麦种子试验的荒寒落败，是诸多因素造成的，也是情理之中。失败是成功的“关键养料”，失败中孕育着后期的成果，正是因为失败才知晓了问题的关键所在。中国人崇尚的对称美学，也在具体的事情中有完美的展示，从失败到有成效，从无到有，从少到多，从小到大，中国种子在中亚国家的示范推广中走出了几何对称美。

“一带一路”是一条合作共赢之路，西农建立“联盟”以来与中亚各国共同合作建设农业科技示范园，遵循“共商、共建、共享”原则，将基地打造成国与国之间的合作平台，成为科技推广、人才培养、科研学术互动的基地。西农在中亚国家播撒的种子初见成效，并且西农将中国种子科研成果无私地提供给合作方，再次为当地农业科技的发展和提升提供了充分的援助，如果说这种良好的关系和合作发展是通过中国种子这个载体推动的，那么这一切具体的事项又何尝不是另一番意义上的“中国种子”？西农从有形的作物种子，到无形的大仁大爱种子，从作物品类经费资助到专家团的频繁派遣，播撒下的是一腔热忱和对人类命运的无私奉献。

张正茂在致力完成使命之时，也达成了自己的人生追求。每一个人心中都有梦想，他也不例外，在中国种子没有走出国门之前，他的志向仅仅局限于在中国大地推广“普冰”系列小麦品种。当时代的东风将他吹向远方，带向中亚的黑土地，他看到了新的可能性。玄奘法师西行历经 16 年，带回了 657 部共 1300 多卷佛经，对中国佛教的发展产生了深远影响，这种影响一直延伸到东南亚，以至于后来形成了佛学东渐的局面。玄奘西行对中国外交方面的贡献，自不待言。今天的西农人，一路西行不是去取而是去予，分享西农人几十年的科研成果——中国种子。

取予是相对的关系，予和取之间潜藏着平衡和持续性，只取不予，只予不取都是走不远的。正是基于此，西农在政策的基础上摸索出了一套适合双方的合作关系。共建“一带一路”旨在促进经济要素有序自由流动、资源高效配置和市场深度融合，共同打造开放、包容、普惠、平衡、共赢的区域经济合作新构架。发迹于两千多年前的古丝绸之路，既是通往沿线各国的商贸之路，也是东西方文化交流、文明互鉴之路，更是平等互利、合作共赢之路。在今天重提丝绸之路，共建“一带一路”，是双方国家政策之下的企业、高校行为，而付诸实践的个人，正是这张蓝图中的一个方格，在宏阔的图景中，个人是沧海一粟，然而正是一个个具体的人，让“一带一路”上的事业有了各种各样的故事和鲜活的生命力。

张正茂和国际友人之间的友谊是个人的，然而他们共同推进的事业却是造福大众的。他们彼此的情谊和合作精神，在公众空间有着不可估量的作用。私人情谊在工作合作中，往往带来的是轻松愉悦，还能使沟通更有效，彼此之间的信任能促使工作更快更好地开展。什维钦科和张正茂之间的友谊，在中哈农业科技示范园项目合作中逐渐深入，从示范园的试验到共同培育小麦种子，他们经常就学术问题进行探讨，尤其针对哈国的自然条件，他们对不同的小麦种子进行比照分析，寻找最适宜当地的小麦品种。

双脚经常踩着泥土的人，深谙人世间的焦灼和饥寒。尽管躬身于农田的科学家和农民都是务农人，科学家的思想视野和精神空间的开阔，已经不局限于当下的丰收。他们的目的是消解饥饿对人类生存的威胁。可耕地是有限的，在当代工业化发展规模下，耕地被工业用地、住房用地、城市发展建设逐渐蚕食，人口却在现代先进的医疗水平下逐步增长。提高农业科技水平、化解人类生存基本的温饱问题，对发展中国家来说依然是严肃的社会问题，解决全球8亿人的吃饭问题是从事农业科研的科学家的共同命题。

西农在丝绸之路农业教育科技创新联盟下引领的合作，只是“一带一路”上的一个点，而这个点聚集了多方面力量的集合。有了这个点，就能画出一条线，向纵深走下去。

从事中哈农业科技示范园推广以来，张正茂的工作和生活在外人看起来很风光，时不时会有新闻媒体的记者采访，还有“一带一路”相关的会议邀请他出席，让他的工作平添了一些琐碎和繁杂。一个人的生活体验愈多，社会阅历愈深，对生活本身的思考越周全，热闹繁华的表面下潜藏着他对生活的热爱和自我安排的有条不紊。学术人生和现实生活并不冲突，他和国际友人之间的情谊正是学术和私交情谊的水乳融合的状态。他认为中国文化讲的是人群的“和谐”，因此在他的工作和生活中，处理好人和人之间的关系是必然，而与人共事、做好事则是中哈农业科技示范园推广路上的必然之事。

新冠肺炎疫情突如其来，却并没有影响中哈农业科技示范园工作的顺利推进，工作完全在期待的理想计划下逐渐开展，这不得不说是得益于人与人之间良好的合作关系。

新冠肺炎疫情就像老天给人类扔下的一个炸弹，打破了人们的惯常，然而人们还得继续生活和工作。这种突然袭击，会有什么影响？给“一带一路”

上的工作者带来的阻碍会持续多久？一切都是未知数。这仅仅是一个外在因素，然而却是一个客观的、全球性的因素。新冠肺炎疫情所打乱的工作节奏，及其带来的种种制约，是来自外在的自然原因。这对于经历过饥荒也见证过改革开放的张正茂来说，似乎在预示着时间的弥足珍贵。这也是一种始料不及的困扰，很难想到未来还会出现什么阻碍。只有乘势抓紧时间，在形势大好的时候，快马加鞭，尽快出成果。当这样的念头闪过，他立刻感觉自己年轻了，好像浑身充满了力量；但是一深呼吸，让心跳慢下来后又莫名的沮丧，感觉自己真的老了，在岗位的时间已经不多了！这种复杂、难以言喻的情绪紧紧地裹挟着他，让他无法喘息，比爬了一座大山还累。

这座真切的“大山”，需要前仆后继的登山者。他们这些开荒人仅仅是一个探路者，数风流人物还要看后来者。

有苗不愁长，“一带一路”终似鲲鹏展翅

个人能力是有限的，而容纳个人的天地时空是无穷无尽无限的。西农在“一带一路”沿线中亚国家的作为是具体的，但西农的视域是宽广的，谋划的是可持续发展的未来，注定了这将是一个由“量变”到“质变”的过程。“九层之台，起于累土；千里之行，始于足下”，深蓄厚养的过程也是化沉寂为力量，从把握时机到掌握时机的一个过程。

正所谓有苗不愁长，西农已经在哈萨克斯坦、吉尔吉斯斯坦、乌兹别克斯坦、白俄罗斯、乌克兰建立农业科技示范园，创建示范基地。在“一带一路”倡议下的中国高校中，西农已经崭露头角。2019 年 3 月 29 日，张正茂代表西农应邀参加由中华人民共和国农业农村部国际合作司组织的“‘一带一路’农业对外合作研讨会”，并在研讨会上分享了中哈农业科技示范园建设的经验。来自地方政府、企业、高校的 60 余位代表以“服务‘一带一路’建设，助推农业‘走出去’”为主题展开热烈讨论。农业农村部国际合作司副处长欧

阳沙郴肯定了西农在丝绸之路农业科技示范园建设所做的工作和经验。参会代表各抒己见，共同聚焦国内高校创新，参与农业对外合作，以国际化的视野和胸襟走中国特色的产学研之路，加强高校人才培养的供给侧改革，突破农业国际人才的瓶颈，满足和适应农业企业“走出去”对国际化复合型人才的迫切需求。

张正茂结合自己切身经验谈道：“走出去是第一步，知其需，守其供，怀着真诚和以天下为公的心胸，赢得合作伙伴的拥抱和认可是自然而然的事。‘一带一路’倡议是高瞻远瞩宏观引领下的时代必然趋势，中国自古就有丝绸之路，通过丝绸之路中国走向了欧洲，引进了西方的文化。今天，我们沿着古人的足迹，不是重复而是立足当下，站在新时代的起点走出去，带着中国改革开放以来蓄积的成果走出去，是以分享和贡献为胸怀着眼“一带一路”沿线的事务合作发展。当然我们走出去，不是一窝蜂飞出去，一定是去粗取精、有的放矢地出去，不是没头的苍蝇乱飞一通再回来。我们要知己知彼，对自己要有客观的分析，厘清彼此之间的关系和作为，厘清合作项目的任务和发展目标，在‘一带一路’沿线国家有所建树。”

西农在中哈农业产学研合作上的成效，受到中国教育部、农业农村部的肯定。科学成果的转化和推广是一所高校发挥科研价值的关键。西农在响应“一带一路”倡议上，不但成功走了出去，而且和爱菊集团的校企合作在海外走出了产学研结合新模式，彼此助推，让西农迎来了在“一带一路”事业上的高光时刻。

西农再次应农业农村部国际合作司邀请，参加由农业农村部国际合作司、农业农村部对外经济合作中心 2019 年 7 月 9 日—10 日在南京农业大学举办的“2019‘扬帆出海’培训工程——农业走出去高端智库研修班”，张正茂代表学校分享“农业走出去，产学研合作”的经验报告。参加这次研修班的学员有农业农村部对外经济合作中心、江苏农科院、山东农科院、上海农科院、安徽农科院、广东农科院等 16 个省级农科院和农业大学主管国际交流工作的负责同志共 29 人。

相较于兄弟院校，西农在“一带一路”国际农业合作上是有经验的，作为先行者和致力中哈合作事业的张正茂，更希望同胞们不骄不躁，就像孕育一粒种子一样，遵循自然进化的原则，让其在风雨里自然而然地长养结实。

“一带一路”框架，既有利于构建我国全方位对外开放格局，又契合了沿线国家发展愿景，创生了一种紧密联结各国利益的全新国际合作模式。尽管“一带一路”为高校教育“走出去”带来了绝好的发展机遇，但要看到“走出去”的风险，“走出去”的路径和规划对高校实力的考核，资金支持的可持续性等一系列问题。虽然西农通过“走出去”，在“一带一路”沿线国家稳步前行，但并不意味着每一个计划都能实现和落地生根。在人才培养方面，赢得世界教育领域的话语权，从世界边缘走向中心舞台，促进民心相通，为构建人类命运共同体贡献中国经验、中国智慧、中国方案，是高校致力教育为本的国际视野。然而万事万物的发展皆不可能一蹴而就，西农在“一带一路”沿线国家，从学校领导到专家团，频繁到合作院校调研、考察、座谈，了解其合作意向和合作基础。在践行和落实计划的过程中，更需要一批仁人志士致力“走出去”的事业，千里行军不是纸上谈兵，而是要有忘我的精神和为之努力的人才。

西农在“一带一路”上作为先行者和探索者，已经成功地迈开了步子。西农在中国是一流的大学，但离国际一流大学还有差距，然而西农有自信，有追赶超越的魄力，也有在国际舞台上作为和奉献的精神。

西农发起成立丝绸之路农业教育科技创新联盟，目的是让成员单位形成合力，共同拓展在海外合作的路径和渠道，在 2016—2020 年这 4 年来有序持续的推进过程中摸索出了一套西农经验。在“一带一路”倡议下，中国相关从业人员及经济总量市场巨大，未来的“一带一路”进程中，将会有更多的国家和实体加入，开放性会更强，预示着“一带一路”沿线国家的前景将更加光明。而西农播下的“中国种子”将乘着“一带一路”的东风逐渐壮大，犹如鲲鹏等到六月的风来，扶摇直上九万里，靠着日积月累，从有所待到无所待的境界和自由，终将属于为“一带一路”事业前赴后继的奋斗者。

笔者手记

华夏文明悠久深邃，在历史的长河中从未断流，缓缓流淌至今，在东西方文明中散发着中华民族特有的文化魅力和民族之光。中国在人类发展史上几经沉浮，但中华民族从未停下求索和自强自立的脚步，秉承着汉文化的优秀传承，在人类历史上续写着每一个历史时期特有的历史使命。翻开历史这本巨书，中华民族代代人才辈出，先贤圣人如日如月深情守护着这片土地，他们的精神福泽着这片土地上的人民，滋养了一代代华夏子孙。

今天，中国人要在这片神州热土上，续写当代的华彩文章，实现中华民族伟大复兴的中国梦，这是当代国人的雄心壮志。中华民族是务实勤劳的民族，是拥有古老智慧且勇于创新的民族。奋发有为的中国人，在当代工业化浪潮中，甘做孺子牛却不随波逐流，积极承担着大国的担当和责任。

道家文化是中国本土且古老、朴素的哲学文化，这种底蕴滋养出的人文文化追求的是天下大同、有所为而有所不为的和平世界。在2010年跃升为世界第二大经济体，综合国力稳步提升的中国，情系人类命运共同体，心怀天下苍生，致力世界和平发展。在国际秩序中，为全球经济发展贡献中国智慧、中国力量、中国方案，却不称霸、不走单边主义道路。

面对区域化与全球化融合发展的新阶段，习近平总书记于2013年提出“一带一路”倡议，鼓励中国以全新姿态走向世界，也让世界通过“一带一路”重新认识中国，在合作往来中全方面构建中国在国际上的大国形象。“一带一路”承载着新时代中国人在世界上新的愿景，秉承着丝绸之路的传承，在新的历史时期生发出新的历史使命，是睦邻友好、践行“共建、共商、共赢”原则的新路线。今天的新丝绸之路是新思维下的时代命题，是全方位、多角度、综合、有纵深度的全面融合之路。在新丝绸之路的愿景下，中国走出去了一批又一批的仁人志士，他们带着几十年如一日鏖战科技前沿所取得的科研成果；带着造福人类，助力不发达国家早日走上快车道、共享全球化发展硕果的举措；带着一身宏愿，不畏艰辛离乡背井远走他国，上下求索只为“一带一路”倡议落地生根盛放出我们这个时代的花。

“一带一路”框架下的往来是多领域的共建合作，沿线国家几乎全覆盖，而乘着“一带一路”走出国门的中国人，肩负着中西合璧助推全球化下建设人类命运共同体的使命。因此，走出去绝不是简单地走出国门，更不是妄动，而是有准备、有思谋、有能力、有战略、有高度、有远见地走出去。国与国间的往来，是全球化趋势下的必由之路，国家间你中有我、我中有你，政策沟通、民心相通、设施联通、贸易畅通、资金融通是人类社会的共同追求。

据中国国家铁路集团2020年8月公开信息，中欧班列继续保持强劲增长态势，累计开行1247列、发送货物11.3万标箱，同比分别增长62%、66%，综合重箱率98.5%，再创新高。这是“一带一路”上的一个点，当类似于这样的点聚合在一起，成为一张图的时候，那个时候的“一带一路”将是另一番畅想。在通往明天的路上，今天致力“一带一路”的人都是播种人，都是“一带一路”上的一粒种子，孕育着“一带一路”明天的希望，虚怀若谷、静待花开的那一天，将是“一带一路”彰显中华民族伟大复兴的图景之时。

在多板块、多方位、多渠道的多措并举下，“一带一路”倡议从提出之日的理念转化为行动，从愿景转化为现实。农业只是其中之一，而种业则是举足轻重的一步。种子，是农业命根，种业的发展直接关系农业的进程，种业涉及农林畜牧渔，关系最基本的民生问题。这既是中国关心的，也是世界各国人民关心的问题。从中国农业农村部官网发布的2013—2020年中央一号文件涉及种业的内容便可窥见中国近年来在政策方面的倾斜和重视力度。

回顾近八年关于种业的政策信息，再来回顾这些年中国农业发展走过的路，尤其是在种业发展方面，惠农政策的力度和科研经费的支持，在一定程度上推动了中国农业以农户为主向规模化发展转型之路。自强自立才有能力兼济他人，发展好自己才能惠顾到周边国家，才能切实惠及“一带一路”上的各国各族人民。各民族富强，共享资源、科研、技术，减少国际贫困人口是人类发展的夙愿。

中国的发展模式独具中国特色，给发展中国家提供了一个可研究的方案，一条可借鉴的成熟之路。在《供销合作社条例（征求意见稿）》的说明文件中提取供销社系统截至 2019 年 10 月的相关数据：在长期为农服务实践中，供销合作社形成了独具中国特色的组织和服务体系。目前，除中国全国供销合作总社外，供销系统拥有省级供销合作社联合社 32 个、市地级供销合作社联合社 342 个、县级供销合作社联合社 2408 个、基层供销合作社 3.1 万个，领办创办农民专业合作社近 20 万个、农村综合服务社 42 万个，社有企业 2.3 万个、连锁经营网点 95 万个、大中专院校和科研院所等事业单位 249 个、社团组织近 1.7 万个。

任何事物的发展都不可能一蹴而就，一定是长久之功，而中国种子的愿景，着眼于海内外，不囿于神州大地一方天地。中国有着孔孟“仁义”的胸怀和天下为公的格局，与“一带一路”沿线国家比肩为邻，睦邻友好，携手发展共赢，是中国人自古以来追求“大同”的理想。人类命运共同体，是当前的共识。开放多元，求同存异，共谋发展，和平安定是天下苍生饶益之道。致力“一带一路”倡议的先行者，将自己毕生的科研成果和成熟的发展方案毫无保留地分享给尚在摸索阶段的国际友人，这是中国科学家的情怀，更是中华民族开放、天下为公的文化基因使然。

基于政治和国家层面，这些年中国“一带一路”倡议的践行者证明了所作所为不必为己，且非藏于己，而是真切地与沿线国家共同努力，千里自同风的博大人文内涵。本书仅仅记录了西农“走出去”的一些故事，而于“一带一路”倡议实践的历史长河之中，可谓是沧海一粟，然管中窥豹，可见一斑，析一事而知理。

“一带一路”上，先行者播撒下的既有种在土里的种子也有精神的种子，发芽、抽枝、开花、结实需要一代又一代人的努力，更需春风化雨、风和日丽的自然环境。一切美好，都在明天，因为今天的我们正青春！

后记

花开蒂落到了结实之际，人自然而然会随着时间进入下一个阶段，期待果实的丰收。一个阶段与另一个阶段的相续相生转化除天然属性之外，人的价值取向却在某种程度上是打量事物的标准。如同毛毛虫破茧成蝶，但人一般都只见到蝴蝶的美丽而厌恶毛毛虫。人们的关注和价值取舍，在一定意义上给予了普通事物第二次生命。譬如，麦花和麦子，众多的人只知道麦子，不知麦子还开花。当我们感慨养植昙花费时之长而花期之短的时候，殊不知小麦花才是世界上寿命最短的花，植株开花时长为 5 ～ 30 分钟，超过这个时间麦花就会凋谢，而昙花一现尚有 3 ～ 4 个小时的时长。麦花的花期很短，悄悄隐没在了人们的日常里，而结实的麦子喂养了人类。麦子从诞生之初，被人类不断驯化繁衍至今，使得人类定居了下来，农耕文明下逐渐仓廪实而知礼节。

在今天科技文明独领风骚的工业时代，农业种子的培育依然是国家战略中的重中之重。2013 年习近平总书记提出共建“一带一路”倡议，把粮食安全作为治国理政的头等大事，提出确保谷物基本自给、口粮绝对安全的新粮食安全观，牢牢把住粮食安全主动权，“确保中国人的饭碗牢牢端在自己手中”。恰逢“一带一路”倡议十周年之际，广西科学技术出版社策划出版《中国种子》一书，紧扣时代主旋律，立意高远，彰显出出版担当及远见。

而我撰写《中国种子》一书则是一次创作的机会，给了我深入了解谷物、技术、种子以及农业育种专家的机缘。然而要展现专家们一生的壮阔和闪耀，并不是这本书的主题。在素材选取上我只截取了与“一带一路”故事相关的人和事，只是一个横截面，在这一个横截面上也没有全幅展开来。在这一个面上以张正茂教授为贯穿全文的灵魂人物，以时间顺序为轴叙写，事件发生时间、地点、人物的行程都很确切，这源于张正茂教授良好的记录习惯。他对自己日常工作生活中重要的人和事，都会随手简单记录。这种习惯正是身为研究员的他在田间及实验室对科研数据和现象记录的外延。写作的缘由，我频繁地采访张正茂教授，我们之间深入的对话让我窥见了张正茂教授工作的繁忙程度，日程事项安排用密密麻麻尚不足以形容他的事务之多。

长篇纪实文学的体裁，犹如绘画写生，作为本书的主笔，我必须忠实于时间、人物、事件、地域本身。而写作之于写作者，本身是一次自我心灵深处的对话，在讲他人故事的时候，其实往往偷渡的是自己的灵魂，这是热爱文字的人潜藏起来的心志或者精神诉求。所以在文中，我对哈萨克斯坦的人文、历史、地理、城市文明程度表现出偏爱。古老的丝绸之路上的遗迹和西域文明本身散发出的气息，一直濡染着和它擦肩而过的人，衍生出的故事层出不穷。新时代下，新丝路上的人自然是要抒发当代的气势，西农赴中亚的专家则是连接过去和今天的纽带。个人的求索，都是在时代政策的引导框架下，无论是西汉时期的张骞还是唐朝的玄奘，都是肩负着国家使命踏上出使之路，今天也依然不例外。这些把个人的心血镶嵌在时代愿景里的人，他们的精神就是一束光。并不是所有人的智识都会随着年龄的增长而普遍增长，只有一部人不负岁月，在求索中智识逐渐升华，智慧的光芒能够穿越时空卓照千古。

光而不耀的人生都是从平凡之处出发的，在“一带一路”上播撒种子的人，他们和社会上诸多普通岗位上的人一样，很多工作琐碎、单调、重复，条件不尽如人意。这些专家们的日常，除了在讲台上、实验室里是光鲜亮丽的，大多数时间在田间试验，与农民一样风里来雨里去，浑身沾满了泥土的气息。面对自然灾害，一样无能为力，内心对风调雨顺的祈祷和农民一样真诚。而无奈之下的突破，才具魅力。书中有很多张正茂教授无奈之举的写实，要面对微妙的人际关系，是人生的常态，宏观政策落实到细小处的阻挠，个人做起事来遇到的情形不同，但人心总会被困难磨损和束缚。如若做出一定成绩，艰难险阻只当是打磨，倘若没有成果，品尝“齿冷”的感觉总归是令人怯惧的。既然担负了重任，或许就顾不得那么多了，唯有前行。这是张正茂教授的秉性，决定了在这块田地试验，只管播种了。若想今年雨水量如何，日照如何，是否会遭遇病虫害侵袭等，担心白忙活一场，注定是要把自己的脚锈在铁链上一步不得行。

为了更为真实地凸显个人的心理活动，文中借助日记的形式来展现人物的心声和情绪，用这种形式拉近读者和人物之间的距离，让读者去感受人物的情绪从而洞悉情绪背后的诉求。纪实性是追求事件的真实，许多因素仍然会将我们阻挡在很多内情之外，尤其是影响事件走向的决定性因素或许我们永远无法知道，但能通过内心震荡的回音依稀感觉它的存在，这是一种复杂的况味。人物和故事沿着时间与事件本身形成的沟渠流去，不触及人性深处不可测的地方。其中实录的部分电子邮件，是张正茂教授和中亚国家的一些专家之间为推进项目做出的个人努力，由此极其微末的细枝末节处，可以瞥见大事落于细处，做任何事首先是与人合作，其次才是事的展开。为了文气不断和保持阅读的节奏感，我删去了外文部分，只保留了翻译的中文。在最后两章，我以笔者手记的形式，写了两篇论述性的小文，这或许是啰唆的人止不住说话的欲望，总想跳出来亮个相，没有憋住劲“露馅”了。

当然西农前往“一带一路”项目合作的工作者各有风采，事迹真要一一讲起来，说不完道不尽。由于种种原因，我不能一一采访呈现他们的故事，这是言不能尽意、书不尽善事、不能周详之处。本书只能抛砖引玉，待将来有能者挖掘“一带一路”上更多精彩的人与事以飨读者。

我在媒体农业口工作，因此对于农业、农村、农民、农作物、涉农企业、农业政策、农业技术、农业技术等相关的信息较为熟悉，然而面对农业科技的专业内容，到底是隔行如隔山，在写作过程中明显力有不逮。因此在写作的间隙，我翻阅了大量农业科技专业资料、中亚几个国家的历史人文以及丝绸之路上的历史文献，深感写作输出极为微末，学习却收获颇丰。

2020 年 1 月中旬，出版社的编辑黄鹏和李杨从广西南宁到陕西西安，我们一起拜访了张正茂教授，还和西北农林科技大学宣传部副部长郭建东一起座谈，共同商定了《中国种子》的构架和选材，纪实讲述杨凌专家赴海外农业科技示范园的故事，也得到了西北农林科技大学党委宣传部和杨凌农业高新技术产业示范区工委宣传部的大力支持！在此表示衷心的感谢！

随后新冠疫情蔓延，一方面让我有了充足的写作时间，另一方面也打乱了亲赴中亚采风的原计划，使得我只能透过影像和图片去感知中亚各国的地貌和风景。《中国种子》刊印，我作为本书的主笔心生惶恐，出版意味着本书面目已定，将不成熟和鄙陋之处公布于众，唯有诚心聆听读者的斧正之声，诚然也是我修缮精进的良好契机，敬请广大读者不吝赐教。

本书的策划李杨在书诞生前期出谋划策，南北往返贡献颇多。广西科学技术出版社的多位编辑为本书的完善给出了翔实的、建设性的修改意见，在此深表谢意！《中国种子》得以与读者能够见面，离不开诸多科学家、长者、师尊、企业家的关爱与支持。且承蒙当代著名作家、编剧杨争光先生厚爱，为本书题写书名。借此，向参与本书修订、审校、装帧设计的出版社工作者以及每一位接受本书采访的国内外朋友致谢！

靳民

2022.11.18 于西安